행복은
따뜻한 마음에
온다

누군가 나의 감성을 건드린다
누군가 나를 위로하며 다가온다

행복은 따뜻한 마음에 온다

1판 1쇄 인쇄 2009년 2월 16일
1판 1쇄 발행 2009년 2월 20일

지은이 김정빈
펴낸이 임인규
펴낸곳 동화출판사/문학의 문학

주소 (413-756) 경기도 파주시 교하읍 문발리 509-3 파주출판도시
전화 (031)955-4961 / 팩스 (031)955-4960
등록번호 제3-30호(1968. 1. 15)

홈페이지 www.dhmunhak.com

ISBN 978-89-431-0354-5(03810)

행복은
따뜻한 마음에
온다

지혜의 샘터 77가지

김정빈

동화출판사

마음이 행복을 원하고,
행복은 마음에 깃든다.
행복은 사랑을 낳고,
사랑하는 마음은 따뜻하다.

마음,
행복,
사랑,
따뜻함…….

새 날이 눈 뜨는 새벽,
나는 모든 이들의 가슴에
이것들이 향그러이 피어나는
고귀하고 아름다운 하루를
가 · 만 · 히 · 꿈 · 꾼 · 다.

2009년 2월
김 정 빈

차례

제3장

아내에게 쓰는 편지 - 남편과 아내

차례

제4장

눈물의 아들은 멸망하지 않는다 – 형제, 벗, 스승

제5장

친구를 위해 죽는 것보다 더 큰 사랑은 없다 – 이웃, 인류

제6장

파랑새는 어디에 – 행복, 만족, 욕심

들어가는 글

-행복은 감성적인 사람에게 찾아온다-

행복은 감성적인 사람에게 찾아온다

감성&위로

감성은 누구에게나 있다.

그러나 감성이 누구에게나 있는 것은 아니다. 감성은 감성적인 사람에게만 있다.

요점은 행복이 감성적인 사람에게만 찾아온다는 점이다.

이유는 간단하다. 행복은 느낌이고, 느낌은 감각이며, 감각은 감정이기 때문이다. 느낌·감각·감정을 통틀어 우리는 그것을 감성이라 부르며, 행복은 이 감성을 기초로 하여 성립하는 것이다.

또한 감성은 사람다운 사람의 특징이다.

그렇다면 사람다운 사람은 누구인가.

참으로 사람다운 사람은 모든 인간적인 일에 관심을 갖는 사람이다. 휴머니즘의 모토인 이 명제에는 남을 위로하는 사람이야말로 참으로 인간다운 사람이라는 의미가 담겨 있다.

인간의 운명은 슬픔과 기쁨을 왕복하도록 마련되어 있다. 그리고, 슬픔과 기쁨을 왕복하는 그 자체는 결국 더 큰 의미의 '슬픔'이다.

이 슬픔의 감정은 위로를 요청한다. 바꿔 말하여 모든 인간은 누군가로부터 위로 받기를 원한다. 나는 누군가가 나의 탄식에 귀 기울여 주기를, 누군가가 나의 절망에 같이 아파해 주기를, 누군가가 나의 흐느낌에 함께 울어 주기를 기대하는 것이다.

그리고 어느 때 기다리던 '위로자' 가 내 앞에 나타난다. 그(그녀)는 내 손을 붙들고 운다. 그는 나를 품에 안고 지그시 눈을 감는다. 나를 안은 그의 팔이 파르르 떨린다. 그의 눈동자에 이슬이 고이는 것을, 나는 보지 않고도 안다.

무슨 말이 필요하랴. 그것만으로 이미 충분하다.

나의 슬픔은 그 위로와 더불어 절반으로 줄어든다. 나는 그 사랑에 힘입어 용기라는 빛나는 갑옷을 입고 삶의 전선 한복판에 다시금 결연히 뛰어든다.

그러니 남을 위로하는 자가 가장 인간다운 사람일 수밖에 없다. 남의 아픔을 보며 나 또한 아픔을 느끼는 사람, 남의 기쁨을 보며 나 또한 기쁨을 느끼는 사람이야말로 참으로 인간다운 사람인 것이다.

우리는 그 인간다운 사람의 인간다운 마음의 작용을 '감정이입(感情移入)' 이라 부른다. 남의 감정이 나에게 옮겨와, 그가 아플 때 나 또한 아파지는 마음, 그가 기쁠 때 나 또한 기뻐지는 마음— 어떤 철학은 그것을 '사랑' 이라 부르고, 다른 어떤 철학은 '동체대비(同體大悲)' 라 부르며, 다른 어떤 철학은 추기급인(追己及人 : 나를 미루어 남을 짐작함)이라 부른다.

그리고 우리는 그것을 감성으로부터 찾는다. 결국 감성은 인간의 가장 인간다운 특성의 하나인 것이다.

행복한 미래를 향하여

따라서 우리는 감성을 계발하여야 한다. 아마도 그 계발은 다음 두 단계를 거쳐 성숙해질 것이다.

첫 번째로, 감성 계발을 통해 자신이 행복해지는 단계가 있을 것이다.

제일 먼저 나 자신을 사랑한다. 나의 소중함, 나의 아름다움, 나의 가치를 되새겨보며 미소지어본다. 그럼으로써 나 스스로 나를 위로하고 다독여본다. 그러는 동안 나의 가슴, 나의 마음에 잔잔한 행복이 고이기 시작할 것이다.

두 번째로, 그 행복을 바탕으로 남에게 관심을 기울이는 단계가 있을 것이다.

이제는 나 자신을 사랑하는 마음을 옮겨 내가 사랑하는 사람을 안아준다. 그의 아픔, 그의 슬픔에 공감해 주고, 그의 행복, 그의 기쁨에도 함께 웃어준다. 이렇게 되어 나는 그의 위로자가 되는 것이지만, 그렇긴 할지라도 어느 때는 이런 관계가 역전이 되는 경우가 없지 않을 것이다.

이 말은 내가 지쳐 있을 때 나의 사랑하는 사람은 나의 위로자가 되어 다가와 준다는 것을 의미한다. 이런 식으로 우리는 한편으로는 누군가를 위한 위로자가 되고, 다른 한편으로는 누군가로부터 위로받는 자가 될 것이다.

이 책은 그런 아름다운 관계를 이룰 수 있도록 당신을 돕기 위해 쓴 것이다.

2009년 2월

김 정 빈

제 **1** 장

눈물의 아들은 멸망하지 않는다
-어머니-

아아, 어머니!

어떤 청년이 사랑에 빠졌다. 청년이 사랑하게 된 처녀는 아름다운 얼굴에 날씬한 몸매를 갖고 있었지만 성격이 표독스럽고 잔인하였다.

처녀는 청년에게 당신이 나를 사랑한다면 그 증거로 당신 어머니의 심장을 가져올 수 있겠느냐고 물어보았다. 사랑에 눈이 먼 청년은

"물론이지요!"

라고 대답하고 곧장 어머니에게 달려갔다.

어머니는 아들의 눈빛이 심상치 않은 것을 알았지만 '네 눈빛이 살벌하구나!' 하고 말하는 대신

"아들아, 네게 필요한 것이 무엇이냐?"

하고 물었다.

아들이

"어머니의 심장요."

라고 말하자 어머니의 심장은 금방 아들의 손바닥 위로 옮겨졌다. 아들은 심장을 들고 애인에게로 달려갔다.

처녀에게 가던 중 청년은 돌부리에 걸려 넘어졌다. 심장이 ㄱ이 손에서 빠져나와 데굴데굴 굴렀다. 그러면서 심장이 말하는 것이었다.

"얘, 어디 다치진 않았니?"

더 이상 무슨 말이 필요하겠는가.

어머니!
아아, 어머니!

에미는 오직 네 생각뿐

늙고 병든 사람을 산 채로 산에 버리는 풍습이 있던 시절, 한 농부에게 늙으신 어머니가 있었다. 너무나 가난하였던 농부는 어머니를 산에 버려야겠다고 결심하고 어머니를 등에 업고는 산속으로 들어갔다.

어머니는 아들의 등에 업힌 채 손에 잡히는 대로 나뭇가지를 꺾어 길모퉁이마다 하나씩 버렸다.

아들이 말했습니다.

"어머니는 허리도 꼬부라지셨고 기운도 없어서 먼 길을 걷지 못하시잖아요? 나뭇가지로 표시를 한다고 해도 되돌아오실 수는 없어요."

어머니가 말하였다.

"내가 돌아가려고 그러는 게 아니란다. 나야 살 만큼 살았으니 호랑이 밥이 되어도 괜찮지만 너는 아직 젊고 또 어린 아들딸이 있으니 꼭 돌아가야 하지 않겠니?."

그러고는 말을 이었다.

"산은 깊고 날은 저물어 가는데, 네가 돌아가는 길을 잃을까 봐 표시를 해 두는 거란다."

∞

이 옛이야기는 어머니의 마지막 말을 들은 아들이 어머니의 말에 감동하여 다시 어머니를 모시고 돌아가 효도했다는 것으로 끝나고 있다.

그러나 과연 그랬을까. 그리고 지금이라면 어떨까.

이런 의심이 드는 것은 뉴스에 나오는 기사들 때문이다. 자식을 버린 부모, 부모를 버린 자식 이야기가 시도 때도 없이 나오는 세상인 것이다.

그러나 우리는 이때 정신을 바짝 차려야만 한다. 수천만 명의 사람이 더불어 살다 보면 그런 사람도 있을, 더러는 있을 수밖에 없다는 것을 생각하며, 모든 부모, 모든 자식이 다 그렇다는 데까지 생각이 지레 앞서 나가지 않도록 하는 것이 중요하다는 의미이다.

나는 내 목숨보다도 더 너를 사랑한단다

영국 빅토리아 여왕의 둘째 딸 앨리스 공주에게는 네 살 난 아들이 있었다.

어느 때 공주의 아들이 디프테리아에 걸려 사경을 헤매게 되었는데, 왕실 의사는 공주에게 절대로 아들 곁에 가지 말 것을 권하였다. 그래서 어머니가 자기 곁에 오지 않자 그 까닭을 이해하지 못한 아들은 눈물을 흘리며 간호사에게 물었다.

"왜 엄마가 가까이 오시지 않는 거죠? 엄만 왜 제게 키스해 주시지 않는 거예요, 네?"

멀리서 아들을 지켜보던 공주는 그 말을 듣고는 몸부림을 치며 괴로워하였다.

이성인가, 사랑인가.

그리고 마침내는 사랑이 이성을 이겼다. 공주는 의사의 만류를 뿌리치고 아들에게 달려가 아들을 껴안고 말하였다.

"아가야, 이 에미는 너를 목숨보다도 더 사랑한다."

공주는 아들의 뺨에 키스한 다음 다시 한번 아들을 끌어안았고, 그러고는 울었다.

그리고 그녀가 한 말은 그대로 사실이 되었다. 그 일 때문에 아들의 전염병이 그녀에게로 옮겨왔고, 그 때문에 공주는 며칠 뒤에 아들과 함께 죽고 말았던 것이다.

죽음은 강하다. 세상에서 가장 강하다.

죽음은 인간보다 강하고, 생명보다 강하며, 세상의 그 어떤 것보다 강하다.

그러나 다시, 죽음까지도 비웃을 수 있는 사랑은 죽음보다 강하다. 사랑에는 죽음에는 없는 거룩함이 깃들어 있고, 그 거룩함의 다른 이름은 '초월'이기 때문이다.

여인은 약하지만 어머니는 강하다

이스라엘에서 실제로 있었던 일이다.

한 부인이 병에 걸려 여섯 달 동안 병원에서 치료를 받고 퇴원하게 되었다. 몸무게가 15킬로그램이나 빠져서 눈이 퀭하게 꺼지고 몸매는 앙상하게 뼈만 남게 되었지만 그녀는 기쁜 마음으로 남편과 함께 집으로 돌아오고 있었다.

남편이 다섯 살 난 딸과 함께 왔기 때문에 일행은 모두 셋이었다. 그들은 마차를 불러 타고 집을 향해 출발하였다. 그런데 일이 잘못되어 오던 중에 마차가 기우뚱 기울어졌고, 그 바람에 딸이 마차에서 떨어지는 사고가 일어났다.

마부와 그들 부부가 황급히 마차에서 내려 살펴보니 딸은 마차 바퀴에 깔려 있었다. 소녀는 두려움에 질려 얼굴이 새파래진 채 연방 비명 소리를 질렀다. 딸의 아버지와 마부가 급히 달려들어 마차 바퀴를 밀기 시작하였다.

그렇지만 그곳이 마침 진흙 구덩이여서 힘을 쓰기가 어려웠다. 신발이 미끄러지는 통에 힘을 제대로 쓸 수 없었던 것이다. 무게를 이기지 못한 마차가 조금씩 조금씩 아이를 깔아뭉개고 있었다.

주변에 도와 줄 사람은 아무도 없었다. 비단이 찢어지는 듯한 비명 소리와 함께 아이의 다리가 부러졌다. 소녀는 지금 부모가 보는 앞에서 죽어가고 있었다. 두 남자의 얼굴에서는 진흙물 같은 땀이 흘러내렸다.

그때였다. 갑자기 부인이 달려들어 두 사람을 마차에서 떼어냈다. 그러고는 혼자서 마차 바퀴에 두 손을 대고 잠시 숨을 골랐다.

끙!

있는 힘을 다해 용을 쓰는 소리가 들렸다. 다음 순간 마차 바퀴가 거짓 말처럼 움직였다. 짧은 순간이었지만 그 틈을 이용하여 아빠는 재빨리 아이를 바퀴 밑에서 빼내었다.

이 일은 신문에 크게 소개되었다. 사람들은 몸이 허약해질대로 허약해진 부인이 어떻게 진흙 속에 박힌 마차 바퀴를 밀어낼 수 있었을까 하며 신기해하였다. 건장한 남자 두 사람이 힘을 합쳐서도 해내지 못한 일을 말이다.

결론은 간단했다. 그것은 그 부인이 여자였기 때문도 아니고 병자였기 때문도 아니었다. 그것은 단지 그 부인이

'어머니'

였기 때문이었다.

이것은 순간에 일어난 기적 같은 이야기이지만, 기적이 순간에만 일어나는 것은 아니다. 우리들의 어머니 또한 이에 못지않은 기적의 주인공들이다.

그분들은 십 년, 이십 년, 삼십 년에 걸쳐 기적을 이루어 오셨다. 궁핍의 뒷골목에서, 생사를 다투는 뜨거운 불길 속에서 그분들은 우리를 안고 탈출해 오셨다. 그것은 기적이었다. 그리고 그 기적은 사랑으로부터, 자신보다 자식을 먼저 챙기는 끈적한 사랑으로부터만 가능한 것이었다.

그리고 지금, 여기. 우리 앞에 그분들의 기적이 마무리되어 가고 있다. 그렇다면 한번 우리 자신에게 물어보자. 그분들의 황혼은 지금 어떤 빛으로 어떻게 노을지고 있는가. 아름다운 붉은 빛으로, 혹은 차갑고 암담한 어둠으로?

그것을 결정하는 것은 지금의 우리들이다. 그분들의 기적에 의해 태어났고, 살아남았고, 지금 이런 모습으로 성장하여 삶을 향유하고 있는 지금의 우리들이 그분들을 어떤 방향에서 바라보느냐에 따라 그분들의 기적은 진정 기적답게, 혹은 누추한 몸부림으로 마무리될 것이다.

세상에는 기적이 있어야 한다. 특히 사랑의 기적이 있어야 한다. 기적이 없는 세상은 사람의 세상이 아니다. 그것은 기계들의 세상일 뿐이다.

아아, 기적이 있는 세상에 살고 싶다. 자주는 아닐지라도 가끔은 기적이 일어나는. 수리적으로는 불가능한 일이 마음과 가슴과 영혼으로는 가능한 세상에 살고 싶다. 그런 일이 가끔은 나와 내 주변에서 일어나는 것을 보게 되는 그런 세상에 살고 싶다.

원숭이에게도 자식은 귀하다

진(晉)나라의 환온(桓溫)이 배를 타고 촉나라로 가던 중 양자강(揚子江)의 삼협(三峽)에 이르렀다. 삼협은 깎아지른 바위 사이로 강이 흐르는 절경으로 유명한 곳으로, 거기에는 절벽 양편에 원숭이들이 무리지어 살고 있었다.

도중에 잠깐 배가 멈춘 사이 어떤 사람 하나가 새끼 원숭이 한 마리를 사로잡았다. 그러자 새끼를 빼앗긴 어미 원숭이가 놀라 부르짖더니 절벽을 타고 배를 따라오며 슬피 울어댔다.

배는 빠른 물살을 타고 달리고 어미 원숭이는 울부짖으며 절벽을 타고 달리기를 백여 리. 마침내 고통을 견디다 못한 어미 원숭이가 위험을 무릅쓰고 배에 뛰어드는 것이었다.

사람들이 놀라 웅성대는 사이 힘이 다한 어미 원숭이는 숨을 헐떡이다가 죽고 말았다. 사람들이 그 애절한 모정에 놀라 배를 갈라 보니 어미 원숭이의 창자는 마디마디 끊어져 있었다.

환온은 크게 성을 내며 새끼 원숭이를 붙잡은 자를 배 밖으로 내쫓았다.

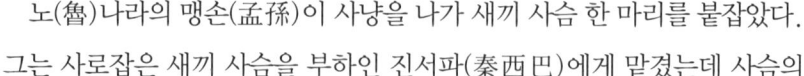

노(魯)나라의 맹손(孟孫)이 사냥을 나가 새끼 사슴 한 마리를 붙잡았다. 그는 사로잡은 새끼 사슴을 부하인 진서파(秦西巴)에게 맡겼는데 사슴의

어미가 뒤따라오면서 애처롭게 울부짖자 이를 불쌍하게 여긴 진서파가 새끼 사슴을 놓아주었다.

맹손은 이를 알고 화를 내며 진서파를 내쫓았다. 그러나 일 년이 지난 다음 맹손은 그를 다시 불러 아들의 스승을 삼는 것이었다. 어떤 사람이 그 까닭을 묻자 맹손이 대답하였다.

"새끼 사슴의 아픔을 그리도 애처로워하는 그가 어찌 내 아들을 함부로 대할 수 있겠소?"

행복은
따뜻한
마음에
온다

눈물의 아들은 멸망하지 않는다

어미 여우의 자식 사랑

　어네스트 시튼은 동물을 관찰한 책 《동물기》라는 책으로 잘 알려진 작가인데, 다음은 그 책에 나오는 이야기이다.

　어느 날 시튼에게 그의 아저씨가 연락을 해왔다. 아저씨는 시튼에게 자기 집 양계장에서 매일 암탉이 한 마리씩 없어진다면서 어떤 자가 그것을 훔쳐가는지 밝혀 달라고 부탁하였다.

　동물 전문가인 시튼은 양계장 주변을 살펴보았다. 그런 다음 암탉은 잡아가는 것이 여우일 것으로 판단하였다.

　시튼은 곧 레인저라는 이름의 사냥개와 함께 여우를 잡기 위해 숲속으로 들어갔다. 한참을 추적한 끝에 시튼은 수놈 여우 한 마리를 발견했는데, 알고 보니 그놈은 이미 마을 사람들에게 널리 알려진 여우로서, 마을 사람들은 그놈을 '스카페이스(상처난 얼굴)'라는 별명으로 불리고 있었다.

　스카페이스는 별명처럼 얼굴에 큰 상처 자국이 있는 여우였다. 놈은 매우 영리하였다. 여우는 본래 영리한 동물이지만 그중에서도 더욱 영리한 놈이었던 것이다.

　어느 날 시튼은 스카페이스를 발견하고 놈을 뒤따라갔다. 시튼은 스카페이스가 자기가 추적하고 있는 것을 모르고 있다고 생각하였다. 자기를 발견했다면 재빨리 도망을 쳤을 텐데 스카페이스는 여느 때처럼 느린 걸음걸이로 걸어가고 있었기 때문이었다.

시튼은 스카페이스가 숲속으로 들어가는 것을 확인한 다음 얼른 그 반대편으로 달려가 놈이 다가오기를 기다렸다. 그렇지만 한참을 기다렸는데도 놈이 나타나지 않았다. 그래서 다시 처음 자리로 돌아가 여우가 걸어간 발자국을 추적해 보았다. 그때 문득 이상한 느낌이 들어 높은 언덕 쪽을 바라보았더니 놀랍게도 스카페이스가 거기에서 자기를 내려다보고 있는 것이 아니겠는가.

이치는 명백하였다. 놈은 처음부터 시튼이 자기를 뒤따라오는 것을 알고 있었으면서도 모르는 체 짐짓 천천히 걸어 추적자를 따돌린 다음 길을 바꿔 언덕으로 올라가 등 뒤에서 시튼을 관찰하고 있었던 것이다.

스카페이스에게는 짝을 이루는 암놈 여우가 있었는데 시튼은 그놈에게 빅슨이라는 이름을 붙여주었다. 빅슨 또한 스카페이스의 아내답게 매우 영리한 여우였다.

영리한 여우 두 마리가 지혜를 합쳐 행동하였으므로 시튼은 놈들을 쉽사리 잡을 수 없었다. 놈들은 시튼이 추적하는 사이에도 날마다 농장을 습격하여 암탉을 한 마리씩 잡아갔다.

고생고생을 한 끝에 시튼은 놈들의 굴을 발견하게 되었다. 이제 놈들을 잡는 것은 시간 문제였다. 그렇지만 시튼으로서는 놈들을 잡는 것 못지않게 놈들을 관찰하고 싶은 욕심도 컸다. 시튼은 당장에 놈들을 잡지 않고 놈들의 행동 방식을 지켜보기로 하였다.

시튼이 살펴보니 암여우 빅슨은 들쥐나 참새 따위를 산 채로 잡아와 새끼 여우들에게 그것들을 잡게 하는 방법으로 훈련을 시켰다. 또, 다람쥐를 잡는 방법도 가르쳤다.

빅슨은 다람쥐가 출몰하는 지역에 가서 죽은 듯이 누웠다. 다람쥐들은 처음에는 겁이 나서 빅슨이 있는 쪽으로 오지 않고 멀리서만 놀았다. 그러나 한참 동안이나 빅슨이 움직이지 않자 다람쥐들은 의심을 풀고 머이 여우에게 가까이 다가왔는데, 그때까지도 다람쥐들은 일이 잘못되면 달아날 태세를 갖추며 경계심을 풀지 않았다.

새끼 여우들은 풀숲에 숨어서 엄마가 하는 양을 지켜보고 있었다. 이윽고 다람쥐들이 안심을 하고 빅슨 곁으로 다가왔다. 다람쥐들은 어미 여우가 꼼짝 하지 않는 것으로 보아 죽은 것으로 단정한 것이었다. 다람쥐들은 빅슨의 몸을 툭툭 건드렸다.

그것이 빅슨이 기다리던 순간이었다. 어미 여우 빅순은 잽싸게 몸을 일으켜 앞발로 다람쥐들을 쓸어안았다. 때를 놓치지 않고 새끼들이 우루루 몰려 나와 다람쥐들을 도망치는 다른 다람쥐들을 덮쳤다.

이렇게 다람쥐 잡는 법을 가르친 빅슨은 얼마 뒤에는 새끼들을 데리고 굴에서 좀 떨어진 곳으로 갔다. 그곳에는 새끼 여우들이 그때까지 보지 못한 이상한 배설물이 있었는데, 어미 여우 빅슨은 그것을 새끼들에게 냄새 맡게 하며 의미심장한 몸짓을 해 보였다.

새끼 여우들도 긴장하였다. 그들은 본능적으로 그것이 자기들에게 가장 위협적인 동물의 배설물이라는 것을 깨닫는 것 같았다. 새끼들은 주춤주춤 그것으로부터 물러섰다. 그것은 바로 인간의 배설물이었던 것이다.

이처럼 여우의 생태를 지켜보기만 할 뿐으로 시튼은 여우를 잡지 않았다. 그러나 날마다 여우에게 암탉을 잃어버리고 있는 아저씨의 입장은 달랐다.

시튼의 아저씨는 시튼만 믿고 있지는 않았다. 그는 자기 사냥개 레인저를 앞세우고 여러 명의 사냥꾼을 동원하여 그들과 함께 여우를 추적하였다. 레인저는 아주 우수한 개였기 때문에 곧 암탉을 훔쳐가는 스카페이스를 뒤쫓았고, 아저씨는 마침내 스카페이스는 총으로 쏘아 죽이고 말았다.

그런 다음 빅슨을 잡기 위해 독약을 섞은 고기를 여기저기 던져두었다. 그러나 빅슨은 독약을 구별할 줄 알았기 때문에 미끼를 먹지 않았다.

그렇긴 하지만 시튼의 아저씨와 그가 고용한 사냥꾼들은 이미 여우들이 움직이는 길을 파악하고 있었다. 며칠 뒤, 그는 끈질기게 여우를 추적하여 마침내 빅슨 일가가 살고 있는 굴까지 진출하게 되었다.

빅슨은 큰 위협을 느꼈다. 어떻게든 새끼를 살려야겠다고 생각한 빅슨은 사냥군을 따돌리기 위해 일부러 사람들 앞에 나타났다. 사냥개들이 일제히 빅슨을 뒤쫓았다. 그러자 빅슨은 근처에서 풀을 뜯고 있던 양의 등 위에 올라탔고, 놀란 양은 죽을힘을 다해 뛰었다. 이런 기발한 방법으로 사냥개들을 따돌린 다음 빅슨은 개울 건너 편 너머로 유유히 사라졌다.

그러나 결국 사냥꾼들은 여우 굴을 찾아내어 빅슨의 새끼들을 발견하고 말았다. 그들은 곡괭이를 휘둘러 여우 새끼 네 마리 중 세 마리를 죽였다. 놀란 시튼이 달려가 겨우 나머지 한 마리를 구할 수 있었다.

시튼은 여우 새끼를 안고 집으로 돌아와 줄을 매어 마당의 말뚝에 묶어두었다. 이번 일을 통해 여우에 대해 좀더 알게 된 시튼은 여우 새끼보다 새끼를 잃어버린 어미 여우 딕슨이 어떻게 행동할지가 궁금하였던 것이다.

밤이 깊었다. 문득 새끼 여우가 캥! 캐앵! 하며 날카롭게 울기 시작하였다. 시튼이 귀를 기울이자 곧이어 그에 대답하는 어미 여우 딕슨의 소리가 들렸다.

그런 다음 여우들의 소리는 곧 그쳤다. 더 이상 소리를 지르면 사람들이 눈치를 챌까 봐 울부짖지 않는 거라고 시튼은 생각했다. 그런 눈치를 갖고 있는 것만 해도 과연 영리한 어미 여우 빅슨의 새끼답다고 할 수 있었다.

그렇긴 하지만 몸이 묶인 새끼 여우는 안절부절 못하며 날뛰었다. 얼마나 어미 여우에게 가고 싶겠는가. 새끼 여우는 자기를 묶고 있는 끈을 끊기 위해 애처롭게 몸부림을 쳤지만 쇠로 만들어진 끈은 끊어지지 않았다.

그리고 머지 앉아 어둠 속에서 장작더미 사이로 검은 그림자가 나타났다. 빅슨이었다. 시튼이 지켜보는 가운데 어미 여우는 주변을 조심스레 살핀 다음 새끼 여우 곁에 드러누웠다.

새끼 여우는 어미 여우의 젖을 빨았다. 그런 한편 어미 여우는 새끼 여우의 목을 매고 있는 쇠줄을 물어뜯기 시작하는 것이었다.

잘그락잘그락, 쩝쩝, 하는 소리가 들렸다. 잘그락거리는 소리는 어미 여우가 쇠줄을 씹는 소리였고, 쩝쩝 소리는 새끼 여우가 어미 젖을 빠는 소리였다.

그러나 결국 딕슨은 쇠줄을 끊어질 리가 없었다. 젖을 다 먹인 어미 여우는 애처로운 모습으로 새끼 여우 주변을 돌아다녔다. 그때 시튼이 그들의 곁에 나타나자 어미 여우 빅슨은 곧 도망쳤는데, 시튼이 살펴보니 어미 여우가 씹은 쇠줄은 납작하게 눌려 있었다.

쇠줄을 납작하게 만들 정도로 씹어대다니! 이렇게 되려면 어미 여우의 이빨은 뿌리까지 상했을 것이었다. 너무나 애절한 여우의 모정에 놀란 시튼은 빅슨이 죽은 새끼들에게는 어떤 모정을 보였을지 궁금했다.

시튼은 사냥꾼들에게 죽임을 당한 새끼 여우 세 마리를 묻은 자리에 가보았다. 과연 빅슨이었다. 그 사이에 새끼 여우들은 모두 파내어져 땅밖에 나와 있었다.

그런데 그들의 몸에는 피가 묻어 있지 않았다. 자세히 살펴보니 어미 여우가 몸을 핥아 준 흔적이 남아 있었다. 새끼 여우들의 몸이 깨끗한 것으로 보아 빅슨은 새끼 여우들의 몸에 묻은 흙까지 털어 준 것이 분명하였다.

빅슨은 새끼들 옆에서 잠까지 잔 모양이었다. 새끼들 옆에 큰 짐승이 잠을 잔 흔적이, 즉 흙이 눌린데다가 그 자리에 털이 빠져 있는 흔적이 남아 있었던 것이다.

새끼 여우들 옆에는 죽은 암탉 한 마리가 놓여 있었다. 어미 여우 빅슨은 새끼들이 죽은 줄도 모르고 그들을 위해 닭을 잡아다 놓은 것이었다. 아니, 영리한 빅슨이 새끼 여우들이 죽은 줄을 몰랐을 리는 없다. 단지 어미의 마음에서 새끼들이 죽은 것을 인정하고 싶지 않았던 것일 것이다.

한편 시튼의 아저씨는 아직까지도 밤마다 암탉이 한 마리씩 없어지는 문제 때문에 극도로 화가 났다. 이제 마지막 남은 어미 여우까지 잡아야겠다고 생각한 아저씨는 다시 사냥꾼들을 불렀다.

그러나 빅슨은 사냥꾼들에게 잡히지 않았다. 영리한 어미 여우는 사냥개들과 사냥꾼들의 감시를 뚫고 매일같이 닭을 한 마리씩 잡아 갔다.

어느 날 밤, 빅슨은 줄에 묶여 있는 새끼에게 살금살금 다가왔다. 얼마나 소리 없이 다가왔는지 사냥개들도 빅슨이 다가오는 것을 알지 못했다. 빅슨은 새끼 옆에 와서는 앞발로 땅을 파더니 거기에 새끼를 묶은 줄을 묻었다. 그런 다음 줄을 힘껏 잡아당겼다. 그러면 줄이 끊길 거라고 생각한 모양이었다.

그러나 줄은 끊어지지 않았다. 대신 소리를 들은 사냥개들이 몰려왔을 뿐이었다. 빅슨은 처절한 소리를 지르며 도망쳤다. 도망을 치는 빅슨을 사냥개들이 추적했다. 그러나 사냥개들은 빅슨을 잡지 못했다. 도리어 시튼의 아저씨가 아끼던 사냥개 레인저가 빅슨에게 습격당하여 죽고 말았다.

남편과 자식을 잃은 빅슨의 복수가 시작되었다. 빅슨은 사냥개들을 만나 단지 도망을 치는 자세에서 벗어나 사냥개를 외딴 곳으로 유인하여 죽이기 시작한 것이었다. 그렇지만 그 때문에 시튼의 아저씨는 암탉과 새끼 여우에 대한 감시를 더욱 엄중하게 하였고, 그 때문에 영리한 빅슨도 이제는 더 이상 새끼에게 접근할 수 없게 되었다.

밤이 되면 어미 여우 빅슨은 멀리서 새끼를 바라보며 서성거렸다. 가까이 다가오기에는 이제 너무나 위험했다. 빅슨은 먼 곳에서 새끼를 바라보며 처절하게 울부짖었다.

그렇게 사흘이 흘렀다. 그날 뭔가 낌새부터가 이상했다. 시튼은 신경을 곤두세우며 어미 여우가 나타나기를 기다렸다.

밤중이 되자 어김없이 어미 여우가 나타났다. 그것을 안 새끼 여우가 낑낑대며 쇠사슬을 벗어나려고 몸부림쳤고, 어미 여우는 위험을 무릅쓰고 새끼 여우를 향해 살금살금 다가왔다.

어미 여우 빅슨의 입에는 매일 물고 오던 닭 대신에 다른 고기 한 덩어리가 물려 있었다. 빅슨은 그것을 새끼 쪽으로 휙 던졌다. 그러고는 뒤로 물러서서 새끼를 의미심장한 모습으로 지켜보았다.

새끼는 고기를 받자 곧 그것을 먹기 시작했다. 그러나 곧 괴상한 신음소리를 내며 펄쩍 뛰어오르는 것이었다. 새끼는 숨을 헐떡거리며 몸부림치기 시작했다. 데굴데굴 구르기도 하고, 허겁지겁 발로 땅을 긁기도 하였다. 어미 여우는 그런 새끼를 냉정한 눈으로 바라보고만 있었다.

그랬다. 그 고기에는 독약이 들어 있었다. 빅슨은 새끼가 숲으로 돌아오지 못할 바에야 차라리 죽여주는 편이 옳다고 판단했던 것이었다. 어미 여우가 어디서 독약을 구했는지는 시튼으로서도 알 길이 없었다.

그 뒤로 빅슨은 더 이상 암탉을 잡아가지 않았다. 사냥꾼들도 사냥개들도 더 이상 빅슨을 발견하지 못했다. 빅슨은 어디로 갔을까? 어쩌면 남편과 자식들을 모두 잃은 빅슨이 스스로 목숨을 끊었을지도 모른다고 시튼은 혼자 생각했다.

∞

생활고를 겪던 부모가 자식과 함께 자살하는 뉴스를 가끔 접한다. 어떤 경우 어린 자녀가 "엄마(아빠), 나 죽기 싫어요!" 하고 외치는데도 부모가 억지로 자녀를 이끌기까지 한다고 하는데, 참으로 가슴 아픈 일이 아닐 수 없다.

물론 자녀는 부모에 의해 세상에 태어난 존재이지만, 그렇다고 해도 그의 생명은 부모의 것이 아니다. 따라서 자녀의 죽음을 부모가 결정할 권리는 없다. 그런데도 어떤 부모는 자녀의 생명을 자기 스스로 없애는 것을 부모된 도리라고 생각하는 것이다.

그렇긴 하지만 자녀와 함께 죽는 부모의 심정이 이해가 되는 점이 없는 것은 아니다. 부모에게는 자녀 양육에 대한 책임이 있다. 그 책임을 다할 수 없다고 생각될 때, 부모로서 자녀를 이 냉정한 세상에 버려두지 못하고 차라리 저승으로 떠나는 것이 낫겠다고 생각할 법도 하다는 말이다.

여우 빅슨은 동물이면서도 그런 생각을 했다. 그리고 같은 의미에서 백제의 장군 계백 또한 아내와 자식들을 죽였었다. 두 경우 우리는 남의 죽음을 자기가 결정했다는 비인간적인 느낌보다는 생존의 비장함과 운명의 처절함을 느끼는 한편 감동까지 받게 된다.

왜 그럴까. 빅슨의 경우, 우리는 빅슨의 행동에서 인간만이 지닌 이성 비슷한 무엇을 느끼게 되기 때문인 것 같다. 자녀의 비참한 미래를 예측하는 것은 동물인 여우에게서는 기대하기 어려운 일이지만 빅슨은 그것을 예측할 수 있었다. 그리고 그의 행동은 자녀를 살리고자 하는 처절하리만치 뜨거운 사랑을 보여주고 난 다음의 마지막 선택이었다.

이에 비할 때, 계백 장군의 경우는 거기에 명예라는 가치가 얹혀져 있다. 계백 장군의 행동에는 보통 사람에게서는 기대할 수 없는 노블리스 오블리주의 정신─ 국가에 대한 충성과 군인이자 사나이로서의 명예가 배경을 이루고 있는 것이다. 그 배경 때문에 처자를 죽이는 잔인한 일도 일면 고귀한 행동으로 여겨지는 것이 아닐까.

그러나 입장을 바꿔 생각해 보면 어떨까? 내가 죽이는 쪽이 아니라 죽는 쪽이라면? 그렇다면 거의 모든 사람의 생각은 달라지지 않을까. 결국 사람은 누구나 자기중심적이라는 이야기가 된다.

아버지가 암에 걸렸다. 그러나 본인은 그 사실을 아직 모른다. 그런데 장성한 딸이 아버지에게 그 사실을 알리지 말아야 한다고 주장하는 것을 본 적이 있다. 그때 나는 말했었다. "왜 남의 생사를 당신이 결정하려 하는가?

그것이 과연 효도인가?"

삶은 가혹한 것이다. 그리고 그 가혹함을 내 부모, 내 자녀만은 겪지 말았으면 하는 것이 우리의 희망이다. 그러나 운이 나빠 그 가혹함이 내 가족에게 다가올 경우, 우리는 가족을 위해 그것을 임시방편으로 덮어 주려 해서는 안 된다. 삶의 짐을 지고 일어서야 하는 사람은 최종적으로는 각자마다 자기 자신이기 때문이다. 그 짐은 설사 가족일지라도 대신해 줄 수 없다.

가족이 나를 위해 울어줄 수는 있다. 함께 아파할 수도 있다. 그렇지만 암이 걸린 것이 가족이 아니라 나라는 사실, 함께 아파할지언정 내 아픔을 가족에게로 옮길 수는 없다는 사실, 죽어가는 나 대신 가족이 대신 죽어줄 수는 없다는 기초적인 사실만은 바꿀 수 없다.

이 점은 정신적인 고통에서도 그러하다. 나에게 고민스러운 일이 있을 경우 가족은 나와 고민을 함께 나눌 수는 있지만, 고민 자체를 옮겨 갈 수는 없다. 그리하여 가족의 도움은 나에게 위로, 격려·조언·협조에서 그칠 뿐 더 이상 앞으로 다가오지 못한다.

그리하여 삶은 고독하고도 힘겨운 것. 가족조차도 나눌 수 없는 부분이 있기에, 우리는 고독하고 힘겨운 삶을 헤쳐 나가기 위해 가족보다 더 가까운 누군가를 필요로 한다.

그런 것이 있긴 있는 것일까?

있다. 나에게 가장 가까운 또 다른 가족이 있다.

혹자에게는 '신'이 그 가족이다. 그리고 다른 혹자에게 '진리'가 그 가족이다.

그렇다. 하늘에 있는 가족(하느님)과 자기 안의 가족(진리, 법)만이 우리가 기댈 참다운 가족이다. 그 가족만이 나와 함께 근본까지, 또 영원을 향해 나아갈 수 있다.

그러나 아아, 신을 만나기는, 진리를 체현하기는 그 얼마나 어려운 일인지!

그리하여 삶은 기나긴 나그넷길이 될 수밖에 없다.

눈물의 아들은 멸망하지 않는다

어거스틴은 가톨릭이 자랑하는 위대한 성자이자 신학자로서 지금까지도 널리 읽히고 있는 책 《신국(神國)》, 《고백록》 등의 저자이기도 하다. 특히 어거스틴은 아씨지의 프란체스코 성인과 더불어 방탕한 생활을 하다가 회심하여 독실한 신앙인이 된 것으로 유명하다.

남달리 총명했고, 젊은 시절에 이미 그리스 철학에 능통했던 그는 웅변술을 배워 세속적으로 출세할 꿈을 갖고 있었다. 그런 한편 하룻밤도 여자 없이 잠자지 못할 정도로 육욕이 강하여 그 때문에 괴로움을 받고 있기도 하였다.

어거스틴의 어머니인 모니카는 매우 현숙한 부인이었다. 그녀는 독실한 가톨릭 신자였는데, 부모의 뜻에 따라 자기와는 종교가 다른 남자와 결혼하였다. 그런데 그녀의 남편은 나이가 자기의 배나 되는데다가 매우 난폭한 성격을 지니고 있었다.

거기에다 시어머니까지 까다롭게 굴었기 때문에 모니카는 큰 고통을 겪었다. 하지만 다소곳이 그 고통을 견뎌냄으로써 마침내 시어머니를 감화시켰고, 남편까지 가톨릭으로 개종시킬 수 있었다.

그녀는 슬하에 세 자녀를 두었다. 그중 둘은 모범적인 생활을 하고 있었지만 유독 어거스틴만이 문제를 일으키곤 했다. 종교 문제만 하더라도 어거스틴은 마니교라는 이교를 믿었고, 정식 결혼을 하지 않은 채 사생아까지 낳았다.

이를 안 모니카의 슬픔과 고통은 매우 큰 것이었다. 그녀는 어거스틴을 매우 사랑하여 아들이 카르타고에 가면 자기도 카르타고로 갔고, 밀라노로 가면 자기도 아들을 따라 밀라노로 갔다. 그러면서 아들에게 마음을 바로 잡을 것은 눈물로 애원했지만 아들의 마음은 오직 세속적인 출세와 향락으로만 치달을 뿐이었다.

당시 어거스틴이 교수 생활을 하던 밀라노의 가톨릭 주교는 암브로시오였다. 모니카는 암브로시오 주교를 찾아가 아들의 일을 말하고 도움을 청했다. 암브로시오는 모니카의 간절한 모정을 알아보고 이런 말로 그녀를 위로하였다.

"안심하십시오. '눈물의 아들'은 결코 멸망하지 않습니다."

과연 주교의 말이 옳았다. 모니카의 눈물어린 애정에 의해 마침내 어거스틴은 크게 회심하였고, 마침내 가톨릭을 대표하는 역사적인 인물이 되었던 것이다.

❧

누군가 나를 바라보고 있다.
돌아보면 아무도 보이지 않지만
누군가 나를 바라보고 있다는 것을 나는 느낀다.

눈물 너머에서 누군가 나를 지켜보고 있다.
눈물이 너울이 되어 앞을 가리기에 잘 보이지는 않지만
나는 그 눈물의 나라 너머에 누가 있는지를 나는 안다.

행여 앓을까,
행여 그릇될까.
자식 생각에 잠 못 드는 어머니.*

그분이 나를 바라보고 있다.
그분이 나를 지켜보고 있다.

살아 계실 수도 있다.
돌아가신 지 이십 년이 지났을 수도 있다.
살아서나 돌아가셔서나
내 등 뒤에서 떠나지 않는 눈길.

그분이 나를 바라보고 있다……
눈물과 함께 지켜보고 있다…….

행복은
따뜻한
마음에
온다

눈물의 아들은 멸망하지 않는다

* 양주동 님이 가사를 지은 가곡 〈어머니 마음〉에 '앓을사 그릇될사 자식 생각에 고우시던 이마 위에 주
름이 가득' 이라는 구절이 있다.

제 2 장

돌은 튼튼하게 고여 놓고 왔느냐?
－아버지, 자녀, 효도, 가정교육－

눈물과 핏물

어느 부부가 결혼한 지 이십 년만에 아들을 하나 얻었다. 그러나 칠 대 독자인 그 아들은 일곱 살이 되던 해에 홍역에 걸려 죽고 말았다. 그러자 어머니는 사흘간 연이어 울었다. 그런 끝에 몸져눕고 말았지만 아버지는 눈물 한 방울 흘리지 않았다.

부부는 아들을 뒷산에 묻었다. 어머니는 다시 한번 통곡하였다. 그러나 아버지는 눈을 껌벅거리면서 하늘만 멀거니 바라볼 뿐 역시 눈물을 흘리지 는 않았다.

마침내 아내가 남편에게 항의하였다.

"당신은 그러고도 아버지라고 할 수 있어요? 그러고도 사람이라고 할 수 있느냐고요?"

아내는 남편의 옷소매를 잡고 울부짖었다.

"여보."

하며, 그제서야 남편이 입을 열었다. 그것은 그가 사흘 만에 처음으로 낸 목소리였다.

그러나 그는 '여보.' 라는 짧은 한마디조차 다 끝낼 수 없었다. 그가 말을 하기 위해 입을 여는 순간 그의 목 안에서 울컥한 무엇이 올라오면서 목을 콱 막아버렸기 때문이었다.

그리고 그 순간 사흘 동안 참아 왔던 슬픔에 북받친 아버지가 울기 시작하였다. 꺼억꺼억 토해내는 울음소리와 함께 그의 입에서는 벌건 핏덩이가 뭉텅뭉텅 쏟아졌다.

　그날 아버지가 쏟은 피는 한 되가 넘었다. 그러나 어머니가 사흘 동안 흘린 눈물의 양은 그보다는 좀 적었다고 한다.

　∞

　어머니는 자식을 자신의 몸 안에 키운다. 자식이 태어나면 어머니는 자식을 집 안에서 키운다.

　그러나 아버지의 몫은 '안' 이 아니라 '밖' 이다. 아버지는 자신은 물론 집 안에 있는 자식과 함께, 자식을 돌보는 아내까지 보호해야 한다. 그러려면 밖에서 수많은 경쟁자와 경쟁해야 한다. 어쩌면 그는 지금 눈에 핏발을 세우고 있는 살벌한 적과 대치중인지도 모른다.

　세상의 가혹함과 무서움. 그 세상 속에서 아버지의 하루하루는 상처의 연속이다. 처음, 그 상처는 눈물로 얼룩지지만 남자인 아버지는 곧 눈물은 그친다. 눈물은 곧 패배를 의미하기 때문이다.

　아버지가 패배하는 날, 아버지와 함께 한 가정이 무너진다. 따라서 아버지는 패배할 수 없다. 그리하여 아버지는 눈물을 질끈 씹어 삼킨다. 한 번 삼키고, 두 번 삼킨다. 열 번을 삼키고, 백 번을 삼킨다.

　그러는 동안 눈물은 피로 변한다. 묽은 피에서 진득한 피로, 마침내 피멍울로 엉킨다. 눈물로는 다 못할 아픔, 말로는 다 못할 아픔! 그 아픔이 서리서리 엉킨 피멍울이 아버지의 가슴을 턱턱 막아온다.

　그리하여 자식이 죽는 마당에서도 아버지는 울지 않는다. 아니, 울지 않는다기보다 울 수 없다고 해야 한다.

그러나 어찌 울음만이 울음이랴.

아버지의 마음은 아버지만이 안다.

그분은 나의 아버지예요

이 대학병원에서 일하시는 여러분에게.

나는 아버지와 함께 어제 하루 온종일 당신들과 이곳에서 시간을 보냈습니다. 어제 이곳에 오셨던 내 아버지의 손에는 예순다섯 살 미만의 저소득자이자 신체장애자에게 주어지는 초록색 의료 카드가 들려져 있었습니다.

어제 나는 내 아버지가 사람이 아니라 하나의 진료 번호라는 것을 처음 알았습니다. 나는 허약한 한 남자가 다섯 시간 동안 줄을 서 있는 것을, 여러분이 가리키는 방향으로 이리저리 조바심을 내며 옮겨 다니는 것을 보았습니다.

그분은 위엄과 존엄을 지키실 수 없었습니다. 여러분은 그분에게 짜증을 내기도 하고 꾸짖기도 했습니다. 아버지는 여러분에게 별로 큰 이익을 주지는 않으면서 여러 가지로 귀찮기만 한 의료 파일 한 권에 불과했습니다.

그러나 나는 그것을 인정할 수 없습니다. 여러분은 내가 알고 있는 것을 알고 있지 못합니다.

그분은 열네 살 적부터 캐비닛을 만들어온 기술자입니다. 그분에게는 자녀들에게 존경을 받는 아내가 있고, 부끄럽지 않은 시민으로 자란 네 아들딸이 있습니다. 국가가 요구하는 의무를 꼬박꼬박 수행해 온 떳떳한 이력도 갖고 있습니다.

그분은 도덕적이고 강인하며 사려 깊고 자상합니다. 그분은 높은 교양을 지닌 것도 아니고 대학교에서 학위를 취득하지도 못했습니다. 그러나 그분은 힘든 삶의 여정에서 부끄럽게 도망치거나 뒤로 숨은 적이 없습니다.

이제 나는 알고 있습니다. 어린 내 손에 꼬깃꼬깃한 돈을 쥐어 주시던 그분이 이제 얼마 안 있어 우리 곁을 떠나게 되리라는 것을. 그분은 얼마 전에 그분이 사는 작은 마을 병원에서 암이 걸렸다는 진단을 받았습니다. 그래서 당신들이 있는 이 큰 병원으로 옮겨오게 되었습니다.

다시 한번 말합니다. 그분은 지금 고통받고 있습니다. 불안과 두려움의 한가운데 있습니다. 그런데도 여러분은 그분에게 고통과 두려움을 더하고 있습니다. 그분 앞에서, 또는 뒤에서 당신들의 무서운 지시를 기다리고 있는 많은 이들 또한 마찬가지입니다.

그분은 저의 아버지입니다. 그분의 앞과 뒤에서 여러분의 무서운 지시를 기다리고 있는 분들 또한 누군가의 아버지이거나 어머니, 아들이거나 딸입니다.

그리고 이 글을 읽게 될 여러분 또한 누군가의 아버지·어머니이자 아들·딸일 것입니다. 바꿔 말해서 우리는 모두 인간입니다. 그리고 인간은 결코 의료기록 카드상의 진료 번호가 아닙니다.

부디 여러분이 고통받는 환자들에게 좀더 친절해지시기를

어제 그분은 저의 아버지입니다.

제가 가장 사랑하는 저의 아버지입니다.

∞

몇 해 전에 널리 읽힌 책에서 옮겨 왔다.

더 말해 무엇 하랴.

우리에게는 아버지가, 세상에서 가장 소중한 아버지가 있다.

나는 자랑스런 로마인이다

로마와 카르타고는 세 차례 전쟁을 치렀는데, 한 번은 로마가, 다른 한 번은 카르타고가 이겼다. 마지막 전쟁에서 로마의 대장 레굴루스는 카르타고에 잡히는 신세가 되고 말았다.

적장을 사로잡은 카르타고의 지도자들이 레굴루스에게 말하였다.

"우리는 이제 당신네 나라에 자비를 베풀어 전쟁을 그치고 강화조약을 맺으려 하오. 만약 당신이 우리 뜻에 따른다면 당신을 로마로 돌려보내 주겠소."

"나보고 어떻게 하라는 거요?"

"당신이 로마에 돌아가 우리에게 패배한 전쟁에 대해 설명하시오. 당신은 우리와 싸워 보았으니 우리가 얼마나 강한지 잘 알 것이오. 그러니 돌아가서 우리와의 강화를 성사시켜 주시오."

"단지 그뿐이오?"

"그렇소. 그러나 우리는 듣고 있소. 로마인은 누구보다도 명예를 소중하게 여긴다고."

"그렇소."

"그래서 우리는 믿으려 하오. 만일 당신이 강화를 성사시키지 못할 경우 우리에게로 다시 돌아올 거라고."

"알겠소이다. 내가 돌아가서 강화를 성사시키리다. 그리고 만일 강화가 이루어지지 않으면 로마인의 명예를 걸고 다시 돌아오리다."

이렇게 하여 레굴루스는 포로 신세에도 풀려나 돌아올 수 있었다.

레굴루스가 돌아오자 로마 시민들은 거리로 뛰어나와 그를 환영하였다. 레굴루스의 아내와 아이들 또한 그에게 매달려 눈물을 흘리며 그의 무사귀환을 기뻐하였다.

로마 지도자들을 만난 자리에서 레굴루스는 말하였다.

"나는 로마와 강화조약을 맺자는 카르타고 사람들의 제안을 전하기 위해 돌아왔습니다. 그러나 내 생각으로는 강화보다는 전쟁을 계속하는 편이 낫습니다. 왜냐하면 내가 적진에서 관찰해 보니 저들은 보충병을 댈 수 없어서 매우 곤란을 당하고 있기 때문입니다.

그들이 우리를 이겼으면서도 강화를 제안하는 것은 바로 그 때문입니다. 그러니 얼마 동안 더 버티면 그들을 이길 수 있습니다. "

그 말을 들은 로마 지도자들은 레굴루스의 의견을 채택하기로 결정하였다.

결정이 난 다음 레굴루스가 말하였다.

"자, 이제 나는 적진으로 가겠습니다."

로마 지도자들이 깜짝 놀라자 레굴루스가 말하였다.

"나는 만일 강화조약을 성사시키지 못할 경우 카르타고 진영으로 되돌아가겠다고 약속했습니다."

"그렇지만 그들은 당신을 죽일 거요. 당신은 강화조약을 성사시키기는 커녕 우리로 하여금 전쟁을 계속하라고 권하지 않았소? 당신 대신 다른 장군을 보내어 당신이 돌아올 수 없노라고 전하면 어떻겠소?"

그러자 레굴루스가 화를 내었다.

"나는 자랑스러운 로마인입니다. 자랑스러운 로마인은 한번 한 약속을 반드시 지킵니다. 왜, 내가 자랑스러운 로마인이 되는 것이 싫으십니까? 이제 나는 늙어서 살날이 얼마 남지 않았습니다. 나는 저들과 약속한 대로 저들에게로 돌아갈 뿐입니다."

이 말을 들은 레굴루스의 아내와 자식들은 레굴루스의 옷자락을 잡고 엉엉 울었다. 그러자 레굴루스가 엄한 목소리로 말하였다.

"나는 이미 저들과 약속하였다 너희는 내가 아니라 로마가 보살펴 줄 것이다."

마침내 그는 카르타고로 돌아갔다. 그는 한 여자의 남편이기보다는, 그리고 몇 아이의 아버지이기보다는, 모든 로마인의 대장이고 싶었던 것이다. 그는 적진에서 로마인다운 최후를 맞았다.

∞

여자든 남자든 인간이라는 점에서는 마찬가지이다. 그렇지만 생리학과 함께 심리학 또한 여자와 남자 간에는 신체적·정신적 차이가 있다고 말하고 있는 것 또한 사실이다.

여자가 정(情)으로 느낄 때 남자는 이성으로 생각한다. 이 점 여자는 웜(warm), 남자는 쿨(cool)하다고 말할 수 있다. 조금 더 나아가면 여자는 가정을, 남자는 사회를 바라본다고 말할 수 있기도 하다.

어디 레굴루스뿐이겠는가. 국가를 위해 자신을 희생한 남자는 많다. 그에 비해 여자의 경우 국가보다는 가정을 위해 자신을 희생하는 경우는 많으며, 국가를 위해서 그러한 경우는 상대적으로 드물다.

아직은 어렸을 때 큰아들이 가능하면 군대에 가지 않았으면 좋겠다고 말한 적이 있다. 나는 흥분하여 말하였다.

"그럴 수는 없다. 네가 지금의 네가 되기까지 국가는 너를 보호해 주었다. 너를 키워 온 엄마 아빠 또한 국가의 보호 아래 살아왔다. 그러니 성년이 되면 당연히 국가에 보답해야 한다. 그것은 의무라기보다는 차라리 한 남자로서의 명예이다. 남자는 때로 명예를 잃느니 목숨을 버린다. 나는 네가 명예로운 대한민국의 아들이기를 바란다."

몇 년이 지난 지금에 이르러 이제 아들은 그 점에 대해 일말의 의혹이 없다.

지금은 군에 입대하여 제대를 두 달 앞에 두게 된 아들. 군은 아들에게 의무의 신성함뿐 아니라 당당하고 올곧은 정신을 가르쳐준 것 같다. 한결 의젓해진 아들에게서 나는 그것을 느낀다.

그렇다고 해도 나는 내 아들이 레굴루스 같은 처지가 되기를 바라지는 않는다. 그러나…… 만일 그런 일이 일어난다면?

그런 비극이 일어날 경우 나 또한 레굴루스의 아내처럼 울게 될지도 모르겠다. 그렇지만 울음은 곧 멈춰져야 한다. 그리하여 그때 내가 취할 마지막 행동은 아내와는 달라야 할 것이다. 그러나 그럴 수 있을까?

사람은 미래를 장담할 수 없는 존재이고, 나 또한 예외가 아니다. 그렇기 때문에 레굴루스의 이야기가 천년이 넘도록 사람들 사이에 회자되는 것이 아니겠는가.

헌 시계

아람이에게는 요즘 한 가지 큰 숙제가 생겼는데, 그것은 좀 특별한 숙제였다.

숙제라고 하면 집에 가서 공부해 오도록 학교 선생님께서 내주는 과제를 가리키지만, 아람이에게 주어진 숙제는 선생님이 내준 것이 아니었다.

며칠 전 일이었다. 다른 때는 등교 시간에 아람이보다 늦게 학교에 오던 철이가 그날만은 먼저 교실에 와 있었다. 철이는 아람이를 보자마자 왼쪽 손을 쑥 내밀면서 빙글빙글 웃었다.

"어떠냐?"

철이의 손목에는 새로 산 것으로 보이는 전자시계가 반짝거리고 있었다. 아람이는 모른 체하며

"뭐가?"

"이 시계 말야! 어떠냐구?"

"으으응. 시이계?"

아람이의 가슴은 이미 뛰기 시작하고 있었다. 자기의 시계는 벌써 오 년째 차고 있는 거라는 생각이 난 것이었다. 그나마 사촌형이 차던 것을 물려받은 것이었다.

"야, 너 지난번에 차던 것도 산 지 얼마 안 됐잖아?"

아람이가 묻자 철이는

"응. 여섯 달 이상 차기로 엄마랑 약속했었는데, 이번에 성적이 잘 나와

서 다섯 달이 좀 못 되었지만 새로 사 주신 거야."

그러면서 철이는 시계를 풀어 손으로 만지작거리기 시작했다.

"요샌 이런 게 유행이래. 이걸 누르면 날짜가 나오고, 이걸 누르면 형광 불빛이 비치거든. 봐! 글자랑 그림이랑 모두 컬러로 나오지?"

하며 자랑을 늘어놓던 철이는 시계를 아람이에게 넘겨주면서 말했다.

"너도 한번 해볼래? 백 분의 일 초까지 나와."

아람이는 싫다고 하려다가 그러면 더 자존심이 상할 것 같아 마지못해 받기는 받았다. 그렇지만 대충 보고는 곧 도로 돌려주었는데, 자칫 잘못 만지다가 고장이라도 내기면 큰일이라는 생각이 들었기 때문이었다.

공부 시간에 아람이는 손을 책상 아래로 숨기고 손목에서 시계를 풀어 얼른 주머니에 넣었다. 자기 시계가 반 아이들이 찬 것 중에 제일 헌 거라는 게 창피하게 생각되었던 것이다. 두껍고 무거운 데다가 모양도 구식인 시계. 아람이는 내일부터는 학교에 시계를 차고 오지 않겠다고 결심했다.

그때부터 아람이는 새 시계를 사고 싶은 마음과 싸워야 했다. 바로 그 싸움이 바로 아람이가 철이에게서 받은 요즘의 숙제였던 것이다.

아람이의 마음나라에서 일어난 그 전쟁은 또 다른 지방에서도 벌어지고 있었다. 철이에 대한 질투가 그것이었다. 아람이는 시계를 사고 싶은 마음과 철이에 대한 미움, 이 두 가지 전쟁을 동시에 치르는 힘든 나날을 보내고 있었다.

그러나 있는 힘을 다했는데도 아람이는 그 싸움에서 이기지 못했다. 그러자 이번에는 자기 자신에 대해 화가 나는 것이었다.

아람이는 자기네가 가난하다는 것을 잘 알고 있다. 돈이 있다면 자기 시계를 사는 것보다 더 급한 데 쓸 곳이 많다는 것도 안다. 그렇지만 그런 줄 뻔히 알면서 새 시계를 사고 싶은 마음은 뭉게뭉게 일어나 걷잡을 수가 없었다.

집에 돌아온 아람이는 어머니께 말씀드려 보았다.

"엄마, 저 시계 바꾸면 안 돼요?"

"왜? 고장 났니?"

"아녜요. 너무 구식이라서요."

"그렇지? 너무 구식이지? 엄마가 보기에도 그렇구나."

어떤 엄마는 이럴 경우 변명을 한다는 것을 영수는 잘 알고 있었다. "내가 보기엔 멋져 보이는데 뭘?"하고 말씀하시는 엄마도 있고, "우리 형편을 뻔히 알면서도 그래? 내가 돈을 찍어내는 사람이니?" 하고 화를 내는 엄마도 있는 것이다.

그런데 아람이 엄마는 아람이 시계가 구식이고 멋지지 않다는 것을 인정하신다. 그런 다음에 하고 싶은 말씀을 하기 때문에 영수는 기세가 꺾일 수밖에 없다.

아람이와 이야기를 나누던 그때 엄마는 세탁을 하고 계셨다. 엄마가 사용하는 세탁기는 아람이 시계보다도 더 낡은 것이어서 작동할 때 쿵쾅쿵쾅 소리가 난다. 그런 세탁기 소리를 들으면서 아람이는 새 시계를 사고 싶다는 생각을 말끔히 지울 수 있었다.

집 밖으로 나온 아람이는 어슬렁어슬렁 골목길을 걸었다. 이제 마음은 개운해졌다. 언제 마음 안에서 전쟁이 일어났던가 싶을 정도였다. 전쟁은 끝나고 평화가 찾아온 것이었다.

그러나 그게 아닌 모양이었다. 문득 주머니에 넣은 손에 시계가 잡히자 아람이는 그걸 꺼내어 들여다보았다. 그리고 그 위에 철이의 새 시계가 겹쳐 보이자 겨우겨우 얻은 평화가 마구 흔들리기 시작하는 것이었다.

반란군들이 다시 들고 일어난 것이다. 아람이는 이번에도 적군에게 지고 말았다. 그때

'바로 그거야!'

아람이의 마음 안에서 기발한 생각이 떠올랐다.

'만일 시계가 깨진다면?'

아람이는 생각해 보았다. '이걸 땅에 떨어뜨리면 깨질 거야. 그러면 엄마는 어쩔 수 없이 새 시계를 사 주시겠지?

잠시 망설이고 있는 아람이의 가슴은 콩닥콩닥 뛰었다. 결국 아람이는 시계를 땅바닥에 떨어뜨리고 말았다.

탁! 소리가 나자 정신이 번쩍 났다. 깜짝 놀라 몸을 부르르 떨리기까지 했는데, 실수로 시계가 떨어졌다면 그렇게까지 놀라지는 않았을 것이다. '이게 아니야!' 하는 생각이 번개처럼 스쳐 지나갔다.

시계가 정말로 깨졌으면 어쩌지, 하는 생각에 아람이는 황급히 시계를 주워 올렸다. 살펴보니 시계는 모서리가 조금 상했을 뿐 잘 가고 있었습니다. 후유! 하며 안도의 한숨을 쉰 아람이는 겨우 안심했다. 그러나 다른 한편으로는 서운한 마음이 드는 것도 사실이었다.

저녁 식사 시간에 엄마는 아빠에게 세탁기가 결국 고장 나고 말았다는 이야기를 하셨다. 아빠는 입맛을 다시며

"인제 새 것으로 바꿀 때도 됐지. 우리가 결혼한 해에 샀으니까 벌써 십

이 년이나 되지 않았소?"

하셨다. 엄마는 얼른

"제가 한번 알아볼게요. 요즘엔 새 세탁기를 사면서 헌 세탁기를 버리는
사람이 많아요. 제법 쓸 만한 걸 고를 수 있을 거예요."

하셨는데, 그러는 엄마를 바라보는 아빠의 눈동자는 어두워 보였다.

아람이는 얼른 집 밖으로 나왔다. 엄마 아빠의 슬픈 표정을 보기가 민망
했기 때문이었다. 이럴 때는 숨을 크게 들이마셨다 내쉬었다를 해야 한다.
그것은 아빠에게 배운 숨쉬기 방법이었다.

아빠는 오래 전에 아람이에게 마음이 슬퍼지거나 욕심이 일어날 때 해보
라면서 그 숨쉬기를 가르쳐 주셨다. 그때 아빠는 이렇게 말씀하셨다.

"아람아, 욕심을 참지 못하면 죄를 짓게 된단다. 갖고 싶은 것은 많은데
그것을 살 능력이 없다면 남을 속이거나 남의 것을 뺏게 되지 않겠니? 그
러니까 참을성을 길러야 해. 숨을 크게 쉬면 죄를 덜 짓는데 큰 도움이 된
단다."

아람이는 낮에 시계를 땅에 떨어뜨린 자기의 행동이 남을 속이는 데 해
당된다고 생각하며 아빠에게 배운 특별한 숨쉬기를 하기 시작했다. 그러고
나니까 마음이 좀 가라앉는 것 같았다.

조금 뒤에 아람이는 처음에 있던 곳에서 떨어진 곳에 있는 감나무 아래
로 자리를 옮겨 구름이 초승달 위로 지나가는 것을 바라보고 있었다.

그때였다. 스르르 문이 열리면서 아빠가 밖으로 나오셨다. 어스름한 밤
이어서인지 아빠는 아람이를 발견하지 못했다. 그런데 가만히 보았더니 아
빠도 욕심을 몰아내는 숨쉬기를 하시는 게 아닌가.

조금 뒤에는 엄마까지 밖으로 나오셨다. 두 분은 웃으면서 무언가 도란도란 이야기를 나누고 나서 하늘을 쳐다보며 크게 숨을 들이쉬었다 내쉬었다.

그런 다음 서로 손을 잡고 한참 동안 꼼짝도 하지 않으셨다. 그 모양을 처음부터 다 보고 있던 아람이의 눈에 눈물이 방울방울 맺혔다. 그리고 다음 순간 아람이의 마음속에서는 알 수 없는 어떤 힘이 불끈 솟구쳐 오르는 것이었다.

눈물을 쓱 훔치고 나서 아람이는 두 분 곁으로 뚜벅뚜벅 힘차게 걸어갔다. 그러고는 씩씩하게 말하였다.

"저도 욕심을 몰아내는 숨쉬기를 하던 참이었어요."

"그랬니?"

영수의 말에 아빠는 웃으셨고, 엄마는 물으셨다.

"아직도 새 시계를 사고 싶니?"

"아뇨."

"괜찮으니까 진심을 말해 봐."

"사고 싶기는 해요. 그래도 참을래요. 전 이제 숙제를 다 끝냈어요."

엄마는 잠시 생각하시더니

"무슨 숙제를 다 끝냈는지는 모르겠다만 어쨌든 그건 좋은 뜻일 거야. 그렇지?"

"예."

"어쩌면 네 마음이 아주 강해졌다는 뜻이 아닐까?"

"강하니까 전쟁에서 이기죠."

"고맙구나."

하고나서 엄마가 다시 물으셨다.

"아람아, 철이 엄마는 젊고 예쁘고 돈도 많다는데, 어디 가서 젊고 예쁜 새 엄마를 하나 사올까? 낡고 나이 많은 이 엄마와 바꾸면 참 좋을 텐데 말 야."

엄마가 어떻게 아람이가 철이가 새로 산 시계 때문에 고민하고 있었다는 것을 아셨을까. 하긴 엄마는 모르는 게 없긴 하다. 어쨌거나 철이는

"싫어어!"

하며, 엄마에게 매달렸다. 평소에는 존댓말을 쓰는 아람이지만 이럴 때만은 말투가 바뀐다. 아람이는 유치원 아이처럼 엄마의 엄지손가락을 잡아당기며 칭얼거렸다.

"왜? 헌 것보단 새 것이 더 좋잖니?"

"싫다니까아!"

"새 엄만 아마 얼굴에서 형광 불빛이 날걸? 머리카락도 칼라일 것 같고. 좋잖아?"

엄마는 짓궂게 물으셨지만 아람이는

"난 헌 엄마가 백배, 천배 더 좋아아!"

하며 엄마의 품속으로 파고들었다. 마치 세 살짜리 아기처럼.

엄마의 가슴이 콩닥콩닥 뛰는 소리가 들렸다. 철이의 새 시계를 보았을 때 아람이의 가슴에서 났던 것과 닮은 소리였다. 세탁기가 돌아가면서 나던 그 소리이기도 하고, 시계를 떨어뜨리려던 때 났던 그 소리이기도 하였다.

그렇지만 엄마의 가슴에서 나는 소리는 그것들과는 닮기는 했지만 아주 다르다. 왜냐하면 다른 소리들과는 달리 엄마의 가슴에 나는 콩닥 소리는 사랑의 소리, 행복의 소리이니까.

∞

옳다는 것, 선하다는 것, 바르다는 것이 무엇인지를 느끼는 기제(機制)는 누구에게나 있다. 문제는 그것을 자연으로부터 주어진 수준 이상으로 더욱 강화시키느냐, 아니면 그냥 방치해 둠으로써 점차적으로 소멸해 버리느냐는 데 있다.

만일 우리가 부모라면, 그리고 자녀의 인성 발달에 관심을 갖고 있다면 가능한 한 어렸을 때 이와 관련된 강력한 체험을 제공할 필요가 있다. 그럼으로써 옳고 그름을 분별하는 기제가 분명해지도록 해줄 필요가 있다. 나는 그처럼 강력해진 기제를 '마음의 등뼈', 또는 '마음속의 송죽(松竹)'이라고 부른다.

어른도 그렇지만 어린아이 또한 마음 안에서 선악이 투쟁하는 때가 많다. 어린아이이기 때문에 그들은 대체로 그 투쟁에서 진다. 옳고 선하고 바른 것을 분별하는 기제가 주어지긴 했지만, 아직 강화되는 계기를 만나지 못했기 때문이다.

아직은 미숙한 그들이 모든 내적 투쟁에서 다 이기기를 바라는 것은 과욕이다. 그러므로 내적 투쟁에서 패배한 그들을 이해하고 위로해 주어야 한다. 그렇지만 모든 경우에 다 그래서는 안 된다.

작은 아홉 가지 잘못은 용서해 준다. 그러나 큰 한 가지 잘못에 대해서는 강력하게 경고한다 – 아마도 이것이 옳은 방법일 것 같다.

　큰아들 승규가 대여섯 살이던 때 친구네 집에 놀러갔다가 그 아이의 구슬을 하나 가져온 적이 있었다. 표현은 '가져왔다'고 부드럽게 말했지만 사실 그것은 엄연한 도둑질이다. 다만, 아직은 어렸던 아들은 그 일이 도둑질이라는 나쁜 행동이라는 인식이 매우 희미했을 것이다.

　그때 필자는 아들과 함께 벌을 섰다. 아들을 무릎 꿇리고 앉혀 두 손을 들게 한 다음 나 또한 같은 자세로 십 분 정도 앉아 있었다. 화는 내지 않았다. 다만, "네가 이런 행동을 한 것이 아빠는 부끄럽다. 이것은 내 책임이다."라고 말해주었다. 나의 가책은 절반은 나 자신을 향한 것이었던 만큼 침울하고 낮았다.

　이 일에 대해 필자가 기억하는 것은 그때 내가 아들과 함께 무릎을 꿇고 두 팔을 든 모습으로 벌을 섰다는 것뿐이다. 그때 아들이 가져온 것이 어떤 구슬이었는지 등등은 다 잊어버리고 있었다. 그런데 몇 년 전에 아들이 그때 이야기를 해주었고, 그 때문에 저간의 정황에 대해 좀더 자세히 알게 되었다.

　당시 스물한 살 성년이 되어 얼마 전에 운전면허 시험에 합격한 아들은 말하였다. "그때 저는 엄청 충격을 받았어요. 저는 그때의 기억을 평생토록 잊지 못할 거예요."

　아들은 그때 자신의 마음 안에 강력한 기제가 생겼다고 말해주었다. "이 일은 옳은가 그렇지 않은가." 그때 이후 마음에 걸리는 어떤 행동을 하려는 마음이 일어날 때 강력한 기제가 마음 안에 작용하여 자신을 점검하게 하더라는 것이었다. 그때 이후 아들에게는 옳고 그른 일을 변별하는 예민

한 감각이 생겨났던 것이다.

보나마나 그런 일이 있은 뒤 아들의 마음 안에서는 격심한 투쟁이 자주 일어났을 것이다. 앞의 이야기에 나온 아람이처럼 옳고 그름에 대한 기제가 있는 사람은 반드시 마음 안에서의 투쟁을 벌이게 된다. 그리고 그것이야말로 진정한 의미에서의 성전(聖戰)이다. 그리고 만일 좋은 스승, 좋은 부모와 함께한다면, 또는 그 자신이 불굴의 정신으로 옳고 바른 길을 가기 위해 투쟁한다면(어렸을 때는 그것이 보다 쉽다. 그에게 닥치는 문제가 어른에 비해 매우 미미한 것일 터이므로) 그는 마침내 그 투쟁에서 승리하게 된다. 그럼으로써 바르고 당당하고 자신감 넘치는 사람으로서의 인성의 기초를 확립하게 된다.

보기만 해도 밝고 명랑하고 즐겁고 유쾌한 젊은이가 있다. 그는 당연하게도 바른 인성을 확립한 젊은이일 것이다. 그리고 만일 그 젊은이의 발랄함이 서른 살, 마흔 살이 되어도 변하지 않는다면, 나아가 그런 긍정과 낙관이 점점 더 원숙해져서 우아하고 고상해지기까지 한다면?

그 경우 그의 행복 또한 그 비율만큼 더 풍유해지리라고 나는 믿는다. 그리고 그의 행복에 의해 그의 곁에 서 있게 되는 사람까지도 행복해지리라고 나는 믿어 의심치 않는다.

제 보석은 부인들의 것과는 다릅니다

코르넬리아는 율리우스 카이사르(줄리어스 시저)의 어머니 아우렐리아와 더불어 로마 역사를 통틀어 가장 훌륭한 어머니로 여기는 여성이다. 그녀의 두 아들 티베리우스와 가이우스는 정치가로 성장하여 서민들을 위한 정책을 시행하려다가 결국 반대파에게 죽고 말았지만 그들의 고귀한 뜻은 후대까지 존경을 받았다.

당시 로마의 부인들은 남편이 죽으면 재혼을 하는 것이 보통이었지만 코르넬리아는 남편이 죽은 뒤 재혼하지 않고 자녀의 교육에 전념하였다. 그 결과 티베리우스와 가이우스는 아주 훌륭한 청년으로 성장하였다. 두 젊은이에 대한 평판이 얼마나 좋았는지에 관해서는 이런 이야기가 전해온다.

당시 원로원의 의장인 '제일인자(프린키페스)'는 클라우디우스 풀크루스였다. 그는 어느 날 귀가하자마자 아내를 불러 딸의 약혼자를 결정했다고 통보하였다. 자기와는 상의도 않고 큰 결정을 내린 남편에게 화가 난 그의 아내가 쏘아붙였다.

"무엇 때문에 그렇게 서두르시는 거예요? 그 상대자가 티베리우스라면 혹 몰라도!"

로마의 제일인자는 자기가 선택한 청년이 바로 그 사람이라고 말하였다. 그의 아내가 뛸 듯이 기뻐했음은 물론이다.

코르넬리아에 관한 다음 이야기는 매우 유명하다.

어느 날 그녀의 집에 여러 귀부인들이 찾아와 이야기꽃을 피우던 중, 화

행복은 따뜻한 마음에 온다

돌은 튼튼하게 고여 놓고 왔느냐?

제가 보석에 미치게 되었다. 부인들은 저마다 자기가 가진 보석들을 자랑해 마지않았다. 그러나 코르넬리아만은 화제에 끼어들지 않고 빙그레 미소만 지을 뿐이었다.

마침내 한 부인이 코르넬리아에게 물어보았다.

"부인은 보석이나 치장 따위를 중요하게 여기지 않는 분으로 알려져 있는데 무슨 까닭이라고도 있나요?"

코르넬리아가 고개를 저었다.

"아니에요. 저에게도 보석은 있답니다."

"그래요?"

놀란 귀부인들이 다투어 보석을 보여 달라고 청하였다. 그러자 코르넬리아는 가까운 데 서 있던 두 아들을 불러 귀부인들 세워 놓고 말하였다.

"여기 저의 보석들이 있습니다. 이 보석을 어떻게 황금이나 진주에 비하겠습니까?"

∞

누구든 제 자식이 귀한 줄을 안다. 그래서 어머니는 자식이 아프면 자식보다 더 큰 아픔을 느낀다. 그렇지만 생각해 보면 남에게도 그가 귀히 여기는 자식이 있다. 그렇다면 생각해 보자. 남에게 귀한 자식을 위해 내 자식이 아파야 한다면? 이 경우 우리는 그 정황을 자랑스러워하는 어머니와 그렇지 않은 어머니를 상정할 수 있는데, 코르넬리아는 전자의 어머니였다.

그렇다. 단순한 눈물만으로는, 공적(公的)인 자각이 없이 같은 핏줄로서의 눈물로 자식을 대하는 것만으로는 부족하다. 그런 눈물로는 위대한 아들을 키워낼 수가 없다.

위대한 아들은 공적인 인식이 또렷한 어머니에게서 자란다. 그러나 그런 어머니는 얼핏 냉정해 보일 수가 있다. 그러나 바로 그 냉정함이, 뜨거운 눈물을 참는 그 냉정함이 뜨거운 눈물보다 더 뜨거운 법이다.

같은 여자였지만 코르넬리아는 레굴루스의 아내와는 달랐다. 차라리 그녀는 레굴루스의 아내가 아니라 레굴루스의 편이었다. 그녀는 그 불굴의 로마인처럼 나라와 명예를 위해 죽지는 않았다. 그렇지만 그녀가 키운 아들들이 그렇게 죽었다.

확실히 남자와 여자는 다르다. 그러나 공(公)에 도달한 정신에 대해서라면 남녀가 서로 다를 것은 없다. 공(公)은 공(共)이고, 공공(公共)은 곧 공(空)이다. 그리고 공(空)은 사(私)가 텅 빈(虛) 것, 그리하여 공은 허공(虛空)이다. 허공은 선을 그어 나를 너와 구별할 수 없다. 그래서 허공은 무사(無私)하다. 그 무사한 허공에서 남녀는 구별되지 않는다.

병사들이 콩을 먹는다면
장군도 콩을 먹어야 한다

초나라 장수 자발(子勃)이 진나라를 공격하던 중 군량이 부족하게 되었다. 그래서 심부름꾼을 왕에게 보내어 구원을 청하는 한편 돌아오는 길에 홀로 계신 어머님께 안부를 여쭙도록 하였다.

아들에게서 온 심부름꾼을 만난 어머니는 아들의 안부 대신 이렇게 물었다.

"양식이 떨어져 간다는데 병사들은 무엇을 먹고 있소?"

"콩을 먹고 있습니다."

어머니가 다시 물었다.

"장군 자발은 무엇을 먹고 있소?"

"장군께서는 아침저녁으로 고기 밥을 잡수십니다."

얼마 뒤에 자발은 진나라를 무찌르고 영광스럽게 귀환하였다. 그는 왕으로부터 큰 상을 받고 집으로 돌아왔는데, 뜻밖에도 그의 어머니는 대문을 굳게 닫고는 아들을 집 안으로 들여 주지 않았다.

그러고는 이렇게 꾸짖었다.

"옛날에 월왕(越王) 구천(勾踐)이 오나라를 치던 중, 손님이 방문하여 술 한 병을 준 일이 있었다. 월왕은 이것을 모든 병사와 나누어 마시고 싶었지만 양이 너무 적었다. 그래서 사람을 시켜 술을 강 상류에 붓고는 모든 병사들이 그 물을 떠 마시도록 했던 것이다. 그 물은 술이라고 하기에는 너무나 밋밋하였지만 병사들은 왕이 자기들을 생각하는 마음에 감격한 나머지 전투에서 다섯 배의 힘을 내어 싸웠다고 한다."

"그런데 너는 군대를 지휘하는 장군으로서 병사들에게는 거친 콩으로 연명케 하면서 자신은 쌀밥에 고기반찬을 먹고 있었다고 하니 어찌된 일이냐? 다른 사람을 죽음으로 몰아넣는 것이 전쟁에서 장수가 하는 일인데, 너는 그들의 생명만으로도 모자라 호의호식까지 하였더란 말이냐?"

"너는 이번 전쟁에서 승리를 얻었지만 그 방법이 틀렸다. 대왕께서 너의 승리를 찬양하고 모든 백성들이 너를 명예스럽게 생각하지만 나는 너를 칭찬하지도 않을 것이며 명예롭게 생각하지도 않겠다. 너는 내 자식이 아니니 내 집에 들어올 수 없다."

어머니의 준엄한 꾸지람을 받은 자발은 백배사죄를 한 다음에야 집 안으로 들어갈 수 있었고, 이후 그의 행동은 겸손하고 질박해졌다고 한다.

❀

몸을 만들어 준 어머니와 정신을 바루어주는 스승.

어머니는 어머니에서만 그쳐서는 안 된다.

한편으로는 어머니이고, 다른 한편으로는 아들을 바루어주는 스승이기도 한 어머니. 김구 선생의 어머니 또한 그런 어머니였다는 것을 우리는 알고 있다.

돌은 튼튼하게 고여 놓고 왔느냐?

한 아이가 징검다리를 건너다가 흔들거리는 돌을 밟는 바람에 물에 빠졌다. 아이가 집에 와서 그 이야기를 하자 아이의 어머니는 아이가 다친 데를 살펴 치료를 해준 다음 물었다.

"그래, 흔들리는 돌은 튼튼하게 고여 놓고 왔느냐?"

"아뇨."

어머니가 준엄하게 말하였다.

"같이 가자."

어머니는 자녀와 함께 돌아가서 돌다리를 다시 놓았다.

그리고 그 아이는 자라서 큰 인물이 되었다.

❦

따로 마련한 훈계 시간은 훈계 시간이 아니다. 언제나 반복되는 같은 말씀. 그것은 차라리 셰익스피어의 연극에 지나지 않는다. 스무 번째 똑같이 반복되는 같은 아버지의 말씀을 들으며 자녀는 마음속으로 생각하게 된다. "제1막은 1970년대 이야기, 제2막은 1980년대 이야기, 이제는 제3막의 스토리가 진행 중이라고 할 수 있군."

훈계가 가장 효력을 발휘하는 것은 옳지 않은 행동을 하고난 직후이다. 그리고 훈계가 참된 것이 되려면 반드시 행위와 연관되어야만 한다. 행위는 말보다 열 배 이상의 힘을 지니고 있기 때문이다.

행위와 연관된다는 것은, 첫 번째로는 훈계자가 그 훈계에 걸맞은 행위를 한다는 것을 의미한다. 즉, 아들에게 정직에 대해 훈계를 하는 아버지는 훈계에 앞서 그 자신이 정직한 행위를 해온 사람으로서의 인격을 갖추고 있어야 한다.

두 번째로 훈계는 훈계를 받는 쪽에서도 행위와 연관되어야 한다. 물론 훈계에 의해 나중에 정직한 행위를 하게 되어야 하는 거야 당연하다고 하더라도, 가능한 한 훈계가 이루어지는 현장에서 행위와 연결되는 것이 더 좋다는 의미이다.

예를 들어 밖에서 욕을 배워 집에서 그것을 사용하는 경우, 훈계자가 그저 '욕은 나쁜 것이다.' 라든가, '앞으로는 욕을 하지 말라.' 고 말하는 것만으로는 충분치 않다.

자녀가 집에서 욕을 하기까지 아이는 아마도 그 욕을 수십 번 반복하였을 것이다. 이것은 욕이 자녀에게 훈습되었다는 것을, 즉 자녀의 마음이라는 천에 욕이라는 때가 물들어버렸음을 의미한다.

이 때를 제거하기 위해서는 물들인 것과 동등한 정도의, 가능하다면 그 이상의 노력을 기울여야만 한다. 이때 때를 제거하는 노력은 다름 아닌 좋은 말을 연습하는 것이다. 예컨대 나쁜 말을 열 번 반복한 경우, 훈계자는 자신이 보는 앞에서 자녀가 좋은 말을 스무 번 반복하여 연습하도록 하는 것이 좋다.

이렇듯 행위로 이어지는 훈계에 의해 자녀는 연극을 관람하던 입장에서 자기 자신 주연 배우가 된다. 관객으로서 보는 햄릿과 직접 연기해 보는 햄릿이 어찌 같을 수 있겠는가. 그와 마찬가지로, 자녀는 훈계를 따분한 어떤 것이 아니라, 삶의 현장에서 생생하게 전개되는 실제 상황으로 받아들이게 되는 것이다.

　말은 뇌에 전해지고, 행위는 뼈에 기록된다. 말에 전해진 훈계가 하루 만에 희미해질 때, 뼈에 기록된 가르침은 평생토록 남는 법. 이 이야기에 나오는 아들이 훌륭한 사람이 된 것은 직접 아들의 손을 잡고 돌다리를 놓으려고 되돌아간 그 기억을 평생토록 잊지 않았기 때문이었을 것이다.

행복은
따뜻한
마음에
온다

제
2
장

아들에게는 뼈저린 슬픔으로,
딸에게는 충실한 기쁨으로

2001년 9월 11일 화요일, 온 세계의 시선은 미국의 뉴욕에 집중되었다. 그날 뉴욕에 있는 세계 무역센터 쌍둥이 빌딩에 비행기 두 대가 날아와 꽂혔고, 그 때문에 건물이 무너지면서 오천 명이 넘는 희생자가 발생했기 때문이었다.

그때 비행기에 의해 건물이 파괴되는 모습은 영화의 한 장면과도 같았다. 그러나 영화라면 마음 놓고 그 장면을 즐길 수 있었겠지만 그것은 실제 상황이었다. 텔레비전을 통해 그 장면을 보면서 미국뿐 아니라 전 세계 사람들이 벌린 입을 다물지 못하였다.

당시의 뉴욕 시장의 이름은 루돌프 줄리아니였다. 줄리아니 시장은 곧 사태 수습에 착수하였고, 공무원과 시민들이 혼신의 노력을 기울인 결과 며칠 뒤 뉴욕시는 나름대로 질서를 회복할 수 있었다.

사태를 수습하는 동안 줄리아니 시장은 눈코 뜰 새 없이 바빴다. 줄리아니 시장은 사건이 일어난 화요일부터 목요일까지 사흘 동안 잠을 자지 못하였고, 음식도 사건 현장에서 선 채로 먹었다.

부상자와 사망자를 실어 나르는 사이렌 소리가 그치지 않고 들려오고, 소방대원들은 불을 끄느라고 이리저리 뛰어다니고, 다친 사람을 구해내는 구조대원들이 비지땀을 흘리며 활동하고 있는데 시장만 편안하게 쉬고 있을 수는 없었던 것이다.

일이 어느 정도 진정된 금요일에 줄리아니 시장은 기자들을 만나 그동안의 경과에 대해 인터뷰를 하였다. 그때 시장은 시민들의 노고를 치하한 다음 이렇게 말하였다.

"그렇지만 우리에게는 용기가 남아 있습니다. 그 용기로써 우리는 앞을 향해 전진해 나아갈 것입니다. 가신 분들은 이미 가셨습니다. 그분들의 죽음을 헛되게 하지 않기 위해서, 죽지 않고 살아남은 우리는 가신 분들의 삶까지 살아야만 합니다.

가신 분들은 가셨지만 오늘도 새로운 생명이 태어나고 있습니다. 그리고 오늘도 새로운 한 쌍의 남녀가 사랑을 시작하고, 오늘도 새로운 부부가 탄생합니다. 저는 다가오는 일요일에 젊은 한 쌍의 결혼식장에 나가 주례를 맡을 작정입니다."

기자들은 시장이 주례를 맡게 될 부부가 누구인지 궁금해 하였다. 사태가 어느 정도 수습이 되었다지만 아직도 할 일이 태산처럼 많았다. 그런 판에 천만 명의 시민들을 책임지는 시장이 개인적인 결혼식에 주례를 설 시간을 낼 수 있을지 의심되었던 것이다.

그래서 줄리아니 시장은 자기가 결혼식에 참석해야 하는 까닭을 설명하게 되었다.

이야기는 20일쯤 전으로 거슬러 올라간다.

2001년 8월 28일, 줄리아니 시장은 한 소방관이 화재를 진압하다가 죽었다는 보고를 받았다. 줄리아니 시장은 시장에 취임하면서 공무원이 시민을 위해 일하다가 희생될 경우 반드시 그를 찾아가겠다고 결심을 한 바 있었다. 그 결심을 지키기 위해 줄리아니 시장은 곧 죽은 소방관이 있는 병원으로 달려갔다.

병원에는 소방관의 어머니가 먼저 도착해 있었다. 그녀의 이름은 고럼바였는데, 그녀에게 닥친 불행은 이번이 처음은 아니었다. 그녀는 불과 열 달 전에 남편을 잃은 바 있었던 것이다.

놀라운 것은 고럼바 부인의 태도였다. 고럼바 부인의 태도는 열 달 전에 남편을, 두 시간 전에 아들을 잃은 어머니라고는 믿을 수 없을 정도로 침착하였다. 그녀는 눈물 한 방울 흘리지 않고 의연한 태도로 시장을 맞았다.

그러고는 시장이 지켜보는 가운데 친척들과 아들의 장례 절차를 의논하기 시작하였다. 그녀와 이야기를 나누는 동안 그녀의 친척들은 간간히 흐느껴 울었다. 그러자 고럼바 부인은 울음을 터뜨리는 친척들을 위로하는 것이었다. 누가 죽은 청년의 어머니이고 누가 친척인지 구별이 되지 않았다.

그때 한 친척이 고럼바 부인에게 하는 말이 줄리아니 시장에게 들렸다.

"그럼, 결혼식을 예정대로 하겠다는 거예요?"

고럼바 부인이 대답했다.

"물론이에요."

줄리아니 시장은 그들에게 다가가 무슨 이야기인지를 물어보았다. 알고 보니 고럼바 부인에게는 성장한 딸이 있었고, 그 딸의 결혼식이 다음 달 16일로 잡혀 있었다.

친척들은 딸의 결혼식을 미루라고 말하고 있었다. 당연하다면 당연한 권유였다. 그렇지만 고럼바 부인은 그들의 권유를 뿌리치며 딸의 결혼식을 예정대로 치르겠노라고 말하는 것이었다.

줄리아니 시장은 깜짝 놀랐다. 아들이 죽은 지 불과 두 시간밖에 되지 않았다. 여느 어머니 같으면 심장이 폭발할 것 같은 고통 때문에 머리가 아뜩해져 있을 텐데 고럼바 부인은 어떻게 저런 침착성과 용기를 낼 수 있는 것일까.

시장은 고럼바 부인에게 물어보았다.

"부인의 침착성과 용기에 감탄을 금할 수 없습니다. 대체 그런 힘이 어디에서 나오는 것입니까?"

고럼바 부인이 대답하였다.

"저는 지금 하고 있는 일에 집중할 것입니다. 아들의 죽음에 대해서도 그 일에 집중하여 슬픔을 달래기 위해 있는 힘을 다할 것이고, 딸의 결혼에 대해서도 딸의 행복을 진심으로 기뻐해 주기 위해 있는 힘을 다할 것입니다."

고럼바 부인은 덧붙여 말하였다.

"인생에는 기쁠 때가 있는가 하면 슬플 때도 있습니다. 이 둘은 늘 함께 다닙니다. 우리는 이들과 친해져야만 합니다. 저는 기쁨과 행복에 대해서는 그것을 친구로 알고 즐겁게 맞아들입니다. 그렇지만 슬픔과 고통에 대해서도, 그것을 원수로 삼아 내치려 하기보다는 친구로 알고 담담히 맞아들이기 위해 있는 힘을 다하고 있습니다. 저는 기쁨에 대해 정직하고 충실한 마음으로 그것을 받아들일 것입니다. 그리고 슬픔에 대해서도 정직하고 충실한 마음으로 그것을 받아들일 것입니다."

말을 하는 동안 의연하던 고럼바 부인의 목소리가 가늘게 떨렸다. 그것은 고럼바 부인 또한 큰 충격과 슬픔에 싸여 있다는 것을, 그러면서도 그것을 극복하기 위해 있는 힘을 다하고 있다는 것을 말해주었다. 그런 고럼바 부인의 모습을 바라보는 줄리아니 시장의 눈에 눈물이 글썽글썽 고였다.

이튿날, 줄리아니 시장은 죽은 소방관 마이클 고럼바의 장례식장에 참석하였다. 그때 고럼바 부인이 딸을 데리고 시장에게 다가와 이렇게 말하였다.

"시장님, 제 딸에게는 이제 아버지도 오빠도 없습니다. 그래서 다음 달 결혼식장에서 제 딸을 신랑에게 넘겨 줄 남자가 필요하게 되었습니다. 존경하는 시장님께서 딸애를 데리고 결혼식장에 들어가 주신다면 저희들로서는 그보다 더 영광스러운 일은 없을 것입니다."

"기꺼이 그렇게 해드리지요. 기꺼이. 저 역시 그보다 더 영광스러운 일은 없을 것입니다."

며칠이 더 지나 9월 16일 일요일이 되었다. 그날 부루클린의 개리슨 비치에 있는 한 교회에서 고럼바 부인의 딸의 결혼식이 열렸다.

그날 아침 결혼식장에 도착한 줄리아니 시장은 깜짝 놀랐다. 수많은 사람들이 교회 주변을 꽉 에워싸고 있었기 때문이었다.

초대를 받지 않은 사람들, 그러나 기쁜 마음으로 결혼식장에 참석한 그 사람들은 이름 모를 뉴욕의 시민들이었다.

그들은 시민들을 위해 일하다가 죽은 젊은 소방관 마이클 고럼바의 희생 정신을 기억하기 위해, 그리고 아들을 잃은 고럼바 부인을 위로하기 위해 자발적으로 그곳에 모인 사람들이었다. 그들의 수는 천 명이 넘었다. 그들은 손을 흔들고 박수를 치며 새 부부의 탄생을 축하하였다.

그렇다. 고럼바 부인이 옳다.

우리는 슬픔에 대해 정직하고 충실한 마음으로 그것을 받아들여야 한다.
설사 그것이 내가 피눈물로써 사랑하는 가족을 희생당하는 슬픔일지라도.

그리고 그런 우리에게 기쁨 또한 정직하고 충실하게 다가올 것이다. 그
리하여 우리의 삶은 슬픔과 기쁨을 교차하며 아름다운 비단으로 짜여 질 것
이다.

아프지 않기에 웁니다

백유(伯俞)에게 허물이 있어 그의 노모가 매로 치자 백유가 슬피 울었다.

노모가 백유에게 물었다.

"다른 날을 매로 쳐도 울지 않더니 오늘은 무슨 까닭으로 우느냐?"

백유가 대답하였다.

"전에는 어머님의 매질이 아프더니 이제는 어머니의 팔 힘이 저를 아프게 하지 못할 만큼 약해지셨습니다. 그것이 슬퍼서 웁니다."

이에 모자는 서로를 끌어안고 또다시 슬피 울었다. *

෧෧

어느 때 제자가 효도에 대해 여쭙자 공자가 말씀하셨다. "어버이는 다만 자식이 아프지 않을까만을 생각할 뿐이다."

《논어》라는 책이 워낙이 그런 책이기는 하지만, 이 구절은 곰곰 음미하지 않고서는 그 곰삭은 맛을 알아내기 어렵다. 대체 이 무슨 동문서답이란 말인가, 하는 생각이 들게 되는 것이다.

이 구절은 감정이입을 전제에 넣고 읽어야만 제대로 읽힌다. 바꿔 말하여, 이 구절에서 깊은 맛을 느끼지 못하는 사람은 감정이입이 충분하지 않은 사람이라고 말할 수도 있다.

"효도란 무엇인가?"라는 질문에 대해 공자는 "그래, 효도란 이것이다."

---

* 이 예화에서 '백유읍장(伯俞泣杖)' 또는 '백유읍태(伯俞泣笞)'라는 고사성어가 생겨났다.

라고 말해주지 않는다. 제자의 특성에 맞추어 때론 강하게, 때론 부드럽게, 때론 밀어주고, 때로는 당겨주었던 이 위대한 스승은, 이 경우에도 능수능란한 방법으로 제자를 훈도하고 있는 것이다.

여기에 감정이입이 잘되는 좋은 제자가 있다고 하자. 그리고 그 제자가 스승에게 효도에 대해 묻는다. 그때 스승이 "그것은 이런 것이다.", "그것은 저런 것이다."라고 말해줄 경우, 제자는 스승의 말을 개념으로 이해하게 될 것이다.

그러나 '개념' 은 아직 '행위' 는 아니다. 참다운 스승은 제자가 효도에 대해 '개념적으로 아는 단계' 에 이르도록 하는 것에서 만족하지 않는다. 그 개념이 '행위로 실천되는 단계' 로 나아갔을 때 스승은 제자를 참으로 가르친 것이고, 제자 또한 스승에게 참으로 배운 것이기 때문이다.

그런 의미에서 《논어》에 나오는 배울 학 자(學)는 개념으로 이해한 것을 가리키는 글자가 아니다. '배우고 또한 익히니 또한 즐겁지 아니한가!(學而詩習之 不亦說乎)' 라는 공자의 말씀에서는 배움(學)과 익힘(習)이 구별되어 언급되고 있지만, 대개의 경우《논어》에 나오는 '학(學)' 자는 습(習)자, 행(行)자와 절반쯤 겹친다고 보아야 한다.

앞의 경우, 공자는 제자에게 직접 효도의 개념을 말하는 쪽이 아니라, 제자가 스스로의 감정이입을 통해 부모의 마음을 헤아려 느껴보도록 하는 방법을 사용하고 있다. 바꿔 말하여 공자의 '어버이는 다만 자식이 아프지 않을까만을 생각할 뿐이다.' 라는 말씀은 '어버이의 너에 대한 마음 씀을, 네가 아플 때 너만을 위해 마음을 쓰실 뿐 당신 자신에 대해서는 잊고 계시는 그 마음을 상상해 보라.' 는 의미인 것이다.

이 같은 스승의 말씀을 듣게 되면 감정이입이 매우 잘되는, 감성이 매우 발달되어 있는 제자라면 눈시울이 붉어질 것이다. 그리고 다음 단계에서 그는 눈을 지그시 감고 어버이의 사랑의 마음을 떠올리면서 '아! 내가 어찌 어버이께 효도를 하지 않을 수 있겠는가!' 하는 마음을 일으킬 것이다. 그리고 그 감동과 결심은 곧바로 행위로 이어질 것이다.

그렇다. 우리 또한 가끔 생각해 보아야 한다. 내가 아플 때 어머니 아버지가 나에게 기울이시던 마음을, 그 진실한 심정을!

행복은 따뜻한 마음에 온다

돌은 튼튼하게 고여 놓고 왔느냐?

내 아들들만은 나 같지 않기를!

아내를 잃고 혼자 살아가는 노인이 있었다. 젊었을 때에는 힘써 일하였지만 이제는 자기 몸조차 가누기가 힘든 노인이었다. 그런데도 장성한 두 아들은 아버지를 돌보아 드리지 않았다.

어느 날 노인은 목수를 찾아가 나무 궤짝 하나를 주문하였다. 그런 다음 그것을 가져와 겉을 오래된 것처럼 위장한 다음 안에 유리 조각을 가득 채우고 나서 크고 튼실한 자물쇠 하나를 채웠다.

그 이후부터 아들들에게는 한 가지 의문이 생겼다. 어느 때부턴가 아버지의 침상 밑에 못 보던 궤짝 하나가 놓여 있었기 때문이었다. 아들들이 그것이 무어냐고 물으면 노인은 별게 아니니 신경 쓰지 말라고 말할 뿐이었다.

궁금해진 아들들은 아버지가 없는 틈을 타서 그것을 조사해 보려 하였지만 단단한 자물쇠로 잠겨 있어서 안에 무엇이 들어 있는지 알 수 없었다. 다만, 웬만한 힘으로는 밀어도 꼼짝하지 않은 것으로 보아 매우 무거운 것이 들어 있다는 것을 알 수 있을 뿐이었다.

놀라운 것은 그 안에서 금속들이 부딪치는 것 같은 달그락 소리가 난다는 것이었다. 아들들은 그 소리를 듣고 생각하였다. '그래! 이건 아버지가 평생 모아 놓은 금은보화일 거야!'

이렇게 생각한 아들들은 그때부터 번갈아가며 아버지를 모시기 시작하였다. 그리고 얼마 뒤에 노인은 마침내 죽었고, 아들들은 기대에 차서 궤짝을 열어 보았다.

그러나 그 속에는 깨진 유리 조각만이 들어 있을 뿐이었다. 그것을 알게 된 두 아들의 반응은 각각 달랐다.

큰아들은 버럭 화를 내었다.

"내가 당했군!"

큰아들은 궤짝을 멍하니 바라보고 있는 동생을 향해 "왜? 궤짝이 탐나니? 그럼 네가 가지거라."라고 말한 다음 휑하니 나가버렸다.

막내아들은 형의 말을 들었는지 못 들었는지 한참 동안 그 자리에 서 있었다. 묵중한 충격을 받은 모양이었다. 적막한 시간이 느릿느릿 흘러갔다. 1분, 2분, 3분……. 마침내 셋째 아들의 눈에는 맑은 참회의 이슬이 맺혔고, 그것은 줄기를 이루며 주루룩 흘러내렸다.

막내아들은 궤짝과 함께 유리 조각을 집으로 옮겨왔다.

　　나뭇가지가 조용하려 해도 바람이 쉬지 않고
　　자식이 효도하려 해도 어버이는 기다려 주지 않는다.

이런 옛글을 생각하며, 아버지가 남기신 유품 하나만이라도 잘 간직하는 것이 그가 마지막 효도가 되리라 여긴 것이다.

그렇지만 그의 아내는 구질구질한 물건을 왜 집에 들이느냐며 짜증을 냈다. 그래서 막내아들은 아내와 타협을 했다. 유리 조각은 버리고 궤짝만 갖고 있기로 하고, 유리 조각을 쓰레기봉투에 담기 시작하였다.

유리 조각을 다 담고 보니, 그 궤짝 맨 밑바닥에 짧은 시구(詩句)가 적흰 종이쪽지가 하나 들어 있었다.

막내아들은 그것을 읽기 시작했다. 그리고 잠시 후.

막내아들의 목울대에서 꺼억꺼억 소리가 새어나오기 시작하였다. 이윽고 그는 큰소리로 목 놓아 울음을 터뜨렸다.

나이 마흔을 넘긴 사나이의 통곡 소리에 놀란 그의 아내가 달려왔다. 그의 나이 어린 아들딸도 달려왔다.

막내아들이 읽은 글은 이러하였다.

첫째 아들을 가졌을 때
나는 기뻐서 울었다.

막내아들이 태어나던 날
나는 좋아서 웃었다.

그때부터 삼십여 년,
수천 번, 아니 아마도 수만 번
그들은 가슴조이며 나를 울게 하였고,
가슴 벅차도록 나를 웃게 하였다.

그러나 이제 나는 늙었다.
그리고 언제부턴가 그들은 달라졌다.
지금 그들은

나를 기뻐서 울게 하지도 않고,
좋아서 웃게 하지도 않는다.

나는 지금 혼자다.
내게 남은 것은 그들에 대한 기억뿐이다.

처음엔 진주 같았던 기억.
중간엔 내 등뼈를 휘게 한
행복한 고통이었던 기억.
그러나 지금은
사금파리 유리 조각으로 남은 기억.

그러나 아아,
내 아들들만은 부디
그 늘그막이 나 같지 않기를!
제발 나 같지 않기를!

막내아들의 아내와 아들딸들도 그 글을 읽었나.

"아빠!"

하고 소리치며 막내아들의 아들딸들이 그의 품으로 뛰어들었다. 아내 또한 그의 손을 잡았다. 네 사람은 서로 부둥켜안고 울었다.

그런 있은 다음 날부터 그들 집안에서는 즐거운 웃음소리가 들리지 않는 날이 없었다.

∞

진정한 행복은 조건이 아니라 인성이다.

큰 돈을 벌었기 때문에, 진급을 했기 때문에, 시험에 통과했기 때문에 행복한 행복도 물론 있다. 그런 행복이 조건에 따르는 행복인데, 진정한 행복은 그런 조건부 행복, 유사시의 행복이 아니라 무조건적인 행복, 평상시의 행복이다. 행복해야 할 아무런 이유가 없는 때, 딱히 별다른 일이 없는 때, 그런 평상시에 행복한 사람이 진정으로 행복한 사람인 것이다.

조건부의 행복과 유사시의 행복만을 행복으로 여긴다면 어떤 천재 시인의 말마따나 '내가 행복하였던 시간은 평생을 다 합쳐 보아도 석 달밖에 되지 않는다.'는 결과가 나오게 된다. 그렇다면 그 석 달을 제한 나머지 날들은? 그런 날들은 불행하거나 무미건조한 날이었을 테니, 그런 삶은 결국 실패한 삶이라고 해야 한다.

그렇다면 어떻게 평상시에도 행복한 삶을 살 수 있을까.

그 방법에 대해서는 수많은 현자들이 다 이런저런 좋은 말씀을 남겨 놓았으므로, 그를 참고하면 나름대로 답을 얻을 수 있겠지만, 이 예화의 경우 그것은 올바른 인성을 갖는 데서 시작된다는 것을 암시하고 있다.

앞에서 공자를 언급한 바 있지만, 여기서 다시 한번 공자의 경우를 보자. 《논어》는 말한다. '선생님은 평상시 아무 일이 없으실 때에 신신여야(申申如也)하시고, 요요여야(夭夭如也)하시었다.'

'신신'은 긴장이 풀려 자연스럽게 몸이 펴져 있는 상태를, '요요'는 정신적인 기쁨이 내면으로부터 어둠속의 촛불처럼 가벼이 일렁거리는 모양을 의미한다. 거기에다 《논어》는 '신신'과 '요요'에 '여(如)'라는 표현을 덧붙여두고 있다.

'여'는 '같을 여'자이지만 '같을 동(同)'자와는 다르다. '여'는 '동'자보다는 '그러할 연(然)'자와 통한다. 여와 연은 '동'자와는 달리 '같다'는 의미보다는 '그러하다'는 의미로 쓰이는데, 그러한 쓰임은 '연'자가 '자(自)'자와 함께 어울려 '자연(自然)'이라는 단어를 이루게 될 때 분명해진다.

자연은 '제 스스로 그러한'(형용사적인 쓰임), 또는 '제 스스로 그러한 것'(명사적인 쓰임)을 의미한다.

산은 제 스스로 그러하게 거기에 있다. 그리하여 산의 있음은 자연스럽고, 산은 자연물이라고 불리운다.

물은 제 스스로 그러하게 흘러간다. 그리하여 물의 흘러감 또한 자연스럽고, 물도 자연물이라고 불리운다.

그에 비해 인간은 자연스럽지 않다. 인위적이거나 작위적일 수도 있는 것이 인간인 것이다. 결국 '자연'이라는 말의 대척점에는 '인위'와 '작위'라는 단어가 있게 된다.

그런데 제자들이 일흔 넘어 성자가 된 공자님의 평소 모습을 지켜보았더니, 몸은 긴장이 풀려져 있고(申申), 마음은 내면적인 고요한 기쁨을 누리고 계셨는데(夭夭), 그 모습이 지극히 자연스러워서 인위적인, 또는 작위적인 느낌이 전혀 없었다는 것이다(如也).

그렇다면 왜 긴장이 풀려 있었을까.

그것은 성인의 마음에는 아무런 사심이 없기 때문이다.

왜 아무 조건이 주어지 않았는데도 내면으로부터 고요한 기쁨이 솟아났을까.

그것은 공자님의 인격이 완숙해졌기 때문이다.

그리하여 평상시의 성인 공자는 하늘을 우러러 부끄러움이 없는 평생을 살았다는 자부심으로, 조건 없는 흐뭇함(好 : 호), 까닭 없는 즐거움(樂 : 낙), 원인 없는 행복(悅 : 열)을 누리고 있었던 것이다. 이렇게 되어 평상시의 행복은 인격의 완성으로써 도달하게 된다는 결론이 나온다.

그렇다면 공자님 같은 완성된 인격까지는 그만두고라도, 어떻게 하면 그런 인격의 방향으로 나아갈 수 있을까.

아마도 정직성이 그 맨 처음 덕목이 될 것 같다. 남을 향한 정직은 차라리 나중의 일이다. 먼저 갖추어야 할 것은 자신을 향한 정직성이다.

정직한 정신은 사물을 있는 그대로 바라본다. 그리고 그 정직성의 거울을 가장 먼저 갖다 댈 곳은 남들이 아니라 나 자신이다. 결국 나 자신을 있을 그대로 거짓 없이 바라보는 것이 인격 수양의 출발점이 된다는 뜻이다.

있는 그대로 나를 바라보면 미숙한 인격체인 우리는 우리에게서 잘된 점보다 잘못된 점을 더 많이 보게 마련이다. 불순하고, 불미스러운 점들이 열, 스물 보일 때 당당하고 순수하고 아름다운 점은 하나둘도 잘 보이지 않는다는 말이다.

그렇기 때문에 인격 수양의 맨 처음 단계는 별로 즐겁지 않다. 못난 자신, 부정한 자신의 모습을 너무 자주 보다 보면 자신감이 없어지고 의기소침해지게 마련이기 때문이다.

그러나 조금 더 밀고 나아가면 마침내 반전의 때가 온다. 그 반전은 참

회와 더불어 시작된다. 자신을 향해 진정으로 정직한 자는 자신의 부정한 모습 자체를 부정하게 된다. 그리하여 그는 눈물을 흘린다. 남들에게는 보이지 않는 눈물이다. 자기 자신이, 자기 자신을 위해, 남들 몰래, 가슴을 치며 터뜨리는 피눈물이다.

바로 그 참회의 눈물에 의해 미숙한 인격자로서의 불순한 것들이 상당 부분 씻겨진다(당연하게도 그 한 번의 참회만으로 모든 불순한 것들이 다 씻겨지는 것은 아니다). 그리고 나면 마치고 소낙비가 지나간 다음의 참나무 숲처럼, 더욱더 푸르러진 신록 위로 맑은 바람, 밝은 햇살이 잔잔하게 퍼져나가기 시작한다.

이런 이치에 비추어 생각해 보면 첫째 아들은 자기를 돌아볼 줄 몰랐지만 막내아들은 자기를 돌아보았다. 그리고 아버지가 남기신 글을 읽고 나서 피눈물을 흘리며 자신을 뉘우쳤다. 그럼으로써 어떤 일이 벌어졌느냐고?

대답은 필자가 쓴 마지막 글에 이미 나와 있다.

'그 뒤부터 그들 집안에서는 즐거운 웃음소리가 들리지 않는 날이 없었다.'

그는 '행복은 조건이 아니라 인성'이라는 것을 이런 식으로 증명하였던 것이다.

최초로 태교를 행한 어머니

중국의 은(殷)왕조 시절의 일이다. 봉건제 시절이었던 만큼 중앙의 은에 왕이 있고, 지방에는 수백 명의 제후가 분할하여 나라를 다스렸다. 그 제후 중 하나인 주(周)나라는 나중에 은나라를 멸망시키고 새로운 왕조를 열게 되는데, 그 기초를 마련한 것이 태왕(太王)이다.

태왕은 태강(太姜)에게 장가들어 세 아들을 두었는데, 태백(太伯), 중옹(仲雍), 왕계가(王季)가 그들이었다. 이중 막내인 왕계가 가장 현명하였기 때문에 태왕은 그를 후계로 삼고자 하였지만, 위로 형들이 있어 결정을 하지 못하고 망설이고 있었다. 그러자 아버지의 뜻을 짐작한 태백과 중옹은 아버지 곁을 떠나 남쪽 지방으로 숨었고, 그 결과 왕계가 대통을 잇게 되었다.

태임(太姙)은 이 왕계의 아내이다. 그녀와 왕계 사이에서 난 아들이 문왕(文王)인데, 그의 이르러 주나라는 더욱 강성해져서 천하의 3분의 2가 그에게 귀복하였다. 그가 죽자 그의 아들 무왕(武王)이 마침내 은왕조를 멸망시키고 주왕조를 열었다.

태왕의 아내 태강, 왕계의 아내 태임, 무왕의 아내 태사(太姒)는 모두 현모양처였다. 그중에서 태임은 역사상 최초로 태교(胎敎)를 행한 어머니로 유명하다. 유향(劉向)이 지은 《열녀전(列女傳)》은 그녀에 대해 이렇게 기록하고 있다.

태임은 문왕의 어머니이며, 지임(摯任) 씨의 둘째 딸이다. 왕계가 태임에게 장가들어 아내로 삼았다. 태임의 성품은 곧고 성실하여 오직 덕으로써 행동하였다. 태임이 문왕을 임신하였을 때 눈으로는 나쁜 것을 보지 않았고, 귀로는 음란한 음악을 듣지 않았으며, 입으로는 오만한 말을 하지 않았다. 이처럼 그녀는 태교를 잘하였다. 측간에서 소변을 보고서 문왕을 낳았다.

문왕은 태어나면서부터 지덕(智德)이 뛰어났다. 어머니인 태임이 하나를 가르치면 백을 알았다.

군자가 말하였다. "태임은 태교를 잘하였다. 옛날에는 부인이 아기를 잉태하면 모로 눕지 않았다. 모서리나 자리 끝에 앉지 않았고, 외다리로 서지 않았으며, 거친 음식을 먹지 않았다. 자른 것이 바르지 않으면 먹지 않았고, 자리가 바르지 않으면 앉지 않았다. 현란한 것을 보지 않았고, 음란한 음악을 듣지 않았다. 밤에는 눈먼 악관(樂官)에게 시를 읊게 하였고, 올바른 이야기만 하게 하였다."

이와 같이 하여 자식을 낳으면 모습이 반듯하고 재덕이 남보다 뛰어나게 되는 법이다. 그러므로 아이를 가졌을 때 반드시 감정을 신중히 해야 한다. 선하게 느끼면 아이도 선하게 되고, 나쁘게 느끼면 아이도 악하게 된다. 사람이 태어나 부모를 닮는 것은 모두 그 어머니가 밖에서 느끼는 것이 태아에게 전해진 까닭이다. 그러므로 아이의 모습과 마음이 부모를 닮게 되는 것이다. 문왕의 어머니는 자식이 부모를 닮게 되는 이치를 알았다고 할 수 있다.

율곡의 어머니인 사임당 신씨는 이 태임을 매우 흠모하였다. 그래서 아호가 사임당이 된 것이지만, 과연 율곡과 같은 현자를 아들로 두었으니 이 또한 태교와 무관치 않았을 것이다.

그러나 어찌 태내에서의 교육뿐이었으랴. 자녀의 향상에 그토록 정성을 기울이던 어머니였던 만큼 자녀가 태어난 이후에도 남다른 정성을 기울였으리라는 것은 의심의 여지가 없다 하겠다.

다만, 주태임과 사임당의 경우 그 정성이 인성 교육을 기반으로 한 것이었던데 비해, 오늘날 우리 주변에서 펼쳐지는 태교와 자녀 교육은 지력 향상에 중점이 두어지고 있다.

둘의 차이는? 이 점에 대해 곰곰이 생각해보는 것이야말로, 우리들의 자녀에 대한 교육관을 수정, 보완함에 있어서의 핵심이 아닐까.

가장 가까운 데 있는 가장 중요한 사람

한 할머니가 십 리 길을 걸어 절에 도착하였다. 할머니는 먼 길을 머리에 쌀을 이고 온 탓에 숨이 몹시 가빴다.

스님이 할머니를 마중하며 물어보았다.

"그 짐을 이리 주시지요. 그런데 무엇 때문에 오셨는지요?"

할머니가 숨을 고른 다음에 대답했다.

"불공을 올리려고 왔습니다."

"무슨 불공을 드리려는 거지요?"

"며느리 불공을 드립니다. 새로 들어온 며느리가 마음에 영 안 들어요. 부처님과 관세음보살님의 도움을 받아 며느리의 마음을 좀 고쳐 보려고 합니다."

"허어!"

스님이 탄식하였다.

"그렇다면 굳이 절에까지 오실 게 없는데 그랬습니다."

"예?"

"절에 계신 부처님보다 집에 있는 부처님이 더 용하시거든요. 일른 이 쌀을 갖고 집으로 돌아가십시오."

"애써 십 리 길을 왔는데 그게 무슨 말씀이신지요?"

"집에 가시면 부엌에서 앞치마를 입고 하루 종일 왔다 갔다 하며 일하고 있는 분이 한 분 계실 겁니다. 그분이 바로 집에 있는 부처님이고 관세음

보살님입니다. 집에 직접 영험을 주실 분이 계시는데 굳이 절에 계신 부처님을 찾으실 까닭이 무엇입니까?"

"그렇다면 제 며느리가 부처님이라는 말씀인가요?"

"물론 지금은 아니지요."

하고 스님이 말하였다.

"그러나 만일 할머니께서 이 쌀을 팔아 며느님에게 선물을 해주어 보십시오. 그리고 마음도 좀 써주시고요. 그러면 어느 며느리가 시어머니를 공손히 모시지 않겠습니까?"

"며느리를 부처님처럼 대하는 것은 난 못해요! 며느리가 나를 부처님처럼 대한다면 그때는 혹 몰라도."

"이렇게 하시지요."

스님이 웃으며 말했다.

"먼저 할머니께서 할머니 자신을 부처님처럼 대하시는 겁니다. 친절한 마음을 갖는 것, 그것이 바로 할머니가 할머니 자신을 부처님처럼 대하는 것이 아니겠습니까? 가슴 안에 훈훈한 봄바람을 넣었다고 여기고 주무시도록 하세요. 깨어나실 때에도 내 윗저고리 안에 따뜻한 기운이 들어 있다고 여기고 한참 누워 계셨다가 일어나세요."

"그러면요?"

"그게 참 영험이 있거든요. 그렇게 하신지 며칠이 지나면 할머니의 얼굴색이 환해지실 거예요. 다시 며칠이 더 지나면 입가에 웃음이 저절로 나오시게 될 거구요. 그러다보면 며느리에게도 친절하게 되실 거고, 그러면 며느리도 할머니께 친절해질 게 아니겠습니까?"

"무슨 말씀이신지 이제 알겠습니다."

하고 할머니가 고개를 끄덕였다. 그러고는 덧붙여 말하였다.

"그러나 이 쌀은 스님과 부처님께 드리고 가겠습니다. 집에 가서는 이 절 부처님이 진짜 영험이 있다는 걸 마을 사람들에게 자랑도 할 겁니다."

머리에 인 무거운 쌀을 내려놓은 대신 가벼운 봄바람을 가슴에 품게 된 할머니는 나는 듯이 집으로 돌아갔고, 며칠 뒤부터 할머니의 집 부엌에서는 즐거운 노랫소리가 들리기 시작하였다.

행복은
따뜻한
마음에
온다

돌은 튼튼하게 고여 놓고 왔느냐?

가족의 힘, 가정의 소중함

초(楚)와 한(漢)의 쟁패(爭覇)가 마지막 전투에 이르렀다. 한신(韓信)이 지휘하는 백만 명의 한군(漢軍)은 초군(楚軍)을 해하(垓下)에 몰아넣고 포위하였다.

밤이 되었다. 휘영청 달이 밝은 가운데 죽음을 목전에 둔 초나라 병사들은 불안에 떨고 있었다. 지휘부는 지리멸렬한 상태였고 식량까지 동이 나 그들의 사기는 말이 아니었다.

그때 사방으로부터 초나라 노래가 들려왔다.* 한나라 모신(謀臣) 장량(張良)의 계책에 따라 한군에게 항복한 초나라 병사들이 부르는 고향 노래였다. 멀리서 들려오는 구슬픈 고향 노래. 초나라 병사들은 두고 온 가족을 생각하며 눈시울을 적셨다.

하나둘씩 진지를 벗어나는 병사가 생겼다. 이윽고 탈출은 대세가 되어 그날 밤중으로 초나라 병사 대부분이 병영을 이탈하였다. 한군은 그들이 도망치는 길을 굳이 막지 않았다. 어차피 승부의 추가 기운 마당이었다. 한나라 병사들 또한 고향에 가족이 있는, 병사이기 이전에 사람이었다.

마지막까지 남은 초나라 병사는 수천에 불과하였다. 한군은 그들을 격파여 중국은 마침내 한나라의 소유가 되었다.

* 이 예화로부터 '사면초가(四面楚歌)'라는 고사성어가 생겨났다.

노래의 힘, 고향의 힘, 가족의 힘은 남북전쟁에서도 확인되었다.

1863년 봄, 미국 스파트실비아에서 남북의 군대가 대진하였다. 양 진영은 적을 앞에 놓고 사기를 진작시키기 위해 군가를 불렀다. 북군 군악대가 '성조기의 노래'를 연주하자 남군 군악대는 '딕시'를 연주하며 맞섰다.

생사를 앞둔 양군의 분위기는 극도로 살벌하였다. 모두들 악을 쓰며 군가를 불러대었다. 그때 갑자기 북군 군악대가 군가를 그치고 '홈스위트 홈'을 연주하기 시작하였다.

양 진영이 모두 조용해졌다. 살벌하던 기운은 어느 사이 사라졌다. 이윽고 남군 군악대도 북군에 맞추어 '홈 스위트 홈'을 연주하기 시작하였다.

남북의 병사들은 여러 번 반복하며 어렸을 때부터 가족과 함께 부르던 그립고 정겨운 노래를 부르고 또 불렀다. 전의는 상실되었다. 남북의 지휘관은 스물네 시간 동안의 휴전에 합의하였다.

그들은 얼마 뒤면 죽거나 다칠 운명에 처해 있었다. 그러나 운명을 맞이하기 전에 그들에게는 해야 할 일이 남아 있었다. 가족, 그리고 가족에 대한 사랑. 두 부대의 지휘관이 하루 동안의 휴전에 합의한 것은 비록 전쟁 중일지라도 '홈'을 저버릴 수 없었기 때문이었다.

그렇다. 생각해 보면 전쟁을 벌이는 이유 또한 '홈 스위트 홈'을 위한 것이 아니겠는가.

───────── ∞ ─────────

가족에 대한 사랑은 이념을 넘어서는 것이다. 그러나 이념을 신봉하는 이들은 가족보다 이념을 앞세우기도 한다. 공산주의자들은 가족을 '동지' 라고 부르고, 종교 원리주의자들은 종교 안에서 '형제자매'를 찾는 대신 혈육을 멀리하는 등의 경우가 그것이다.

윈스턴 처칠은 파시즘과 공산주의로부터 민주주의를 지키기 위해 싸운 사람이라는 점에서 '주의자'이지만 '주의'와 '가정'이 경쟁할 때면 가정 편을 들어야 한다고 믿는 사람이었던 모양이다.

영국을 사회당이 이끌던 때의 일이다. 그는 야당 지도자로서 사회당과 자주 충돌하였는데, 사회당 사람들은 '가정'보다는 '주의'쪽을 더 선호하는 경향이 있었다.

그런 사회당의 성향은 용어를 통해 더욱 분명하게 나타났다. 그들은 '가난한 사람들'을 '혜택 받지 못한 사람들'이라고 고쳐 불렀고, '집'과 '가정'을 '지역 거주 단위'라고 불렀던 것이다.

처칠은 언어의 천재였다. 그는 학교 시절 다른 것은 낙제점을 맞으면서도 국어(영어)에서는 늘 만점을 받았다. 셰익스피어의 희곡《햄릿》을 글자 하나 틀리지 않고 외울 수 있었고, 후배들에게도 늘 국어 교육의 필요성을 역설하곤 한 사람이었다.

사회당 사람들의 '주의'가 그가 그렇게도 자랑스러워하는 '언어 지역'을 침범하여 '가정'을 '지역 거주 단위'로 바꾸기에 이르자 그는 하원에서 이렇게 연설하였다.

"이제 우리는 저 오래된 노래 '홈 스위트 홈'을 이렇게 고쳐 불러야 할 지경에 놓였습니다. '지역 거주 단위, 즐거운 지역 거주 단위, 지역 거주 단위 같은 곳은 없네.'"

랍비는 유대교의 교사를 가리키는 말이다. 이스라엘에는 역사를 거쳐 오는 동안 랍비들이 많았는데, 랍비 메이어도 그중 한 사람이었다.

메이어는 매우 훌륭한 강론가였기 때문에 매우 금요일 그가 회당에서 강론을 할 때면 많은 사람들이 와서 그의 강론을 들었다.

유대인들은 토요일을 안식일이라 하여 하느님을 섬기는 의미에서 쉰다. 성서에 기록된 바에 따라 유대인은 토요일에는 아무 일을 해서는 안 되기 때문에 금요일 저녁에는 할 일이 매우 많아진다. 특히 주부들에게 일이 많은데 왜냐하면 토요일에는 요리도 해서는 안 되기 때문이다.

그런 중요한 금요일에 어떤 부인이 랍비 메이어의 설교를 듣다가 집에 늦게 돌아가게 되었다. 당연하게 그 부인은 음식 준비를 하지 못하였다. 그럼으로써 그녀의 가족들은 안식일에 아무것도 먹지 못한 채 굶지 않으면 안 되었다.

그녀의 남편은 불같이 화를 내었다.

"당신이 그 랍비의 얼굴에 침을 뱉고 돌아올 때까지 나는 집에 돌아오지 않겠소!"

이렇게 말하고 나서 남편이 나가버려 부인은 매우 곤란하였다. 그녀는 무거운 발걸음을 떼어 랍비를 찾아갔다.

사정을 전해 들은 메이어가 부인에게 말하였다. ,

"나는 지금 눈이 아프오. 그런데 부인의 침을 바르면 낫는다고 하니 부인이 침으로 내 눈을 닦아 주기 바랍니다."

부인은 침으로 랍비의 눈을 닦아 주었다. 그러자 메이어가 말했다.

"자, 이것으로 부인은 나에게 침을 뱉은 것이 되었소. 어서 돌아가셔서 세상에서 가장 소중한 것을 지키시오."

부인이 돌아간 다음 제자들이 묻자 메이어가 말하였다.

"가정의 평화를 위해서라면 내 얼굴에 침을 뱉는 일을 나는 즐거이 받아들일 것이다."

공자는 나라의 법을 지키기 위해 가정의 평화를 깨뜨리는 자를 꾸짖었다. 그런 점에서 공자는 중국적인 사상가였고, 우리의 현재 모습 또한 조선시대의 유교적인 분위기가 남아 있다고 해야 한다.

그러나 지금은 공자가 살던, 혹은 조선시대 선비들이 살던 봉건주의 사회가 아니다. 지금 우리가 사는 사회는 구성원들이 공동으로 사회적 약속으로 성립시킨 법 앞에 만민이 평등한 민주주의 사회이다. 그런 사회에서는 가정의 평화와 공공의 이익 사이에 갈등이 생길 경우, 공공 쪽을 먼저 챙기는 것이 옳다.

처칠이 이념보다는 가정을 택했다고 말했지만 잘 살펴보면 그 또한 다른 의미에서의 이념주의자였다. 그는 반파쇼 이념을 지키기 위해 영웅적으로 투쟁하였고, 민주주의 이념을 지키기 위해 열정적으로 노력하였다. 문제는 어떤 이념은 이념만을 위해 존재하지만, 어떤 이념은 최종적으로 가정과 개인의 이익을 보호해 주기 위해 존재한다는 것이다. 우리는 그런 이념이 민주주의임을 믿는다.

민주주의는 가정의 이익과 공공의 이익이 하나로 이어 만나게 한다. 따라서 지금 우리가 사는 이 사회에서 가정의 이익은 공공의 이익과 얼마든지 서로 조화될 수 있는 것, 가정이 공공을 돕고, 공공이 가정을 돕는 그런 사회. 그런 사회는 우리가 노력하기에 따라 얼마든지 지금, 여기에서 가능한 것이다.

행복은
따뜻한
마음에
온다

돌은 튼튼하게 고여 놓고 왔느냐?

제 3 장

아내에게 쓰는 편지
-남편과 아내-

아내에게 쓰는 편지

며칠째 글이 써지지 않습니다.

아니, 사실을 말하면 며칠째가 아니라 몇 달째입니다.

그럴 때가 있습니다. 마음이 헛헛하고 삶이 무의미해져 보여서, 글은커녕 가만히 서 있는 것까지 힘들 때가 있습니다. 누구나 그럴 것입니다. 특히나 이제 나이 쉰을 넘겼다면 말입니다.

아내는 아무런 내색을 하지 않습니다. 그러나 모를 리는 없습니다. 나지막이 달그락거리는 설거지 소리를 들으며, 손길은 그릇에 닿아 있지만 마음은 나를 향하고 있는 아내의 마음을 나는 압니다. 아이들은 아무것도 모릅니다.

아내의 손끝은 무를 대로 물러 있습니다. 그런 한편 굳을 대로 굳어져 있기도 합니다. 모두가 나 때문입니다. 지난 이십 년. 남달리 똑똑하지 못해서 풍족하지 못했습니다. 남처럼 야멸치지 못해서 큰 손실을 본 것이 얼마 전의 일입니다. 그 손실을 보지 않았더라면……. 아아, 그 나쁜 사람과 얽히지 않았더라면……. 그랬더라면 지금쯤 아내는 좀더 넓은 집 아담한 거실에서 나와 오붓하게 향기로운 차를 마실 수 있었을 것입니다. 그러나 그것은 한숨 사이로 지나간 꿈일 뿐입니다. 그래서 더욱이나 일손이 잡히지 않습니다.

다음날 새벽.

글 쓰는 방에 들어서다가 나는 깜짝 놀랍니다. 꽃바구니 하나가 책상 위에 놓여 있습니다. 너울 같은 안개꽃에 둘러싸인 백합, 수선화, 국화, 장미…… . 그리고 아내의 쪽지 편지가 꽂혀 있습니다.

'우리 나쁜 사람을 욕하지 말기로 해요. 우리가 선했다는 그것으로 위안을 삼아요. 선한 마음 그것으로부터, 우리 힘을 얻기로 해요. 선한 마음이 우리를 구원한다는 것을, 저는 믿어요.'

나도 압니다. 나를 속인 사람을 욕하지 말아야 합니다. 그를 용서하고, 착하고 아름다운 마음에서 삶의 보람을 찾아야 합니다. 그렇지만 나를 위해서는 욕하지 않더라도, 아내와 아이들을 위해서는 혼내주고 싶습니다. 그 때문에 뼈아픈 고통을 겪는 나의 끔찍이 사랑하는 사람들을 위해서는 말입니다.

눈물이 흐릅니다. 아내와 아이들을 위한 눈물입니다. 나의 못남을 통탄하며 우는 눈물입니다. 나의 무능, 나의 속 좁은 마음…… . 생각하면 답답할 뿐입니다. 그리고 아아, 그 답답한 눈물 너머로 어렴풋이 아내의 모습이 비칩니다. 너울너울 아내의 얼굴을 가린 안개꽃 너머로 백합, 수선화, 국화, 장미를 닮은 아내의 모습이 보입니다.

그렇습니다. 젊은 한때 아내 아닌 아름다운 여자를 좋아한 적이 있습니다. 실제에는 없는, 문학 작품이나 나오는 알리사와 아그니스 같은 여인을 그리워한 적도 있습니다. 그녀들은 멀리 멀리 있었습니다. 그래서 내 손에는 닿지 않았습니다. 그리고 나는 내 옆에 있는 아내가 섭섭해 하는 것을 아랑곳 않고 그녀들을 꿈꾸곤 하였습니다.

아내는 미인(美人)이 아닙니다. 미인은 얼굴이 고운 여자입니다. 아내는 가인(佳人) 또한 아닙니다. 가인은 예술적인 여자입니다. 그러나…… .

그러나 그날 나는 깨닫습니다. 미인은 아니지만 가인인 여인이 내 옆에 있었다는 것을. 아내 또한 삶의 예술가였으며, 그리하여 아내가 주방에서 걸어가는 동선(動線)이 곧 가인의 멋진 춤사위였다는 것을. 삶의 역정 속에서 굽어지고 거칠어진 아내의 손가락이야말로 도리어 섬섬가인(纖纖佳人)의 그것이었다는 것을.

나는 책상에 앉습니다. 감동하여 시를 씁니다. 그리고 그 시를 꽃 그림으로 장식한 다음, 아직 잠자고 있는 아내의 머리맡에 가만히 갖다 놓습니다.

아내는 깨어나 이 시를 읽고 울지도 모릅니다. 그러나 내가 바라는 것은 그것이 아닙니다. 나는 아내가 웃어 주기를 바랍니다. 나를 처음 만났을 때 그랬던 것처럼, 근심걱정 하나 없는 처녀적 얼굴로 아내가 밝게 웃어 주기를, 나는 바랍니다.

가인
　　– 아내에게

나이 마흔여섯
너를 가인(佳人)이라 부른다

어디 미(美)한 데 아직 남았으랴
행여 고운 데를 헤아려 본다

가느단 손목을 다시 다오
지쳐 간 하많은 날들이
이제는 그리움으로 와서 닿으리

그리하여 내 이제 아노니
머나먼 섬섬가인(纖纖佳人) 여기 있어라
네가 걷는 동선(動線)을 바라다본다

나이 쉰하나
비로소 너를 가인이라 부른다
차마 미인이라 부르지 못하고
그리도 참, 고운이라 부른다

∞

남을 용서하기란 얼마나 어려운 것인지!

필자 또한 남을 미워한 적이 있고, 그 미움을 용서로 바꾸지 못해 잠 못 들던 기억이 있다.

당시에 나는 미움이 상대에 앞서 나 자신을 먼저 고통스럽게 한다는 것을 잘 알고 있었다. 독은 남을 해치기에 앞서 나를 해치고, 향기는 남보다 먼저 내 기분을 흐뭇하게 한다고 말해 온 것도 오래 전부터였다.

그러나 막상 나쁜 벗의 사악한 행동에 휩쓸려 큰 고통을 당하고 보니, 그동안 내가 해온 생각과 말의 힘은 형편없이 약한 것이었음이 단박에 드러났다. 원수를 용서하고 사랑하라는 말은 역시 성인의 말이지 나의 수준에서는 소화할 수 없는 말이었던 것이다.

더욱이나 견딜 수 없는 것은 그 고통이 나에게서 그치지 않는다는 것이었다. 그의 사악한 행위가 나의 어리석음과 결합하였을 때 거기에서 생겨난 고통은 나의 몫이자 고스란히 내 가족들의 몫이기도 하였던 것이다.

그러나…….

그러나 나는 결국 나 자신을 이겨낼 수 있었다. 그때 당장에는 아닐지라도, 여러 곡절과 시간의 도움이 필요하기는 하였지만, 어쨌든 나는 마침내 위대한 이들이 가리키는 쪽으로 방향을 틀 수 있었던 것이다.

그때 힘이 되어준 것은 시간과 함께, 또다시 가족이었다. 물론 그동안에 쌓아온 삶의 연륜, 특히 내가 자주 사색하고 음미해 온 옛 현자들에 대한 기억이 큰 힘이 되어 주었다. 그렇지만 나에게 가족이라는 안식처가 없었더라면 그런 힘을 가진 나라고 해도 결국 무너져 내렸을지 모른다.

피천득 선생은 말한다. '모든 사람을 좋아하고, 아무도 미워하지 아니하며, 몇몇 사람을 끔찍이 사랑하며 살고 싶다.'고.

그분은 미움의 대상은 예시하지 않았지만, 나에게는 미움이 대상이 있었다. 그분은 몇몇 끔찍이 사랑하는 사람을 예시하였는데, 나 또한 그런 사람들이 있었다.

가족. 내가 끔찍이도 사랑하는 사람들인 나의 아내와 두 아들.

그들은 한편으로는 나의 삶의 무게를 두 배로 무겁게 만드는 존재였다. 그러나 다른 한편 그들은 그 짐을 지고 일어나게 하는 힘의 원천이기도 하였다.

가족이 없으면 삶의 짐은 가벼워질 것이다. 그러나 가족이 있으면 삶의 짐이 무거워지는 대신 짐을 지고 일어설 수 있는 능력을 갖게 된다.

둘 중 어느 편이 좋을까. 만일 운 좋게도 착한 아내를 가질 수 있다면, 더불어 다행하게도 인성이 바른 아들딸을 가질 수 있다면, 또는 그런 아들딸로 키워낼 수 있는데 자신이 있다면, 나는 다음 생에서도 가족이 없는 가벼운 삶보다는 가정을 갖는 무거운 삶, 그러나 행복한 삶을 택하게 될 것이다.

행복은
따뜻한
마음에
온다

제
3
장

노부부

갑자기, 그녀는 잠에서 깨었다.

밤은 이미 깊어 새벽 두 시.

어떻게 잠에서 깨게 되었는지, 그녀는 잠시 생각해 본다.

아, 그래. 부엌에서 덜컹거리는 소리가 났었지.

귀를 기울인다.

옆 침대를 더듬어 보니 아무도 없다.

그렇군. 사방이 이토록 고요한 까닭은 그의 숨소리가 들리지 않았기 때문이었다.

풀리지 않은 무거운 몸을 일으켜 부엌 쪽으로 나간다.

보니, 찬장 옆에서 무언지 어른거린다.

불을 켠다. 보나마나 남편. 둘만이 사는 열두 평짜리 아파트이니까 너무나 당연하다.

잠옷 바람으로, 그들은 서로를 바라본다.

식탁 위에 빵 접시가 놓여 있고, 그 위에 그가 잘라 놓은 빵이 있다. 아직까지도 칼은 접시 옆에 놓여 있다. 식탁보 위에도 빵 부스러기가 흐트러져 있다.

문득, 남편이 팔십 노인처럼 보인다.

팔십은 아니지만 예순셋. 하긴 노인이라고 하긴 해야겠지.

그래도 이웃집 아낙이 쉰 살처럼 보인다고 말한 적도 있는데.

남편도 아내를 바라본다. 그 또한 아내가 요즘 들어 머리카락을 염색하지 않는다는 것을 떠올린다.

"무슨 일이 있나 싶어서……."

우물우물 이유를 대는 것은 아내의 오랜 습관이다.

"다행히 아무 일도 없나 보오."

"들어갑시다. 감기 드시겠어요. 한밤중에 웬일로……."

그래, 굳이 빵 얘기를 할 필요는 없겠지. 출출해서라기보다는 그저 심심하기 때문이니까. 아무도 오지 않는 작은 아파트. 세 명의 아들들은 다행히도 모두가 잘나가는 직장에 다니고 있다. 그러니 너무 바빠서 짬을 낼 수 없는 것만 빼면 얼마나 다행인가.

아들 생각 때문인지 가슴께가 허허롭다. 그와 동시에 남편의 무릎도 휘청한 것처럼 보인다. 그러나 잠결에 잘못 본 것인지도 모른다.

잠시, 주위는 다시 고요해졌다.

멍한 이명(耳鳴)소리뿐.

얼마쯤 지났을까.

그가 입속에 넣은 채 아직껏 씹지 않던 것을 우물거린다.

숨을 헐떡거리는 것만 빼면 염소처럼 보이는 남편의 입.

다시 얼마 뒤. 두 사람은 침대에 누웠다.

이튿날 아침.

식탁에는 남편의 몫으로 빵 조각이 하나 더 늘었다. 늘 오르던 커피 대신 따끈하게 데운 우유가 그 곁에 놓여졌다.

"먹는 게 보약이에요. 커피도 좀 줄이고요."

눈길을 돌리며 중얼거리는 아내를, 남편은 물끄러미 바라본다.

짜증이 난다. 내가 얼마나 커피를 좋아하는지 잘 알고 있는 그녀가 아닌가 말이다.

"빵이 너무 많아. 한 조각만 더 먹어도 속이 더부룩해."

그녀가 문득 동작을 멈춘다. 안에서 무언지 울컥하는 게 있다. 늙어가면서 느는 거라곤 감상(感傷)뿐인 게 그녀는 이젠 차라리 싫지 않다. 그래, 울 수라도 있어야 살지.

남편은 아내의 심정을 아는지 모르는지 빵 조각 하나를 집어 입에 넣는다.

아내가 돌아보니 염소의 입 모양은 여전하다.

이쁘지는 않다. 그러나 가엾다.

아내의 눈에서 눈물이 고인다.

눈물에도 나이가 있다.

나이 쉰을 넘은 여자의 눈물은 분명 진주 같은 눈물은 아니다.

추하다고까지 할 수는 없어도 이슬처럼 영롱하지도 않은, 그러나 그 눈물은 평생토록 사랑해 온, 그러나 이젠 사랑스럽다기보다 가엾게 여겨지는 남자를 위해 흘리는 눈물이다.

그 눈물을 히느님과 닿아 있다.

처녀적 뭇 남자들을 울리던 그 눈물은 닿지 못하던,

갓난아기였을적 천사로서 흘리는 눈물도 이르지 못하던,

아픔의 산과 슬픔의 강을 오십 년 너머 건너온 그녀만이 흘릴 수 있는 그 눈물은,

머나먼 하늘나라로 흘러내린다.

(독일의 작가 볼프강 보르헤르트의 작품을 바탕으로 다시 씀)

∞

　　살아가면서 가장 아픈 때는
　　내가 사랑하는 사람이 아픈 때.

　　세상에서 가장 슬픈 것은
　　내가 사랑하는 사람이 슬퍼 보이는 것.

　　그러므로
　　아프지 않으려거든 사랑하지 말라.
　　슬프지 않으려거든 사랑하지 말라.

　　그러나 그렇게 말할 수는 있어도
　　그렇게 행동하기는 실로 어려운 일.
　　눈앞에 그가 어른거려 떠나지 않는데…….
　　영혼 속에 그녀의 향기가 남아 아직도 떠도는데…….
　　가진 힘을 다해 밀어제쳐도 나보다 더 큰 힘으로
　　나를 휘감는데, 감싸 안는데…….

　　'사랑을 하고 그 사랑을 잃는 것은

사랑을 하지 않은 것보다 나으니.'*

그리하여 맹세하노니,
그 끝이 고통이요 슬픔일지라도
내 차라리 사랑의 죄인이 되어
세상이 나를 벌해도 좋으리.
죽어도 오히려 나는 좋으리.

* 영국 시인 테니슨의 시 〈메모리엄〉에서 인용.

노란 사랑의 물결

　버스 한 대가 수십 명의 손님을 태우고 시골길을 달리고 있었다. 한적한 시골길이 무료하게 느껴진 승객들은 함께 앉게 된 옆 사람과 이런저런 이야기를 나누기 시작하였다.

　그 버스 안에 중년 남자 하나가 타고 있었다. 얼마 지나지 않아 그는 다른 사람들과 구별되어 눈에 띄었다. 모두들 이야기를 나누고 있는 가운데 그 남자만은 입을 꼭 다문 채 두 시간이 지나도록 떨어진 자리에 혼자 앉아 아무와도 이야기를 나누지 않았던 것이다.

　한 부인이 그의 옆으로 자리를 옮겨 앉으며 그에게 물 한 잔을 권하였다. 남자는 고개를 끄덕여 고마움을 표하고 물을 받아 조금 마셨다.

　"무슨 걱정거리라도 있으세요? 혹 제가 도울 수 있는 일이라면 도와 드리고 싶어요."

　젊은 부인이 걱정스레 말을 건네자 뒷자리에 있던 노부인이

　"나도 그러고 싶군요."

　하고 거들었다. 노부인과 함께 앉아 있는, 노부인의 남편으로 보이는 할아버지도

　"어서 말해 보시구려. 우리 세 사람으로 부족하다면 이 버스 안에 있는 사람들이 모두 나서면 웬만한 일은 다 되지 않겠소?"

　"여러분, 참 고맙습니다."

　중년 남자는 수줍은 듯이 말하고는 잠시 망설이더니 품속에서 사진 한 장

을 꺼냈다. 거기에는 십 년 전쯤으로 보이는 남자의 얼굴이, 부인으로 보이는 여자, 그리고 어린아이 셋과 함께 찍혀 있었다.

"부인이군요. 세 아이들은 두 분의 자녀겠고요."

"그렇습니다."

"가족을 만나러 가시는 길인가요?"

중년 남자는 고개를 끄덕이고는

"그렇지만 걱정입니다. 아내와 아이들이 나를 반갑게 맞아 줄는지 말입니다."

"왜요? 사이가 나쁘셨던가요?"

"모두가 다 제 잘못이지요."

중년 남자는 한숨을 쉬었다.

"저는 지금 뉴욕의 형무소에서 사 년간 옥살이를 하고 막 나온 참입니다. 아직도 형기가 몇 년 더 남았지만 모범수로 인정되어 가석방이 된 것이지요. 그래서 지금 고향으로 돌아가고는 있지만, 과연 제가 이 지경이 된 형편에도 제 아내가 여전히 저를 사랑해 줄는지에 대해 자신이 없습니다. 아내가 과연 저를 기쁘게 맞아 줄까요?"

뜻밖의 말에 세 사람은 할 말을 잃고 입을 다물었다.

분위기가 답답하게 변해버렸기 때문에 그것을 풀어 보려는 생각에서 뒷자리의 노부인이 말하였다.

"내 생각에 그것은 댁의 부인이 얼마나 너그러운 분인가에 달려 있을 것 같군요."

"전적으로 그렇습니다. 저는 아내에게 아무것도 줄 것이 없고, 오직 아내만이 제게 무엇인가를 줄 수 있을 뿐인 상황이지요. 아내뿐 아니라 다른 사람에 대해서도, 이 세상 전체에 대해서도 지금의 저는 아무것도 줄 수 없는 입장입니다. 남에게서 받기만 해야 하는, 세상의 가치 있는 것을 축내기만 해야 하는 게 저의 지금 형편입니다. 먹는 것, 입는 것은 물론 마음까지도 남에게 줄 여력은 없고 받기만 해야 하는, 저는 버러지 같은 존재라고 할 수 있지요."

"젊은 양반, 그건 너무 비관적인 생각이군요. 감옥에서 나온 사람이 아니더라도 사람은 모두 하느님의 재산을 축내면서 살게 마련이에요."

노부인이 이렇게 말하고 있을 때 옆자리에 앉아 있던 노인이 자리에서 일어나 버스 안의 승객들을 향해 말하기 시작했다.

"자, 여러분, 잠깐만 제 얘기를 들어주시는 아량이 여러분에게는 있으시겠지요? 여기, 우리와 함께 여행하고 있는 사람 중에 무척이나 애처로운 영혼이 하나 있습니다. 우리가 이분으로 하여금 이 세상 얼마나 아름다운 것인지를 깨닫게 하는 방법은 과연 없을까요?"

노인의 남자의 이야기를 승객들에게 전하였다.

남자가 자리에서 일어나 말하였다.

"저는 아내에게 더할 나위 없이 미안했습니다. 아내는 남달리 너그러운 사람이었지만 그런 아내일지라도 저를 용서하기는 어려웠을 것입니다. 그래서 저는 아내더러 나를 떠나고 싶으면 미련 없이 떠나라고 여러 차례 편지를 보내어 말했습니다. 이번 가석방이 결정되었을 때에도, 저는 또 한 차례 편지를 보내어 나를 잊든지 재혼을 하라고 했지만 아내로부터는 아무런 회답이 없었습니다."

남자가 말을 계속했다.

"그러나 저는 궁금합니다. 아내는 아직도 나를 사랑하고 있을까요? 떠나 달라고 말하긴 했을지라도 그것이 제 본심은 아닙니다. 아내가 용서를 해주기만 한다면 저는 부끄러움을 무릅쓰고 아내에게로 다시 돌아가 그녀의 품에 안기고 싶습니다. 다만 그럴 면목이 없을 뿐이지요. 그래서 마지막으로 아내의 본심을 알아보기 위해, 그래도 혹 아내가 나를 용서하고 받아들여 줄지도 모른다는 생각에서 일단 고향으로 돌아가고 있는 것입니다."

모두들 한숨을 쉬었다. 남자의 처지를 생각하면 그의 부인이 그를 받아들여 주었으면 싶었지만, 그 부인의 입장에서 생각한다면 그것이 쉽지 않을 일이라는 걸 알기 때문이었다.

중년 남자가 자리에서 일어섰다. 그러고는,

"지난번 편지에 저는 이렇게 썼습니다."

하고 말하고 나서 주머니에서 쪽지를 꺼내어 읽기 시작하였다.

"차마 사랑한다고 말하기도 부끄러운 당신에게. 여보, 우리 마을 입구, 버스가 지나가는 길가에 큰 느티나무가 있는 건 당신도 알겠지. 만일 당신이 나를 용서하고 받아들여 줄 수 있으면 그 표시로 느티나무에 노란 손수건을 하나 매달아 주기 바라오. 당신의 노란 손수건을 보면 나는 버스에서 내리겠지만, 그렇지 않다면 내리지 않고 버스의 종점까지 갈 작정이오. 그 뒷일은 하느님만이 아시겠지. 한 가지, 설령 노란 손수건이 달려 있지 않더라도 내가 당신을 조금도 원망하지 않을 거라는 것만은 알아주기 바라오. 사랑하오, 당신! 차마 사랑한다고도 말할 수 없다고 생각되지만, 이번이 이 말을 할 기회가 마지막일지도 모르기에 꼭 말해야겠소. 사랑하오! 뼈가

으스러질 만큼, 죽을 만큼, 죽은 다음이라도 당신이 용서만 해준다면 다시 일어날 수 있을 만큼, 그만큼 당신과 두 아들을 사랑하오! 큰 고통을 겪은 뒤에야 비로소, 몸을 가두고, 마음을 묶고, 영혼을 얼려둔 채 사 년 세월을 보낸 이제 와서야 비로소, 여보, 이제는 내 마음에도 한 송이 매화꽃이 피었소. 이제는 내가 진정으로 당신을 사랑하고 있다는 것을 알게 되었소. 이제야 비로소 사람 그 자체를, 사랑 그 자체를 사랑해야 한다는 것을, 삶을 사랑하고, 나의 죄까지도 사랑해야 한다는 것을 알게 되었소. 다시 한 번, 사랑하오, 당신!"

모두들 눈시울을 붉혔다.

남자가 앉자 버스 안의 공기가 술렁대기 시작했다. 승객들은 남자와 그 부인의 만남이 어떤 결말에 이를지가 궁금하여 이런저런 상상의 나래를 펴며 흥분하기 시작했던 것이다.

버스는 계속 달려 남자의 고향은 이제 20킬로미터밖에 남지 않게 되었다. 이삼십 분 후면 버스는 문제의 장소에 도착할 것이었다. 그때 과연 무슨 일이 벌어지게 될까. 노란 손수건이 펄럭이고 있을까. 목적지가 가까워올수록 처음 뒤숭숭하던 버스 안에는 이상한 정적이 깃들기 시작했다.

그 정적의 한가운데에 중년 남자가 있었다. 그는 눈을 지그시 감고 머리를 뒤로 누인 채 머지않아 닥쳐올 운명의 판결을 기다리고 있었다. 반은 포기한 듯한, 그러면서도 반은 기대에 부푼, 온갖 설렘과 비탄이 뒤섞인 묘한 표정이 그 얼굴에 감돌고 있었다.

사람들은 한편으로는 이 일이 감동적으로 끝나기를 바라면서도 다른 한편으로는 가혹한 현실이 닥칠 경우에 대비하여 마음을 다잡았다. 이윽고 마을이 1킬로미터 전방으로 가까워졌다.

버스가 휘어진 길을 돌기 시작하였다. 그 커브를 돌면 중년 남자의 고향이, 큰 느티나무가 있는 마을이 나타날 것이었다. 숨 막힐 듯한 마음의 정적 속에서 버스의 엔진이 울리는 물질의 소리만이 부릉부릉 울리고 있었다.

이윽고, 버스 앞창으로 그 느티나무가 그들의 눈앞에 나타났을 때, 조급한 나머지 앞자리로 옮겨 앉은 젊은이들의 입에서 와아! 하는 함성이 터져 나왔다. 이어서 뒷자리에 앉은 사람들에게서도 감동하는 신음 소리가 이어졌고, 누가 먼저랄 것도 없이 모두들 옆 사람을 붙들고 소리 소리를 지르는 일이 벌어졌다.

모두들 울었다. 사람들은 누구랄 것 없이 일어나 춤을 추었다. 어서 일어나시오, 어서! 사람들이 떠밀 때까지 중년 남자는 자리를 굳게 지킨 채 두 눈을 질끈 감고 있었다. 그의 두 눈에서는 눈물이 방울을 지어 주르르 주르르 흘러내리고 있었다.

노란 손수건. 수백 장의 노란 손수건. 바람에 펄럭이며 사랑하는 남자를 용서하고 맞아주는 노란 손수건.

중년 남자는 사람들의 박수를 받으며 자리에서 일어나 버스 문 쪽으로 천천히 걸어 나갔다.

❧

너무나도 유명한 이야기지만 감정에 높낮이와 볼륨감을 넣어 새로 고쳐 써 보았다. 그러면서, 역시 용서는 위대하구나, 사랑은 영원하구나, 하는 생각을 다시 해보았다.

이 글을 이성적으로만 읽으면 줄거리가 기억에 남게 되지만, 감성과 더불어 읽으면 분위기가 남게 된다. 필자는 나 자신을 이성적이기도 하고 감성적이기도 하다고 여긴다. 이 이야기를 떠올리면서 '아, 그 뻔한 이야기!' 하는 생각이 들 때가 있는가 하면, 두 번 읽고 세 번 읽어도 가슴이 먹먹해지는 시절도 있는 것은 그 때문일 것이다.

다행히도 요즘은 후자의 시절인 것 같다. 작은 일에도 감동하고, 감동한 일에 또다시 감동하는 요즘, 나는 내가 논리적으로 치밀하다는 말을 듣던 시절보다 조금은 유치하게 여겨질지도 모르는 요즘의 내가 더 삶의 본질에 가까이 있다고 느낀다. 그러면서 그로부터 행복을 느낀다.

새들아, 조용히 해다오

미국의 소설가 마크 트웨인은 아내를 매우 사랑했다.

어느 때 그의 아내가 얼음판에 넘어져 병석에 누워 있었다. 고통에 신음하느라고 잠을 이루지 못하던 트웨인의 아내는 새벽이 되어서야 겨우 잠이 들었다. 그러나 아내가 잠이 들자마자 정원에서 새들이 울어대었는데, 그는 아내가 잠에서 깰까 걱정하였다.

소설가는 곧 책상으로 가서 여러 장의 종이에 무엇인가를 적더니 밖으로 나갔다. 그는 정원 나무마다 적어 온 종이쪽지를 붙였다. 거기에는 이런 말이 적혀 있었다.

'새들아, 조용히 해다오. 아픈 아내가 자고 있으니까.'

∞

물론 새가 글을 읽지는 못했을 것이다. 그러나 그 마음을 그의 아내는 읽었을 것이다. 평소에, 아플 때는 더욱, 죽을 때까지.

성경은 말한다. '그녀는 사랑스런 암노루 같고 아름다운 암사슴 같도다. 너는 그녀의 품을 항상 족하게 여기고 그녀의 사랑을 항상 연모하라.'

가장 가까이에 있는 아내를 애인처럼 그리워할 수 있다면 그는 가장 행복한 사람이다. 남편을 그렇게 그리워하는 아내도 또한.

조강지처는 버릴 수 없습니다

후한(後漢)의 광무제(光武帝)에게는 호양공주(湖陽公主)라는 과부가 된 누님이 있었다.

호양공주는 자주 황제에게 송홍(宋弘)이 위용과 덕망에 있어 으뜸이라고 말하곤 하였는데, 어느 날 광무제는 공주를 병풍 뒤에 숨겨 놓고 송홍을 불러들여 넌지시 물어보았다.

"부자가 되면 사귀는 사람을 바꾸고 귀하게 되면 아내를 바꾼다는 속언이 있는데, 인정이란 그런 것이오?"

송홍이 아뢰었다.

"제 생각으로는 빈천할 때의 교분을 잊어서는 안 되고, 구차하고 가난할 때 술지게미와 쌀겨를 같이 먹은 아내*를 내쫓을 수는 없다고 생각합니다."

송홍이 가고나자 황제가 공주를 돌아보며 말하였다.

"누님, 안 되겠소이다."

호양공주는 송홍의 아내가 되려는 희망을 버릴 수밖에 없었다.

∞

처음, 두 남녀는 '사랑'으로 맺어진다. 그러나 '사랑의 묘약은 석 달간'이라는 말도 있지 않은가. 요즘 들어 과학이 쾌락 호르몬의 분비에도 유효기간이 있음을 증명해 보이고 있는 중이다.

그리하여 부부의 사랑은 시간과 더불어 '이해'로 바뀐다. 사랑이라기보

---

* 이 고사에서 조강지처(糟糠之妻), 또는 조강지처불하당(糟糠之妻不下堂)이라는 고사성어가 나왔다.

다는 우정에 가까운, 열처럼 들뜬 상태라기보다는 평온하고 아늑한 감정으로 바뀌는 것이다.

그리고 그 감정에는 나름대로의 아름다움이 있다. 마치, 젊은이가 생각하기에 나이 든다는 것은 지옥일지 모르나 실제로 나이 들어 보면 그 나름의 맛과 멋이 있다는 것을 알게 되듯이, 사랑이 잦아진 정원에 찾아드는 부부의 이해와 우정에도 그 나름의 아름다움과 우아함이 있는 것이다.

그리고 마침내 부부의 이해는 '측은지심(惻隱之心)'으로 이어지게 된다. 측은지심! 근래에 어떤 분으로부터 이에 대한 좋은 말씀을 들었다. 맹자에 의해 인(仁)의 정의로써 알려진 이 말을 불교를 포교하는 분으로부터 다시 듣게 된 것이다.

측은지심은 남을 불쌍히 여기는 마음이다. 그러나 측은지심은 동정심과는 다르다. 동정심은 내가 우월한 것을 전제로 나보다 못한 사람에게 갖게 되는 감정이지만, 측은지심에는 나와 남 간의 우월이라는 차등이 전제되어 있지 않다.

그것은 인간 일반에 대한 동정이라고 말할 수 있다. 내가 측은하게 여기는 그가 불쌍하듯이 나 또한 그와 마찬가지로 불쌍한 존재라는 의미의 동정심이 측은지심인 것이다. 바로 이런 마음가짐으로써만 우리는 각각 따로인 '이심이체(異心異體)'로부터 일심동체(一心同體)로 나아갈 수 있다.

'누구를 위하여 조종이 울리느냐고 묻지 말라. 조종은 너 자신을 위해 울리기 때문에.'라고 시인 존 던은 노래하였다. 그에 의하면 섬은 물 위에서 보면 각각이지만 물 아래에서 보면 하나의 뭍이다. 따라서 섬으로서의 누군가가 죽는다면, 그것은 곧 뭍으로서의 나의 일부가 죽는 것이 된다.

모든 인류에 대해 이런 감성을 갖는다면 그것은 동체대비(同體大悲)의 보살심이거나, 아가페로서의 종교적인 사랑일 것이다. 그러나 어찌 그것까지 바라겠는가. 우리는 다만, 나의 오직 한 사람인 그녀(그)를 향해 측은지심을 갖게 되기를 바랄 뿐이다.

결국은 모두가 죽게 마련인 삶. 누구에게나 아픔과 좌절이 있게 마련인 삶. 그런 삶 속에서 그래도 진실해야 한다고, 그래도 아름다워야 한다고 뇌이며 서로 위로하며 살기로 마음먹은 두 사람. 어찌 그녀(그)를 위로하지 않을 수 있겠는가, 어찌 그녀로부터 위로 받고 싶지 않을 수 있겠는가.

모든 남자가 미인 아내를 얻고 싶어 한다고?

서양의 유명한 작가가 배우 출신의 미인 아내와 살고 있었다. 그렇지만 결혼한 지 얼마 안 있어 그들 부부가 이혼을 하게 되었다는 소문이 떠돌자 그것을 이해하지 못한 친구 하나가 작가에게 물었다.

"모든 남자들이 자네 부인 같은 미인과 살지 못해 안달인데 왜 이혼하려는 겐가?"

작가가 한숨을 쉬더니, 대답하였다.

"내 구두의 어느 곳이 발을 물어뜯는지 남들이 어찌 알겠는가?"

또 다른, 프랑스의 배우이자 작가였던 기트리는 역시 배우 출신인 미인 아내와 살고 있었다. 그의 아내는 낭비벽이 심했다. 그는 아내가 사고 싶어 하는 것을 사주기 위해 부지런히 일했다. 그러나 벌면 쓰고 벌면 쓰는 아내 때문에 늘 돈이 부족하였다. 아니, 그의 아내는 돈이 없을 때에도 돈을 써대었다. 그래서 그는 돈이 부족하다 못해 빚을 지게 되었다.

그는 씁쓸히 중얼거렸다.

"성공한 남자란 자기의 아내가 쓰는 것보다 조금 더 버는 남자를 의미하고, 성공한 여자란 그런 남자를 찾아낸 여자를 말한다."

∞

집을 구경할 때는 누구나 맨 먼저 그 집 대문과 마주치게 된다. 집 안의 구조가 편리한지 어떤지를 살피게 되는 것은 그 다음의 일이다.

그런데 집을 살 경우 대문이 멋진 집과 집 안의 구조가 편리한 집이 있다면 둘 중에 어떤 집을 골라야 할까. 대문과 집 안 구조가 둘 다 멋지고 편리한 집이 물론 좋겠지만 그렇지 못하여 둘 중 하나만을 골라야 한다면 말이다. 이런 경우라면 백이면 백 모두가 다 집 안의 구조가 편리한 집을 선택할지언정 대문이 멋진 집을 선택하지는 않을 것이다.

미인 아내는 멋진 대문과 같고, 착한 아내는 편리한 안방과 같다. 미인 아내가 멋진 대문과 같은 것은 외출하여 나갈 때와 외출했다가 돌아올 때만 그녀가 아름답다는 것을 깨닫게 되기 때문이다. 그렇지만 그녀가 만일 착하지 않다면? 그 경우 그녀는 안방에서 남편의 발을 여기저기 물어뜯을 것이다.

그리고 여기 착한 아내가 있다. 미인이 아니기 때문에 그녀는 파티석상에서는 별로 눈에 띄지 않는다. 남들의 감탄을 자아내어 나의 자부심을 충족시켜 주지도 못한다.

그래서 남자인 나의 눈길은 다른 사람의 아름다운 아내에게로 쏠린다. 그러면서 그 미인의 남편이 그녀에게 어떻게 발이 물어 뜯기는지를 알지 못한다. 그녀 때문에 그녀의 남편이 나보다 더 많이 일하고 있다는 사실도, 그러면서도 돈이 부족하여 파티가 끝난 다음에 은행 사람을 만나도록 되어 있다는 사실도 알지 못한다.

마찬가지로 그는 나를 알지 못한다. 내 아내가 나를 어떻게 위로해주는

지. 어떻게 참고, 어떻게 웃고, 어떻게 부드럽고, 어떻게 고운지를.

그렇다. 내 아내는 미인이 아니다. 그러나 미인도 내 발을 물어뜯으면 나중에는 미운 사람이 된다. 그에 비해 착한 여자는 나중에는 고운 사람으로 보이게 된다.

'인생은 짧고 예술은 길다.' 는 잠언이 있다. 그 말을 모방하여 우리는 이렇게 말할 수 있다.

'여자 – 외모의 아름다움은 짧고, 착한 마음씨는 길다.'

내가 걱정하는 건 당신이야

만사에 조심성 많은 남편이 있었다. 성격이 매우 세심한 그는 운전을 매우 조심스럽게 하였고, 부부가 함께 이용하는 새 자동차를 무척이나 아꼈다. 어쩌다가 새 자동차에 작은 흠이라도 생기면 그는 불같이 화를 내었다.

어느 날 그의 아내는 반짝이는 자동차를 빨간색 자동차를 운전하여 도심으로 나갔다. 그런데 운이 나쁘게도 그날 그녀는 가벼운 접촉 사고를 내고 말았다. 문득 자동차 때문에 화를 내곤 하던 남편의 무서운 얼굴이 떠올랐다.

피해를 본 운전자가 다가왔다. 그녀는 자동차에서 내리기 위해 얼른 운전석 옆 트렁크 안에서 자동차 보험증이 든 봉투를 꺼냈다.

그런데 봉투를 안에서 보험증과 함께 분홍색 꽃편지 한 장이 뚝 떨어지는 것이었다. 이게 뭐지? 아내는 당황스러운 형편도 잠시 잊은 채 편지부터 읽었다. 거기에는 남편이 써 놓은 다음과 같은 말이 적혀 있었다.

'여보, 만일 사고나 나더라도, 당신이 다친 데가 없다면 차가 찌그러진 건 조금도 걱정하지 마. 내가 정말로 걱정하는 것은 차가 아니라 당신이니까.'

∽

부모와 자식은 일촌 간이지만 남편과 아내는 무촌 간이다.

무촌이란 말은 대체로는 일촌보다도 더 가까운 사이라는 뜻으로 쓰이지만, 좀더 생각해 보면 부부가 서로 만나기 전에는 남남이었다는, 또 불행한 결말을 맞아 헤어지게 되면 남남이 되어버린다는 뜻을 갖고 있기도 하겠구나, 하는 생각을 하게 되기도 한다.

한편으로는 부모 자식 간보다도 가깝지만, 다른 한편으로는 남남처럼 멀기도 한 부부. 그 때문인지 부부 관계의 양상은 백의 경우 백 가지로, 천의 경우 천 가지로 전개된다. 부모 자식 간의 관계는 사랑 아니면 미움, 이해 아니면 몰이해, 배려 아니면 무관심 등 두 양상으로 전개되지만, 부부의 경우 사랑과 미움, 이해와 몰이해, 배려와 무관심이 이중 삼중으로 교차되어 복잡다단하기 이를 데 없다는 말이다.

그 점은 남들이 보기에 서로 간 사랑과 이해와 배려가 풍부하다고 인정되는 부부의 경우에도 어느 정도는 그렇다. 미묘한 점은 그들에게 생기는 부부간의 불협화음 중에는 역설적으로 사랑과 이해와 배려 때문에 생기기도 한다는 데 있다.

당신이 만일 교양인이라면, 내가 약간의 희생을 감수하더라도 남을 도와 줄 수 있는 기회를 반갑게 여길 것이다. 물론 신체적인 위해를 당할 정도로 큰 희생까지 할 수 있다는 말은 아니다. 그리고 작은 희생을 할 수 있는 마음 자세 또한 항상 갖추어져 있는 것도 아니다. 단지 그것이 작은 희생이고 당신의 컨디션이 썩 괜찮을 경우에 한하여, 당신의 몸이 조금 불편하더라도 남에게 작은 친절을 베풀 수 있다는 것이다.

당신이 그런 마음가짐을 가진 남편이거나 아내라면, 그것은 당신이 남을 이해하고 배려할 줄 아는, 넓은 의미에서는 남을 사랑할 줄 아는 사람이라는 것을 의미한다. 그러니 그런 당신이 배우자에게 교양인다운 배려를 하지 않을 리가 없고, 따라서 당신의 부부 관계는 아주 원만할 것이 틀림없다.

그렇지만 어떤 경우 당신 부부는 서로 엇갈린다. 어느 때 당신은 남들에게는 해주는 이해와 배려를 당신의 배우자에게는 오히려 해주지 않는다. 그러면 당신의 배우자는 그 점에 배신감을 느껴 화를 내게 된다.

교양이 있다는 것은 남들에게는 너그럽고 자신에게는 엄격하다는 것을 의미한다. 그래서 교양인은 운전 중에 남이 교통신호를 어겨가면서 끼어들기를 해도 웃으며 너그럽게 이해해 준다. 그렇긴 하지만 자기 자신은 절대로 끼어들기를 하지 않는다.

거기까지는 매우 좋다. 그렇지만 당신의 배우자가 당신이 보는 앞에서 무교양하게 끼어들기를 한다면? 운전석에 앉아 지금 막 남에게 불편을 주는 행위를 하고 있는 사람이 무촌 간인 당신의 배우자라면?

그때 교양인인 당신은 배우자에게 엄격한 잣대를 들이대게 된다. 운전석 옆에 앉아 그것을 지켜 본 당신은 화를 내며 아내(남편)를 꾸짖는다. 생각해 보면 당연한 일이기도 하다. 그녀(그)는 남이 아니라 '또 다른 나' 이기 때문이다. 앞에서도 말한 것처럼 교양인은 나에게 엄격한 존재이다.

그녀는 나와 무촌 간이다. 이 말은 그녀가 '또 하나의 나' 라는 것을 의미한다. 그래서 당신은 그녀에게, 만일 당신 자신이 그랬을 때에도 그랬을 것이 틀림없는 잣대를 들이대어 화를 내고 꾸짖게 되는 것이다.

그때 당신이 내는 화에는 그런 끼어들기 때문에 교통사고가 나서 내가 다칠 수도 있었다는 점, 즉 나의 이익을 생각하는 면도 물론 포함되어 있다. 그렇지만 당신이 세상에서 가장 사랑하는, 그래서 무슨 일이건 나에 앞서 그녀부터 걱정하는 당신은, 그 점과 더불어 사고가 나면 아내가 다칠 수 있었다는 점 때문에 더욱 화가 난 것도 사실이다. 그렇게 생각해 보면 그때의 화는 분명 아내에 대한 사랑이 바탕에 깔려 있다고 해야 한다.

그렇지만…….

그처럼 당신이 낸 화에는 아내에 대한 의미심장한 사랑이 숨어 있음에도 불구하고 당신의 아내는 그것을 깨닫지 못한다. 적어도 그때 당시에는 그것을 느끼지 못한다. 만일 그때 당시에 당신의 그 같은 의미심장한 사랑과 이해와 배려를 당신의 배우자가 알아챈다면, 더 말해 무엇하랴. 당신은 세상에서 가장 행복한 남편임이 틀림없다.

찬찬히 따져보면 당신이 그때 화를 내어 그녀를 꾸짖은 것은 그녀를 무촌 간으로 여겼다는 것을 의미한다. 그렇다면 세상의 사랑 중에 나 아닌 어떤 사람을 또 다른 나로 여겨주는, 남을 무촌으로 여겨주는 것 같은 사랑이 있을 수 있겠는가.

물론 없다. 따라서 당신의 화는 좀 복잡하게 나타나긴 했지만 분명 아내에 대한 사랑의 또 다른 모습이다.

그렇지만 역시 배우자는 '또 다른 나' 이기는 하지만 '정말로 나' 는 아닌 모양이다. 그래서 당신이 사랑을 화로 표현한 그것이 문제가 된다. 그 화가 '정말로 나' 에게 갔을 때에는 문제가 되지 않는다, 그렇지만 '제2의 나' 에게 갔을 때에는 문제가 되는 것이다.

예컨대 당신이 갖고 있는 배우자에 대한 사랑은 향기로운 사과이고, 꾸짖음은 더러운 쟁반이다. 그리고 당신이 더러운 쟁반에 사과를 담아 당신 자신에게 내밀 경우 당신은 쟁반은 보지 않고 사과를 보게 된다. 그렇지만 배우자는 다르다. 그때 그녀는 사과의 향기로움을 보지 못하는 대신 쟁반의 더러움을 먼저 보게 된다.

그래서 당신에게 "왜 내게 더러운 쟁반을 내밀어요?" 하며 반격해 온다. 그러나 당신의 시각은 사과 쪽에 고정되어 있다. 당신은 그녀가 당신이 화를 낸 데 대해 화를 내고 있다는 것을 이해하는 것이 아니라, 당신의 본심인 사랑을 몰라주는 데 대해 더 화가 나는 것이다.

그래서 당신은 "나의 화는 당신에 대한 사랑에서 나온 거야"라고, "내 본심은 향기로운 사과야!"라고 말하게 된다. 그러면 당신의 아내는 "화내는 게 사랑이라고요? 향기로운 사과가 이렇게 더러운가요?"라며 당신을 비웃는다. 그런 방식으로 꾸짖음, 반격, 재반격, 재반격에 대한 재재반격이 이루어진다. 그 한 단계마다 불쾌한 감정이 고조되어 감은 물론이다.

이렇게 되어 두 사람의 감정은 상해버렸다. 이 말은 마음 안에 쓰레기가 가득 차게 되었다는 것을 의미한다. 그렇듯 쓰레기가 가득 차게 되면 마음은 이성적으로 작동하지 못한다. 이치나 논리가 상대방을 설득할 수 없고, 따라서 그때부터 주고받는 말은 이미 대화가 아니다. 단지 자신 안에 쌓인 쓰레기(혼탁해진 감정)를 상대방에게 쏟아내는 작업일 뿐이다.

쓰레기를 버리는 작업. 그 작업을 하다 보니 당신들에게서 교양은 떠나고 말았다. 그러자 교양을 무척이나 소중히 여겨 온 당신은 그런 아내에게, 또는 자기 자신에게 실망하게 된다. 그래서 더욱 화가 난다.

이미 당신에게는 배우자가 무촌 간이라고 느껴지지 않는다. 그녀는 분명히 남이다. 어떤 의미에서 남보다도 더 심하게 나를 괴롭히는 남이다. 만일 그녀가 남이라면 이렇듯 내 마음 안에 깊이 들어올 수 없을 것이고, 따라서 그녀가 주는 고통 또한 울타리 밖에서의 작은 고통으로 머물 것이다.

그러나……. 역시 부부는 부부다.

머지않아 당신은 교양을 회복하게 되고, 당신의 아내 또한 마음을 가라앉히게 된다. 그런 다음 찾아보면 여전히 그녀는 당신에게 제2의 나, 또 다른 나라는 사실이 남는다. 그래서 슬그머니 손을 내밀어 그녀의 손을 잡는다. 그리고 그녀 또한 잡아오는 당신의 손을 힘주어 꼬옥 쥔다. 그러자 십 초 이내에, 영하 십 도까지 내려갔던 차가운 감정이, 언제 그랬느냐는 듯이 녹아 버린다. 이윽고 잔설(殘雪) 속에 피어나는 향기로운 매화!

매화는 눈이 희끗희끗 남아 있는 상태에서 피어야 더 멋지다. 마찬가지로 만일 당신 부부에게 그런 작은 다툼이 없었더라면 따뜻한 날에 피는 봄 꽃, 여름 꽃은 피울 수 있겠지만 매화 같은 겨울 꽃은 결코 피울 수 없었을 것이다. 그러니 매화꽃이 가능하게 하는 부부간의 작은 다툼은 축복이라고까지 말해도 좋다.

그렇긴 하지만 매화꽃을 피우지 못하는 대신 매일같이 봄꽃, 여름 꽃을 피우는 부부 관계가 더 좋다는 것이 필자의 생각이다. 매화꽃을 피우기 위해서는 11월에서부터 2월 초순까지의 긴 겨울을 지내야 한다. 그렇지만 봄꽃과 여름 꽃은 종류도 많고 피는 기간도 길다. 날마다 꽃을 피울 수 있기도 하다.

매일매일 꽃피는 부부의 사랑.

그렇다면 어떻게 작은 다툼까지도 없는 부부로 살아갈 수 있을까.

필자의 대답은 이것이다. 진실, 진실, 진실.

마음이 사무치도록 사람을 알아야 한다. 영혼이 사무쳐 꺼억꺼억 울음이 터지도록, 울음이 터져 지옥의 밑바닥에 이르고, 그럼으로써 천국의 끄트머리에 이르도록 사람을 알고, 또 사람을 사랑해야 한다.

내 아내, 내 부모, 내 형제에 대한 사랑만으로는 부족하다. 모든 사람을, 사람 그 자체를 이해하고 사랑하는 마음이 필요하다.

사람 그 자체에 대해 깊이 이해하면 할수록 마음은 진실해진다. 그리고 그 진실은 인격으로 형성되어 마음의 바탕을 이룬다. 마음의 바탕에 진실이 자리 잡으면 굳이 재우쳐 마음을 다잡지 않아도 남을 이해하고 배려할 수 있는 사람이 된다.

앞에서 필자는 우리의 남을 위한 교양이 컨디션이 좋을 때에 한하여 발휘된다고 말했다. 그렇지만 인격이 원숙해진 사람의 남에 대한 배려는 언제 어디서나 컨디션이 좋은 컨디션을 유지한다.

그리하여 그는 아내를 언제 어디서나 이해하고 배려하게 된다. 그는 내면에 향긋한 과일을 풍성하게 갖고 있다. 또한 그는 그 과일을 아내에게 줄 때 쟁반에 혹 더러운 것이 묻어 있지나 않은지를 살필 여유를 갖고 있다.

예를 들어 아내가 자기가 보는 앞에서 앞지르기를 했다고 하자. 그때 그 남편은 잠시 기다릴 것이다. 바로 이 '잠시'가 중요하다. 그 잠시는 겨우 2초이거나 3초에 지나지 않을 것이다. 그러나 바로 그 2, 3초가 바로 교양이고, 인격이다.

만일 우리에게 나쁜 감정이 일어날 때마다 2, 3초를 기다릴 수 있다면, 우리는 우리를 괴롭히는 화와 짜증의 98퍼센트를 물리칠 수 있을 것이다. 그런데 당신은 바로 그 2, 3초 여유를 확보하였다. '자기 자신을 이기는 것이 백만 대군을 이기는 것보다 낫다'고 붓다는 말하였다. 그렇다면 당신은

2, 30만 군대를 가진 마음의 장군이 된 것이다.

당신이 2, 3초를 기다리는 동안 대체 무슨 일이 일어날까.

당신은 그 시간에 마음을 다스린다. 그리하여 당신은 지금 화가 나 있지 않다. 바꿔 말해서 당신은 쟁반을 더럽히지 않은 것이다.

당신의 관점은 처음 그대로 당신의 아내에 대한 걱정에 머물러 있다. 처음이나 지금이나 '내가 정말로 걱정하는 것은 당신'인 상태에 잘 머물러 있다는 말이다.

그럼으로써 당신은 당신의 마음을 화로써 표현하지 않게 된다. 아내를 걱정하는 마음만으로 반응하게 되는 것이다. '여보, 당신이 그처럼 앞지르기를 하면 나는 마음이 불안해져요. 당신이 행여 다치지나 않을까 싶어서 말이오.'

나에 대한 위해의 두려움은 이 말 안에 포함되어 있지 않다. 오직 아내만을 위한 생각이 있을 뿐. 그리고 잠시의 정적. 그 정적의 2, 3초 사이에 당신의 진심어린 마음이 아내에게 전해진다.

이럴 경우 아내의 마음은 사과 자체를 향하게 된다. 더러운 쟁반에 담긴 사과를 볼 때 아내의 마음은 남편, 또는 쟁반에 주목했었다. 그러나 자신을 진심으로 걱정해 주는 남편의 마음이 아름다운 형식을 갖추어 나타날 때 아내 또한 쟁반이 아닌 사과를 보게 되는 것이다.

그리하여 아내의 마음에는 감동이 일어난다. 그리고 그 감동은 자기 자신을 향한 부끄러움을 낳는다. 그리하여 아내는 말하게 된다. '미안해요, 여보.' 그 한마디 말에 담긴 애정과 인격, 그 아름다움.

그렇지만 이런 말은 책에만 있는 말이라고? 일상생활에서는 잘 쓰지 않는, 너무나 교과서적인 말이라고?

사실이 그렇긴 하다.

대개의 경우 꼭 이런 교과서적인 말을 해야 할 경우 우리는 너스레나 농담을 섞어서(어떤 경우에는 쑥스러워하면서, 또는 감정을 왜곡하여 짜증이나 화를 내면서) 말하게 된다.

그러나 그 '대개의 경우'에 제한되어 있는 한 우리의 삶의 질 또한 '평균적인 수준'을 넘어설 수 없다. 바꿔 말해서 우리는 이런 단계를 넘어서야만 한다.

생각해 보자. 그때의 내 감정이 진실로 그러하다면 왜 '여보, 미안해.'라고 진실하게 말하지 못한단 말인가. 그 말에 굳이 눙치는 감정을 섞어 넣어야만 한다는 말인가. 나아가 우리는 왜 '여보, 내가 정말로 걱정하는 건 당신이야!'라는 말을 진정한 어조로 말하지 못하는가.

바로 이런 사정 때문에 필자가 굳이 인격의 중요성을 강조한 것이다. 진실성이 인격의 바탕을 이루고 있을 경우라면, 가까운 사람이든 먼 사람이든 굳이 자신을 꾸미거나 위장하거나 왜곡할 필요 없이 말하고 행동할 수 있다. 그리고 그런 말과 행동이야말로 자신에게도 편안하고 자연스럽고, 남에게도 마음속으로 파고드는 힘을 갖는다.

그 다음 풍경까지 말할 필요는 없을 것이다. 언제나 봄, 언제나 여름. 당신네 부부의 하루하루는 개나리, 진달래. 벚꽃이 연달아 피어나는, 노랑, 하양, 분홍의 꽃들로 가득한 날들로 이어질 것이다.

사십 년 전 남편의 체온

젊어서 남편을 잃은 부인이 있었다. 그녀는 혼자 몸으로 갖은 고생을 하며 살았고, 미인인데다가 생활력도 강한 그녀에게는 여러 차례 재혼 기회가 있었지만 그녀는 끝까지 새 남자를 들이지 않았다. 혹 중매쟁이가 물으면 그녀는 나지막이 웃으며 고개를 저을 뿐이었다.

사십여 년이 흘러 그녀는 이제 두 아들을 훌륭하게 키워 낸 할머니가 되었다.

어느 때, 그녀를 잘 알고 지내던 한 작가가 조용한 시간에 틈을 젊었을 때 왜 재혼을 하지 않았는지 물어보았다. 그러자 그녀는 '남편을 배신할 수 없었어요.' 라고 대답하였다. 작가가 말하였다.

"재혼이 반드시 돌아가신 남편에 대한 배신은 아니잖아요?"

"그건 나도 그렇게 생각해요. 다만 나는 돌아가신 그분을 잊지 못할 뿐이에요."

"왜요? 남편의 어떤 점이 그토록 할머니를 잊지 못하게 하는가요?"

그녀는 잠시 생각에 잠겼다. 잠시 침묵이 흘렀다. 이윽고 할머니가 말하였다.

"우리 부부는 처음 전라도의 한 시골에서 살았어요. 그러다가 좀더 나은 생활을 해보려고 서울로 오게 되었지요. 그때 우리는 기차를 타고 서울로 올라왔습니다. 더럽고 비좁은 열차였지요. 날씨도 무척 추웠습니다.

그때 우린 꼬박 여섯 시간 열차를 탔습니다. 그리고 제 남편은 그 여섯 시간 동안 제 손을 꼭 붙들고 있었습니다. 식사를 하고 화장실을 갈 때를 제외하곤 절대로 손을 놓지 않았습니다.

그러다보니 제 손은 저리다 못해 아프기까지 했어요. 차츰 팔까지 아파왔고, 나중에는 온몸이 다 아팠습니다. 몸살이 난 것처럼, 감기가 든 것처럼 머리까지 띵해졌지요.

눈물이 찔끔찔끔 났습니다. 마음 약한 저는 이 양반이 왜 이러나 싶어 뿌리치고도 싶었지만 그럴 수가 없었어요. 남편은 너무나도 진지하게, 우리는 서울에 가서 잘살아야 한다면서, 반드시 잘살아야 한다면서, 나를 반드시 행복하게 해주겠다면서, 잡은 손에 더욱더 힘을 주었습니다."

할머니는 잠시 숨을 고르더니 지그시 눈을 감으며 말을 마쳤다.

"단지 그것뿐이에요. 그때 일을 저는 결코 잊지 못해요. 그분이 그토록 깊은 정을 담아 꼬옥 쥐고 놓지 않았던 제 손을 다른 남자에게 줄 수가 없었어요. 지금도 저는 제 손에서 그분의 체온을 느껴요. 제 팔에서, 제 몸에서 그분이 제게 주었던 그때의 감기 몸살기를 느껴요. 그것이 저를 평생토록 지켜주었던 거예요."

이 이야기의 여주인공으로부터 나는 그녀의 남편에 대한 사랑이 아니라 그녀의 인간적인 진실성을 읽는다. 그런 인간성을 갖고 있다면, 누구에게선들 사람다움을 느끼지 못하겠는가. 문제는 우리의 감성을 어떻게 그녀처럼 깊고 진실한 데까지 이끌어 나아갈 수 있는가 일 것이다.

남자는 여자에 의해 만들어진다

어느 부부가 이혼을 하였다. 이혼하기 전의 두 사람은 모두 착하기 그지없는 사람들이었다.

이혼한 뒤 남자와 여자는 각각 재혼을 했다. 세상에는 착한 사람도 있고, 악한사람도 있다. 남자는 불운하게도 악한 여자를 만났다. 그래서 그는 그녀와 사는 동안 점점 변하여 결국은 그도 악한 남자가 되었다.

한편, 여자도 운이 나빠 악한 남자를 만났다. 그렇지만 여자는 악한여자가 되지 않았다. 오히려 악했던 새 남자가 여자에 의해 착한 남자가 되었다.

남자는 결국 여자에 의해 만들어진다.

∞

사람이 신에 의해 만들어졌다는 것이 성경의 말씀이지만, 진화론은 그에 대해 다른 의견을 제시한다. 그런데 성경과 함께 우리의 경험법칙은 말한다. '남자는 결국 여자에 의해 만들어진다.'고.

성경에 의하면 최초의 여자 이브가 꼬이자 최초의 남자 아담은 하느님의 경고라는 무시무시한 경계선을 넘어섰다. 우리의 경험에 의하면 우리는 수도 없이 아내가 권하는 일을 하기 싫은데도 하였고, 아내가 말리는 일을 하고 싶은데도 그만두었다.

그녀와 살지 않으려면 모르거니와 살고자 하는 한 그러지 않을 도리가 없는 것이 결혼생활이다. 그리고 모든 사람이 결혼생활을 한다. 그러니 세상

을 움직이는 것은 남편들이지만, 그 남편들을 움직이는 것은 아내들이라는
말이 나올 수밖에 없다.

남편이 하는 일은 언제나 옳다

늙은 농부가 아내와 살고 있었다. 그들에게는 말이 한 마리 있었는데 그들 부부에게는 그것이 전 재산이나 마찬가지였다.

매우 가난했던 그들은 어느 때 말을 팔지 않으면 안 되는 형편에 처하게 되었다. 그래서 농부는 말을 팔기 위해 장이 서는 날을 보아 길을 떠났다.

가는 도중에 그는 암소를 끌고 장으로 가고 있는 한 남자를 만났다. 그는 생각했다. '저 암소를 갖게 되면 매일 아침마다 신선한 우유를 먹을 수 있을 거야. 그렇게 되면 아내가 몹시 좋아하겠지.'

물론 그는 바보가 아니었으므로 말이 암소보다 비싸다는 것쯤은 잘 알고 있었다. 그렇지만 그것은 어디까지나 일반적인 이야기이고, 그에게는 말보다는 암소가 꼭 필요했으므로, 그는 남자에게 다가가 말했다.

"여보, 괜찮다면 당신의 암소를 내 말과 바꾸지 않으려오?"

남자로서는 마다할 까닭이 없었다. 흥정은 간단하게 끝나, 조금 뒤 농부에게는 암소 고삐가 쥐어져 있었다.

일을 다 보았으므로, 농부는 이제 집으로 돌아가면 되었다. 그렇지만 이왕 나온 김에 시장을 한 바퀴 돌아보는 것도 괜찮을 것 같았다. 농부는 소를 끌고 가던 길을 계속 걸어갔다.

농부는 늙었기 때문에, 또 그날 해야만 할 일을 다 마쳤기 때문에 천천히 걸어갔다. 그러다보니 시장으로 가는 사람들이 하나둘 그를 추월하게 되었는데, 얼마 뒤에 뒤에서 어떤 남자가 양 한 마리를 끌고 다가왔다.

양을 본 농부는 생각하였다.

'저 양이 몹시 탐이 나는군. 마침 우리 집에는 울타리 근처에 풀이 참 많지. 물론 그 풀을 암소에게 먹이는 것도 좋은 일이긴 해. 그리고 양을 갖고 있으면 따뜻한 털옷을 입을 수 있잖아? 그러면 아내가 무척이나 좋아할 거야.'

물론 그는 바보가 아니었으므로 암소가 양보다 비싸다는 것을 알고 있었다. 그렇지만 그에게 말보다는 암소가 필요하다는 것이 분명하였다. 농부는 남자에게 다가가 말했다.

"여보, 괜찮다면 그 양을 내 암소와 바꾸지 않으려오?"

남자로서는 마다할 이유가 하나도 없었다. 그래서 조금 뒤 농부의 손에는 양 고삐가 쥐어져 있게 되었다.

이런 일이 그쯤에서 끝났다면 이 이야기가 안데르센 동화집에 실릴 수 없다. 같은 패턴으로 그는 조금 뒤에 양을 거위와 바꿨다. 그리고 다시 조금 뒤에는 거위를 닭과, 닭을 사과 한 자루와 바꾸었다.

여러 차례 흥정을 했으므로 그는 몹시 피곤하였다. 그렇지만 마음만은 뿌듯하기 이를 데 없었는데, 그것은 그의 여러 차례에 걸친 흥정이 모두 아내를 위한 것이었기 때문이었다.

장에서 돌아가는 길에 배가 고픈 것을 느낀 그는 수프라고 마실 수 있을까 하는 생각으로 길가 주막에 들렀다. 그는 난로가에 처음의 자기가 가졌던 말 대신에 남게 된 사과 자루를 놓고 잠시 숨을 골랐다.

그때 농부가 내려놓은 사과 자루에서 무슨 냄새인가가 났다. 보니, 사과는 많이 상해 있었고, 그중 몇 개는 썩어서 물이 줄줄 흐르고 있었다. 그때 농부를 보고 두 명의 신사가 말을 건넸다. 그들은 영국에서 온 신사들이었다.

서로 간 이야기가 벌어져 농부는 그들에게 그날 하루 자신이 벌인 엄청났던 사업에 대해 길게 설명해 주었다.

신사 하나가 말했다.

"영감님, 큰일 나셨네요. 집에 돌아가면 할머니에게 큰 경을 칠 게 뻔합니다."

"아니! 그런 일은 절대 없어요!"

하고 농부가 손사래를 쳤다. "할멈은 언제나 말하는걸요. '영감이 하는 일은 언제나 옳지요' 라고."

매우 영리하고 똑똑한 아내를 갖고 있는 신사들로서는 그 말이 도무지 믿어지지 않았다. 신사들과 함께 주막에서 술을 마시고 있던 여러 남자들 또한 마찬가지였다.

그들은 농부에게 내기를 제안하였다. 만일 농부가 그의 아내에게 오늘 일 때문에 야단을 맞으면 그들이 은화 백 파운드를 내고, 야단을 맞지 않으면 역시 신사들과 남자들이 은화 백 파운드를 내기로 하고 함께 가서 확인해 보자는 내용이었다.

내기가 성립되었다. 그래서 농부는 남자들을 이끌고 집으로 갔다. 집에 도착하자 그는 대문 밖에서 소리쳤다.

"내가 돌아왔소!"

그러자 그의 아내가 문을 열고 나왔다. 농부는 아내에게 "그리고 여기 손님 몇 분과 함께 왔다오!"하고 말하며 집 안으로 들어갔다.

농부의 아내는 곧 손님들을 위해 커피를 끓이기 시작하였다. 커피가 끓는 동안에 아내가 물었다.

"그래, 말은 어찌하셨어요?"

농부가 대답했다.

"암소와 바꿨지. 암소를 갖고 있으면 매일 아침 신선한 젖을 마실 수 있지 않겠수?"

"그렇군요. 참 잘하셨어요."

"그랬는데, 그걸 다시 양하고 바꿨다오. 양이 있으면 따뜻한 양털 옷을 입을 수 있을 것 같아서."

"그래요? 그것 참 잘하셨네요!"

농부의 아내의 얼굴에는 밝은 웃음이 활짝 피어났다.

거기까지만 보고도 함께 온 사람들은 모두 깜짝 놀라 뒤로 넘어질 뻔하였다. 그렇지만 부부간의 이상스러운 대화는 그 뒤로도 계속 이어졌다. 마침내 농부는 아내 앞에 사과 한 자루를 내밀며 말하였다.

"그래서 마지막으로 이것과 바꿨다오. 좀 썩긴 했지만 어디 쓸 데가 있지 않겠소?"

그러자 농부의 아내가 반색을 하며 말하였다.

"그럼요, 쓸 데가 있고말고요. 아침에 당신이 나가고 나서 제가 이웃집에 갔었어요. 부추를 좀 얻으려고요. 그런데 그 댁 부인이 이렇게 말하지 뭐예요. '부추를 빌려 달라고요? 어떡하죠? 저희 집엔 썩은 사과조차도 없는 걸요!' 그래서 참 안됐다고 여기고 돌아왔는데, 당신이 마침 그걸 가져오셨군요. 여보, 당신이 가져온 사과를 옆집에 빌려 주면 어떨까요?"

"그것도 좋겠군. 당신이 좋을 대로 하시구려."

여기까지 지켜보고 있던 영국 신사들과 많은 남자들이 한결같이 말하였다.

"우리가 졌소. 당신이 하는 일은 언제나 옳소!"

그날 농부는 썩은 사과 말고도 백 파운드를 더 벌었다. 그것은 말 한 마리에 해당하는 돈이었다. 그러니 사과 한 자루는 거저 생긴 셈이었다.

아니다. 그는 그것 말고도 다시 백 파운드를 더 갖게 되었다. 정확하게는 그가 아니라 그의 아내가 갖게 된 것인데, 말하자면 그것은 흥정이 잘 되었을 경우에 얻게 되는 덤 같은 것이었다. 내기의 결산이 끝난 다음 영국 신사 한 사람이 농부를 향해 이렇게 말했던 것이다.

"영감님, 참 부럽습니다. 어쩜 그렇게 좋은 부인을 두셨단 말입니까? 그래서 하는 말씀인데요, 영국에 돌아가면 오늘 제가 본 일을 제 아내에게 꼭 이야기해 드리고 싶군요. 어떻습니까. 제게, 이 이야기를 아내에게 해줄 수 있는 권리를 양도해 주실 수 있을까요?"

"그런 어려운 말은 나는 잘 몰라요. 그렇지만 그게 신사님이 부인과 이야기를 나누면서 다복한 시간을 가져도 좋으냐고 묻는 거라면, 난 무조건 찬성이오. 아내 또한 틀림없이 그럴 거고요. 그렇지, 여보?"

"그럼요. 당신이 하는 일은 언제나 옳은 걸요."

그의 아내가 맞장구를 쳤다. 그 모습을 보고 신사가 말하였다.

"허락을 해주셔서 고맙습니다. 그래서 말인데요, 제가 이야기 값으로 백 파운드를 드리려고 하는데 괜찮겠습니까? 이건 영감님께 드리는 게 아니라 부인께 드리는 겁니다만. 저도 이 이야기를 아내에게 해준 다음 이야기의 소유권을 제가 갖지 않고 아내에게 줄 거니까요. 혹 아내가 이 이야기를 소유하고 있으면 저희 집이 앞으로 훨씬 화목해질지 모르잖습니까?"

"걱정이오 그려."

하고, 그와 동행하고 있던 다른 신사가 웃으며 끼어들었다. "이야기 하나에 백 파운드를 지불한 당신을, 당신 부인도 이 부인처럼 칭찬해 주실까요?"

"야단을 맞을 각오를 해야겠지요."

처음의 신사가 웃으며 대답하였다. "그렇지만 그래도 좋을 만큼 지금 내 마음은 몹시도 즐거운 걸요. 나는 지금 막 백 파운드를 내고 진리 하나를 터득했으니까요."

그 진리가 무엇인지는 여러분도 이미 알고 있다. 그렇다. 그것은 남편이 하는 일은 언제나 옳다는 것이다.

∞

이 이야기가 반드시 흘려들어도 좋은 옛날이야기만은 아니다. 적어도 우리는 이 이야기에서 '남편(아내)이 하는 행동이나 말을 처음부터 부정하지는 말라, 마음에 들지 않더라도 처음에는 긍정적인 반응부터 보여라.' 라는 교훈을 얻을 수 있다.

먼저 수긍해 준 다음에 자기가 하고 싶은 말은 나중에 하는 것. 또한 그 말을 하기는 하되 천천히 낮은 목소리로 하는 것. 그리고 상대방의 기색을 살피면서 하는 것. 이것이 부부간 대화의 비결인데, 이 이야기에서 우리는 그것을 발견할 수 있는 것이다.

부부간에 벌어지는 다툼 중 대부분이 대화가 엇갈리면서 시작된다. 그러니 대화를 잘 할 수 있다는 것은 곧 부부간의 다툼을 절반 이하로 줄일 수 있다는 것을 의미한다.

부부 싸움은 여느 싸움과는 다르다. 여느 싸움에서는 승자와 패자가 갈리지만 부부 싸움에서는 두 사람 모두 패자가 된다. 그러니 부부 싸움은 도무지 할 일이 아니다. 그렇지 않다고? 부부 싸움에서도 승자와 패자가 갈린다고? 그래서 신혼 초에 그이(그녀)를 꽉 잡아야 한다고?

글쎄…… 과연 그럴까?

내 사랑 꺾어 임의 뜻 이루오리

　춘추(春秋)시대 진(晉)나라의 공사(公子) 중이(重耳)는 계모인 여희(驪姬)의 미움을 받아 고국을 등지고 망명길에 올랐다. 이 나라 저 나라를 떠돌며 유랑 생활을 하기 십구 년, 마침내 고국에 돌아와 임금이 되어 천하를 호령하는 패자(霸者)가 되었는데, 그가 춘추오패(春秋五霸)의 한 사람인 진문공(晉文公)이다.

　망명 중에 중이는 제나라에 칠 년간 머물렀다. 그때 제나라는 춘추 제일의 패자인 환공(桓公)이 다스리고 있었다. 처음 중이가 제나라에 갔을 때 제환공은 중이를 영웅으로 여겨 자기 딸 제강(齊姜)과 혼인시키고 여러 모로 후대하였으므로 중이는 모처럼 호사를 누리게 되었다.

　그러나 환공을 돕던 영걸(英傑) 관중(管仲)이 죽고 환공이 병에 걸려 위태로워지자 후계자 문제를 놓고 권력 다툼이 시작되었다. 우여곡절 끝에 효공(孝公)이 자리를 이었으나 여러 제후들과 제나라의 관계는 원활하지 못하였다.

　중이를 추종하던 여러 호걸들은 한자리에 모여 이 문제를 논의하였다.

　"우리가 제나라에 온 것은 패권을 장악한 제나라의 힘을 이용하여 진나라에 돌아가 공자로 하여금 임금이 되게 하기 위해서였다. 그런데 지금 제후들이 제나라의 말을 듣지 않으니 우리는 다른 나라로 옮겨 가는 것이 좋겠다."

　그러나 정작 지도자인 중이의 생각은 달랐다. 그는 여러 해 동안 망명 생활을 하느라고 피로에 지쳐 쉬고 싶은 마음뿐이었던 것이다.

　중이는 제나라에서 혼인한 제강과 정이 매우 두터웠다. 조석으로 제강과 즐기느라고 정치에 대해서는 묻지 않았으며, 여러 호걸들이 다른 나라로 가자고 졸라도 아무런 반응을 보이지 않았다.

　호걸들끼리 모인 자리에서 위주(魏犨)가 분개하여 말하였다.

　"우리는 주공을 위해 고생을 겪고 있소. 세월은 자꾸만 가고 있는데 우리는 주공을 열흘에 한번 보기도 어려우니 어찌 대사를 이룰 수 있겠소?"

　호언(狐偃)이 위주를 말렸다.

　"여기서 떠든다면 제나라 사람들이 들을 것이니 밖으로 나갑시다."

　그들은 성문 밖으로 나가 상음(桑陰)이라는 곳으로 갔는데, 거기에는 뽕나무가 수천 그루나 있었다. 그들 아홉 사람은 잎이 우거진 뽕나무 밭에 들어가 몸을 숨기고 계교를 짜기 시작하였다.

　호언이 안을 내었다.

　"주공을 외국으로 빼내어야 하오. 주공께 사냥을 가자고 하여 성 밖으로 유인한 다음 억지로 끌고 다른 나라로 간다면 주공인들 우리를 어찌시겠소?"

　이에 모두 찬성의 뜻을 표하였다.

　"그 안이 매우 좋소. 마침 송나라 임금이 명예심이 높다고 하니 그에게 갑시다. 거기서 여의치 않으면 진(秦), 초(楚)로 가야겠지요."

　그런데 마침 그 뽕밭에서 뽕을 따던 여인들이 그들의 모의를 모두 엿듣고 말았다. 그들은 제강의 하녀들이었으므로 곧바로 제강에게 달려가 이 일을 고하였다.

제강은 평범한 여인이 아니었다. 그녀는 뽕밭에서 모의를 듣고 온 하녀들을 밀실에 가둔 다음 죽였다. 그리고는 잠을 자고 있는 중이를 깨워 말하였다.

"공자의 수하들이 공자를 모시고 타국으로 가사는 비밀 계획을 세웠다고 합니다. 제 하녀들이 그것을 엿들었으므로 제가 기밀이 누설될 것이 두려워 모두 죽였습니다. 공자는 어서 떠나실 준비를 하십시오."

그러나 중이는 고개를 저었다.

"나는 가지 않겠소. 이제 겨우 안락을 얻었는데 또다시 이 나라 저 나라를 떠돌기는 싫소."

제강이 설득하였다.

"공자께서 망명하신 뒤로 진나라는 하루도 편할 날이 없었습니다. 새 임금 이오(夷吾)는 무도하여 신하를 욕보이고 있으며, 백성들 또한 신복하지 않고 있다고 합니다. 이는 하늘이 공자를 기다리시는 것입니다. 지체하지 마십시오."

그러나 중이는 끝내 응하지 않았다.

이튿날 호언, 조쇠(趙衰), 위주 등이 궁문 밖에서 사냥을 가자고 전갈을 보내왔다. 중이는 침대에서 일어나지도 않고 하인을 시켜 가지 못하겠다는 말을 전했다.

호언 등이 실망하고 있는데 제강이 그들을 안으로 불러들였다. 호언 등은 제강이 자기들의 비밀 계획을 알리라고는 꿈에도 생각하지 못하고 안에 들어가 아뢰었다.

"공자께서 책나라에 계실 때는 매일같이 말을 달려 사냥을 하셨는데 제

나라에 오신 뒤로는 오랫동안 사냥을 하시지 않았습니다. 이러다가 체력이 약해지시지나 않을까 걱정되어 저희가 함께 사냥 가시기를 청한 것입니다.”

제강이 빙그레 웃었다.

“이번 사냥은 송나라로 가시게 되나요, 아니면 진나라나 초나라로 가시게 되나요?”

호언 등이 깜짝 놀라 말했다.

“어떻게 그렇게 멀리 갈 수 있겠습니까?”

“여러분이 공자를 모시고 억지로 도망치려는 계획은 내가 다 알고 있소.”

호걸들의 얼굴이 흙빛이 되었으나 제강이 그들을 다독였다.

“나도 또한 여러분과 뜻이 같소. 다만 공자께서 응하지 않으시니 내가 오늘 밤에 공자로 하여금 술을 권하도록 하겠소. 공자께서 만취하여 주무실 때 여러분이 그분을 모시고 성을 빠져나간다면 일은 여러분이 원하는 대로 될 것이오.”

호언 등이 머리를 조아리고 백배 사례하였다.

“부인께서 부부의 정을 떠나 공자로 하여금 대공(大功)을 이루게 하시니 이는 만고(萬古)에 다시없는 부덕(婦德)입니다.”

마침내 계책이 성립하여 호언, 위주 등은 궁문 밖에서 제강의 연락을 기다리고 다른 사람들은 교외에서 일행을 맞기로 하였다.

그날 밤 제강은 주연을 열었다.

중이가 이상하게 여겨 물었다.

“이건 웬 술상이오?”

“공자께서 천하에 뜻을 두신 것을 길이 기억하자는 의미에서 차린 것입니다.”

중이가 고개를 저었다.

“인생이란 눈 깜박할 사이에 지나가는 거요. 굳이 힘써 천하를 경영할 것이 무엇이겠소? 자기 치지에 맞추어 소촐하게 살면 그뿐이오. 나는 제나라에서 늙기를 기다리겠소.”

“편안한 것만 추구하는 것은 대장부답지 못합니다. 공자의 부하들은 모두 충성심이 갸륵하고 능력이 출중하니 그들의 권청에 따르십시오.”

중이는 얼굴빛을 고치며 술잔을 내던지고 술을 마시려 하지 않았다.

제강이 다시 물었다.

“공자께서는 정말로 가지 않으시려는 겁니까? 저를 속이고 몰래 가시려는 것은 아닌가요?”

중이는 절대로 가지 않겠다고 맹세하였다.

그러자 제강은 얼굴에 웃음을 머금고

“가시려는 것은 공자의 큰 뜻이고, 가지 않으시려는 것은 공자의 깊은 정입니다. 이 술은 처음에는 ‘큰 뜻’을 기리는 전별주로 마련한 것이었지만 지금은 ‘깊은 정’에 머물게 하는 것이 되었습니다. 즐겁게 마셔 주시면 고맙겠습니다.”

중이는 매우 기뻐하며 잔을 들고 마시기 시작하였다.

제강은 시녀들로 하여금 노래를 부르고 춤을 추게 하여 흥을 돋우었고, 마침내 중이가 대취하여 자리에 누웠다.

제강은 곧 호언을 불렀다. 호언은 인사불성이 된 중이를 업고 나가 마차에 태운 다음 강씨에게 절을 하며 감사하였다.

호언은 중이를 태우고 급히 궁성을 빠져나갔다. 다만, 사랑하는 이의 성공을 위해 남편과 영영 헤어지는 제강만이 슬픔을 억누른 채 그들의 뒷모습을 지켜볼 뿐이었다.

이 이야기는 여기에서 끝나지 않는다.
그 뒷이야기를 들어보자.

정실부인을 사양하다

앞에서 말한 것처럼 진문공은 기구한 생애를 보낸 사람이었다. 인망이 매우 높았음에도 불구하고 아버지의 미움을 받아 마흔 네 살 때 책(翟)나라로 망명하였고, 그 뒤에 다시 제(齊)나라로 망명하였다가, 예순 한 살 때에는 진(秦)나라로 망명하였다. 그러나 끝내는 예순 두 살 때 귀국하여 진(晉)나라의 임금이 되었다.

그는 연로하여 임금이 되었지만 대단한 통치력을 발휘하여 여러 제후들을 회합하여 패업을 이루었다. 그가 제환공에 이어 춘추시대 두 번째 패자(覇者)가 되었다는 것은 앞에서 말한 그대로이다.

망명 시절 문공은 여러 차례 죽을 고비를 넘겼고 기구한 사연도 많았다. 그는 가는 곳마다 여자와 연분을 맺었는데 그것은 망명을 가 있는 나라의 정치 상황에 따라 처신하지 않을 수 없었기 때문이었다. 제강과의 인연 또한 그 한 예에 불과하였다.

문공은 공자 시절 장가를 들었으나 아내가 곧 죽었다. 그래서 두 번째로 장가를 들었지만 새 부인 역시 아들딸을 하나씩 낳은 뒤에 죽고 말았다. 그 후 문공이 망명 중 제나라에 이르러 제강과 혼인하였다. 그러나 그 이전에 그는 또한 책나라에서 계외(季隗)를 아내로 맞은 적이 있었다.

문공이 마지막으로 망명한 나라는 진나라였다. 진의 목공(穆公)은 문공의 인덕을 높이 평가하여 그를 크게 우대하는 한편 딸 회영(懷嬴)을 아내로 주었다. 그리고 군대를 함께 보내어 문공이 왕위에 오르도록 도왔다.

임금이 된 뒤 회영은 문공의 정실부인이 되었다. 그런데 문공이 왕이 되자 책에서는 계외를 보내왔고 제에서도 제강을 보내왔다. 이로써 문공은 여러 부인을 거느리게 되었는데, 문공이 제강에게 자기를 떠나보내 준 데 대해 감사하자 제강이 말하였다.

"제가 부부의 즐거움을 탐하지 않은 것이 아니오라 오늘이 있기를 바란 것입니다."

갑자기 두 부인이 더 옴으로써 문공은 좀 곤란해졌다. 문공은 회영에게 두 부인의 현덕한 일을 말하였고, 그 말을 들은 회영은 정실부인 자리를 두 부인에게 사양하였다.

그래서 제강이 정실이 되고, 계외가 제2부인이 되었으며, 회영은 제3부인이 되었다.

한편, 문공과 함께 망명 생활의 고초를 같이 했던 호걸 가운데 한 사람인 조쇠는 문공의 딸인 백희(伯姬)와 결혼하여 왕의 사위가 되었다.

그런데 조쇠 또한 망명 중에 맞은 아내가 있었다. 문공이 책나라에 머물던 시절 책나라에서는 미인 자매를 두 사람에게 시집보냈는데, 언니인 계외는 문공의 아내가 되고 아우인 숙외(叔隗)는 조쇠의 아내가 되었던 것이다.

백희는 처음에는 그 사실을 몰랐다가 조쇠와 혼인한 뒤에야 그것을 알았다. 그녀는 아버지가 책나라에서 계외를 데려와 두 번째 부인으로 삼는 것을 보고 남편에게 말하였다.

"당신 또한 책나라에 망명하시던 시절 장가가신 적이 있고 아들까지 얻으셨다고 들었습니다. 더구나 그분은 새 어머니(계외)의 아우이시니 모셔

와야 합니다."

조쇠는 임금의 딸과 혼인하고 있는 입장이어서 곤란하기 짝이 없었다. 그래서

"나는 주군의 명령으로 당신과 혼인하였소. 그러므로 감히 책녀(翟女)를 생각할 수 없소."

하고 거절하였다.

그러자 백희가 아버지 문공에게 가서 청하였다.

"남편이 숙외를 맞아오지 않음으로써 제가 현숙하지 못하다는 오명을 씌우려 하니 아버지께서 살펴주시기 바랍니다."

문공은 옳게 여겨 사신을 보내어 숙외 모자를 데려오게 하였다.

당시 책나라는 약소국이었다. 따라서 강대국인 진나라의 공주인 백희가 숙외에게 정실부인을 사양하는 것은 기대하기 어려운 일이었지만 백희는 굳이 정실부인 자리를 사양하였다. 조쇠는 안 된다고 만류하였지만 백희가 말하였다.

"저분이 나이가 많고 나는 어리며, 저분이 먼저 들어왔고 나는 나중에 들어왔으니 장유(長幼)와 선후의 차례가 분명합니다. 또한 저분에게서 난 아들 순(盾)은 나이가 든 데다가 재능도 있으니 적자로 하는 것이 이치상 당연합니다."

조쇠가 그 말을 문공에게 전하자 문공이 감탄하였다.

"내 딸이 그렇게 행한다면 주태임일지라도 거기서 더할 수는 없겠다!"

마침내 숙외를 정실로 삼게 하고 그 아들 순을 적자(嫡子)로 삼게 하자 세상 사람들이 모두 찬양해 마지않았다.

∞

이 이야기는 다분히 페미니스트를 자극할 수도 있는 면이 있다. 그렇지만 우리는 백희의 이야기를 생경하게 지금 시대로 끌어와 그녀를 판단해서는 안 된다.

인간은 시대를 초월할 수 없다. 어쩌다 시대를 초월하는 천재나 위인들을 발견하게 되기는 하지만, 그들 또한 어떤 일면에서만 시대를 앞서나갔을 뿐이다. 결국 모든 인간은 시대의 산물이라는 결론이 나온다.

따라서 우리는 어떤 사건을 한편으로는 통시대적인 관점에서, 다른 한편으로는 그 시대에 국한한 관점에서 보아야 한다. 전자의 관점에서 볼 때 숙희의 행위는 여성의 인권을 포기한 경우가 될 수 있다. 그러나 후자의 관점에서 보면 그녀의 행위는 우아한 것으로 다가오게 된다.

그리고 그때의 우아함이 반드시 당시대의 한계에 국한되어 있는 것만도 아니다. 그 우아함에도 통시대적인 아름다움이 함께 어우러져 있다는 의미이다. 그녀의 행위에는 남에 대한 배려, 자신의 희생을 통한 보다 큰 가치의 성취라는 측면이 있는 것이다.

내 남편은 그런 분일 수 없습니다 1

악양은 전국시대 위(魏)나라의 장군으로서 중산(中山) 전투에서 큰 공을 세운 사람이다. 그때 적은 그의 기세를 꺾기 위해 그의 아들인 악서(樂舒)의 머리를 삶아 국을 끓여 보냈는데, 그는 그것을 국물까지 모두 먹고 마셨다. 이로써 그가 얼마나 강인한 남자였는지를 알 수 있는데, 그런 그였지만 출세하기 전까지는 한낱 나약하고 보잘것없는 사나이에 불과했던 모양이다.

그가 젊었을 때 길에서 돈을 주워 온 일이 있었다. 그러자 그의 아내가 화를 내며 말하였다.

"공자는 우물의 이름이 '도둑샘(盜泉 : 도천)'이라는 것만으로 그 물을 마시지 않았다고 하는데, 당신은 고작 길에 떨어진 돈이나 주워 온단 말이에요?"

그 말은 악양을 크게 격발시켰다. 그는 얼른 주운 돈을 제자리에 놓고 돌아왔다.

시시하게 길에 떨어진 것을 줍지 않으려면 자기의 힘을 기르는 수밖에 없다. 그는 그 뒤로 열심히 자기를 연마하였고, 그럼으로써 강인한 남자가 되어 천하를 호령할 수 있었던 것이다.

남편의 어려움을 이해해주는 아내는 물론 훌륭한 아내일 것이다. 그렇다면 남편을 분발시키는 아내는?

없는 데서는 있는 것이 나올 수 없다면, 악양이 나중에 성공한 것으로 보아 젊은 시절 그에게는 장군으로서의 자질이 숨어 있었다고 보아야 한다. 그러나 자질을 갖추었지만 그것을 꽃피우지 못하는 사람도 많다. 좋은 능력의 씨앗은 씨앗만으로 열매를 맺는 것은 아니기 때문이다. 좋은 씨앗이 좋은 땅에 뿌려져 잘 길러질 필요가 있는 것은 이 때문이다. 그런 점에서 그는 좋은 아내를 만났고, 그 땅에서 잘 길러졌다고 하겠다.

장군이 되어 수만의 병사를 지휘하는 사람이 아니더라도, 남보다 나은 사람이 되려면 마음속에 꿋꿋한 기상이 있어야 한다. 그렇다면 기상은 어떻게 길러지는가. 필자의 생각으로는 그것은 자존심을 지키는 데서 나온다.

악양의 아내는 남편이 자존심을 가진 남자이기를 원했다. 아마도 그녀가 현대를 사는 아내였다면, 그리고 그녀의 남편이 로또 복권을 사 온다면 그녀는 그것을 찢어버리지 않았을까.

남편의 속주머니를 뒤지다가 복권 한 장을 찾아내고 울어버린 아내가 있었다는 이야기를 들은 적이 있다. 모르는 여자의 전화번호를 찾다가 그 대신으로 찾아낸 복권 한 장. 기댈 데라고는 복권뿐인 남편의 가난한 마음 앞에 아내는 눈물을 흘리지 않을 수 없었던 것이다.

그러나 어떤 아내는 그런 장면에서 울음을 터뜨리지만, 다른 어떤 아내는 그런 풍경 앞에서 강인하게 일어선다. 그녀는 가난한 자기들의 처지를 가난한 마음으로밖에 대처하지 못하는 남편을 인정하지 않는다. 그리하여 그녀는 남편에게 말하는 것이다. "내 남편은 그런 분일 수 없습니다."라고.

남편을 분발시키는 아내. 분발(奮發)이라고 할 때의 분(奮) 자는 분노(忿怒)한다고 할 때의 분(忿) 자와는 다르다. 분노의 분 자는 남을 향해 화를 내는 것을, 분발의 '분' 자는 자기를 향해 화를 내는 것을 의미하기 때문이다.

왜 자기를 향해 화를 내는가. 자기 자신이 못난 짓을 했다는 것을 인정했기 때문이다. 그렇다면 화를 낸 다음 어찌해야 하는가. 자기를 계발, 향상시켜야 한다. 그럼으로써 능력 있고 자존심 강한 남자로 다시 태어나야 한다.

물론 그 과정은 매우 힘들 것이다. 따라서 악양의 아내 같은 아내를 만난 남편의 하루하루는 매우 힘들게 마련이다. 그러나 그 마지막은 남들 위에 우뚝 솟은 뛰어난 사람으로 거듭나는 것일 테니, 그 힘든 과정은 견뎌낼 만한 시기일 것이다. 왜냐하면 그에게는 자기의 내부에 그럴만한 씨앗이 있기 때문에. 그와 더불어 그의 곁에는 사려가 깊어서 먼 데까지 바라볼 줄 아는, 그럼으로써 지쳐서 주저앉으려 할 때마다 자신을 분발시키는 좋은 아내가 있기 때문에.

내 남편은 그런 분일 수 없습니다 2

제나라의 상국(相國) 안영(安嬰)은 키가 매우 작았다.

어느 날 안영이 마차를 타고 외출하는데 마부의 아내가 문틈으로 자기 남편을 엿보았다. 그녀가 보니 자기 남편은 정승의 말을 모든 사람이었지만 키는 훌쩍 크고 인물이 잘생긴데다가 태도까지 당당하였다. 그에 비해 정승인 안자는 키도 작았지만 인물도 못생겼으며 태도까지 조심스러워 누가 마부이고 누가 정승인지 분간이 안 될 지경이었다. 마부의 아내는 자기 남편이 마차를 몰아 정승의 출근을 배웅하는 하인들 사이로 당당하게 빠져나가는 것을 눈여겨보아 두었다.

그날 밤 마부가 집에 돌아왔을 때 아내는 남편에게 오랜만에 고깃국을 대접했다.

마부가 놀라 물었다.

"웬 고깃국이오? 무슨 좋은 일이라도 있소?"

"좋은 일인지 나쁜 일인지는 제 말을 들어보고 생각해 보세요. 저는 오늘로 당신과 헤어지려고 해요. 그래서 당신에게 좋은 음식을 대접하는 서예요."

느닷없는 아내의 이혼 요구에 놀란 마부는 쥐고 있던 숟가락을 떨어뜨렸다.

"갑자기 왜 그러는 거요? 내가 뭐 잘못한 거라도 있소?"

"있지요. 당신은 키가 큰 것도 잘못이고, 얼굴이 잘생긴 것도 잘못이에요."

"허어! 다른 여자들은 모두 키 크고 잘생긴 남편을 얻기를 바라는데 왜 당신만은 유독 내가 미남인 걸 흠잡는단 말이오?"

아내가 말하였다.

"제가 흠잡는 것은 그렇게 멀쩡한 허우대를 가진 당신이 마음은 멀쩡하지 못하기 때문이에요. 당신의 주인께서는 키가 다섯 자에 얼굴은 못생겼지만 나라의 정승에 올라 계십니다. 그분은 능력이 뛰어나고 인품이 훌륭하여 정승이 되셨으니 그거야 당신에게 바랄 바가 아니지요. 저는 당신이 정승이 되어야 한다는 것이 아닙니다. 다만 키 작은 정승께서는 생각이 깊으시어 항상 스스로를 낮추어 하인들을 대할 때나 그들을 지나칠 때 겸손하기 이를 데 없는데, 당신은 키가 팔 척이나 되고 얼굴은 훤하게 잘생겼지만 남의 말을 끄는 하인에 지나지 않으면서도 자못 자랑스러운 빛이 역력합니다. 이러니 제가 어떻게 당신을 남편으로 섬기며 자랑스럽게 여길 수 있겠습니까?"

마부는 아내의 말을 듣고 크게 뉘우쳤다.

"당신에게 겸손해졌다는 말을 듣기 전까지는 고깃국을 입에 대지 않겠소!"

얼마 뒤에 안영은 마부가 전에 없이 조신해진 것을 알고 그 까닭을 물었다. 마부는 자기 아내에게 호되게 당한 일을 주인에게 고하였고, 전말을 알게 된 안영은 크게 기뻐하며 마부에게 대부(大夫)의 직책을 주었다.

마부가 집에 와서 아내에게 말했다.

행복은
따뜻한
마음에
온다

제
3
장

"오늘부터 나는 대부가 되었소. 당신이 꾸짖어 주지 않았다면 나는 아직도 마부로 남아 있었을 거요."

"마부 자리도 지켜내지 못했을지 모르지요."

아내가 웃으며 덧붙였다.

"그건 그렇고, 오늘 저녁에는 고깃국을 드세요."

❀❀

《사기열전》의 〈관안(管晏列傳)〉편에 나오는 것을 바탕으로 뒷부분을 현대풍으로 고쳐 재창작해 보았다. 고쳐 써놓고 보니 앞에 마부의 아내는 남편을 분발시키는 한편 위로하고 감싸 안기도 하는 여자가 되었다.

인간은 한편으로는 동물이고 한편으로는 신이다. 동물로서의 인간은 경쟁사회에서 하나의 맹수가 되지만 신으로서의 인간은 역지사지(易地思之)의 마음으로 남을 위로하고 감싸 안는다.

훌륭한 아내 또한 마찬가지. 그녀 또한 남편이 밖에 나가 강인한 맹수가 되기를 원하기 때문에 남편을 분발시킨다. 그렇지만 분발의 길이 얼마나 어려운지를 잘 알기에 밤늦게 집에 돌아온 남편을 위로하고 감싸 안는다.

그리고 아마도 그녀는 자기 자신을 향해서도 그렇듯 분발하고 위로하지 않을까. 자기 자신 분발하지 않으면서 남편을 분발시킨들 남편 또한 분발할 리가 없을 테니까. 그리고 자기 자신을 잘 위로할 줄 모르고서는 남편 또한 잘 위로해 줄 수 없는 법이니까.

내 남편은 그런 분일 수 없습니다 3

온달(溫達)은 고구려 평강왕(平岡王) 때 사람이다. 그 용모가 너절하여 웃음거리가 되었으나 속으로는 순수한 마음을 가지고 있었다. 그의 집은 몹시 가난하여 밥을 빌어 눈먼 어머니를 봉양하였다. 옷과 신발은 다 떨어진 것을 입고 신었다. 그런 차림으로 거리를 왕래하였으므로 사람들은 그를 가리켜 '바보 온달'이라 하였다.

그 무렵 평강왕의 어린 딸이 울기를 잘하였기 때문에 왕이 희롱하여 말하곤 하였다.

"네가 그렇게 잘 운다면 사대부의 아내가 될 수는 없겠다. 너를 장차 바보 온달에게 시집보내겠다."

후에 딸이 열여섯 살이 되어 상부(上部)의 고씨(高氏)에게 시집보내려 하니, 공주가 아뢰었다.

"대왕께서는 늘 말씀하시기를 '너는 반드시 온달의 아내가 될 것이다'고 하셨습니다. 그런데 지금 무슨 까닭으로 전에 하신 말씀을 고치십니까? 평민들도 오히려 식언(食言)을 해서는 안 되거늘, 하물며 지존(至尊)께서 그러실 수는 없습니다. 저는 감히 그 명령을 받들지 못하겠습니다."

왕이 성을 내어 말하였다.

"네가 내 명령을 따르지 않으니 내 딸이 될 수 없다. 어찌 같이 살 수 있겠느냐? 네가 가고 싶은 데로 가라."

이에 공주는 귀중한 가락지 수십 개를 팔꿈치에 달고 궁궐을 나와 홀로 가다가 길에서 사람을 만나 온달의 집을 물어서 그 집에 이르렀다. 눈먼 늙은 어머니를 보고 그 앞에 가까이 가서 절하고 아들이 있는 곳을 물으니 온달의 어머니가 대답하였다.

"내 아들은 가난하고 누추합니다. 귀인이 가까이할 사람이 못 됩니다. 지금 당신의 몸 냄새를 맡으니 향기가 기이하고, 손을 만져보니 부드럽기가 마치 솜과 같습니다. 그러니 당신은 반드시 세상에서 매우 귀한 사람일 것인데, 누구에게 속아서 이곳으로 왔습니까? 내 아들은 굶주림을 참지 못하여 느릅나무 껍질을 벗기려 산속으로 갔는데 집을 나간 지 오래 되었는데도 아직 돌아오지 않고 있습니다."

공주는 온달을 찾아 나갔다. 산 밑에 이르러 온달이 느릅나무 껍질을 지고 오는 것을 발견하고 그에게 다가가 자기가 온 사정을 말하자 온달이 안색을 바꾸며 말하였다.

"이곳은 어린 여자가 다닐 곳이 아니오. 틀림없이 당신은 사람이 아니고 여우나 귀신일 것이오. 내게 가까이 오지 마시오."

그러고는 돌아보지 않고 달아났다. 이에 공주는 온달을 뒤따라 그 집으로 가서 사립문 밖에서 잠을 잔 다음 이튿날 아침에 안으로 들어가 모자에게 저간의 사정을 상세하게 말하였다. 온달은 우물쭈물했고, 그의 어머니가 다시 거절하였다.

"내 아들은 지극히 누추하여 귀인의 아내가 될 수 없고, 우리 집 살림살이 또한 지극히 가난하니 귀인이 거처할 수 없습니다."

공주가 말하였다.

"옛사람이 말하기를 '한 알 곡식도 오히려 찧어 양식이 될 수 있고, 한 자 베도 오히려 꿰매어 옷이 될 수 있다' 고 하였습니다. 진실로 마음만 잘 합쳐진다면 하필 부귀해야만 남녀가 같이 살 수 있겠습니까?"

이에 금가락지를 팔아서 토지, 집, 노비, 마소, 기물을 사들여 모두 갖추고 온달의 아내가 되었다.

처음 말을 살 때 공주가 온달에게 말하였다.

"절대로 장사꾼의 말은 사지 말고, 국마(國馬)로써 병들어 여위어 내버린 것을 사십시오."

온달은 공주의 말에 따랐고, 공주는 그 말을 정성껏 길러 말이 날로 살쪄서 웅장한 모습을 갖추었다.

고구려는 항상 봄 3월 3일에 낙랑(樂浪)의 언덕에 모여 사냥을 했다. 그날 잡은 멧돼지와 사슴으로써 하늘과 산천의 신에게 제사 지냈는데, 그날이 되어 왕이 나가서 사냥하니 많은 신하와 5부의 군사들이 모두 따랐다.

이에 온달은 자기가 기른 말을 타고 따라갔는데, 그는 말을 달림이 항상 남보다 앞섰고, 잡은 짐승 또한 많아서 누구도 그에 미치는 자가 없었다. 왕이 그를 불러서 성명을 묻고는 놀라고 또한 이상하게 여겼다.

이때 후주(後周)의 무제(武帝)가 군사를 일으켜 요동으로 쳐들어왔으므로 왕은 군사를 거느리기 이산(肄山) 들판에서 맞아 싸웠는데, 온달이 선봉이 되어 날래게 싸워 적군 수십 명을 베어 죽이니 모든 군사들이 이긴 기세를 타서 힘을 내어 크게 이겼다. 공을 논하매 모두가 온달을 제일로 꼽았다.

왕이 가상히 여겨 감탄하여 말하였다.

"진실로 내 사위로다."

예를 갖추어 벼슬을 주어 대형(大兄)을 삼으니 이로써 왕의 총애가 더욱 후했고, 위엄과 권세가 날로 성해졌다.

양강왕(陽岡王 : 영양왕)이 왕위에 오르자 온달이 왕에게 아뢰었다.

"신라가 우리 북쪽 땅을 빼앗아 군현(郡縣)으로 만들었으므로 백성들이 원통하여 언제나 부보의 나라를 잊지 않고 있습니다. 불초한 저를 어리석게 여기지 마시고 군사를 내주신다면 나가 싸워 반드시 옛 땅을 회복하겠습니다."

왕이 허락하였다.

떠날 때 온달은 맹세하였다

"계립현(鷄立峴)과 죽령(竹嶺)으로부터의 서쪽 땅을 우리 땅으로 회복하지 못한다면 나는 돌아오지 않겠다." 드디어 떠나 신라 군사와 아차성(阿且城) 밑에서 싸우다가 화살에 맞아 중도에 죽었다.

장사를 지내려 하지 관이 움직이지 않았다.

공주가 와서 관을 어루만지며 말하였다.

"죽고 사는 것이 다르니, 아아, 돌아갑시다." 드디어 관이 움직여 장사를 지낼 수 있었다. 왕이 듣고 매우 슬퍼하였다.

∞

누구나 알고 있는 이야기지만 《삼국사기》〈열전〉에 실려 있는 글을 직접 읽어 본 독자는 드물 것 같아서 옮겨 보았다.

온달과 평강공주의 이야기에는 전설적인 느낌이 짙게 배어 있다. 그렇지만 이 이야기는 전설이 아니라 사실이다. 민간에 전래되어 온 이야기도 아니고, 야사로 전해오는 이야기도 아니다. 대충으로만 이 이야기만 알고 있는 사람이라면 그것이 개인이 사적으로 쓴 역사서인 《삼국유사》에 실려 있을 거라고 생각할지도 모르겠다. 《삼국유사》에는 워낙이 신기한 이야기가 많이 실려 있으니까. 그러나 이 이야기는 《삼국유사》가 아니라 국가에서 정식으로 편찬한 《삼국사기》에 기록되어 있는 엄연한 역사적인 사실이니 얼마나 놀라운 일인가!

어떤 면, 이 이야기는 왕위를 포기하고 연인을 따라나선 영국 왕족의 이야기와 비슷하다. 그렇지만 그 영국인의 행동은 평강공주가 온달을 선택한 데 비하면 조금은 쉬운 편에 속한다.

첫째, 평강공주가 살던 시대는 지금의 시대보다 경제적으로는 곤궁하였고, 사회적으로는 매우 후진적이었다. 그랬기 때문에 왕족이 평민을 선택한다는 것, 여자가 남자를 선택한다는 것은 상상할 수조차 없었다는 점에서 평강공주의 선택이 훨씬 어려웠다.

둘째, 평강공주는 온달을 본 적조차 없었다. 그리고 온달은 널리 알려진 바보이자 추남이었다. 그러니 그녀가 온달에게 사랑에 빠지기는 어려웠다. 그런데도 그녀는 온달을 선택하였다. 그 점에서 사랑에 빠져 왕위를 버린 영국인의 경우는 좀더 쉬운 바가 있었다고 해야 한다.

여기에서 한 가지 의문이 생긴다. 평강공주는 왜 그런 조건에서 부귀영화를 버리고 나왔을까. 단지 어렸을 때 아버지가 한 말 때문이었다고 하기에는 설명이 불충분해 보인다.

이 의문에 대해 필자는 몇 가지 경우를 상상해 본다.

생각컨대 공주는 아마도 길거리에서 밥을 빌고 있는 온달을 몇 번쯤 보았던 게 아닐까. 그리고 그때 공주는 간파했을 것이다. 온달의 누추한 외모 안에 숨어 있는 장군으로서의 씨앗을. 그리고 그의 순수하기 이를 데 없는 마음씨를.

그리하여 그녀는 단지 얌전한 도련님에 불과한 상부의 고씨 대신 온달의 아내가 되는 쪽을 선택하였다. 그것은 매우 과감한 선택이었다. 여느 처녀라면 그런 선택을 할 수 없을 것이다. 그러나 그녀는 인생을 대충 흐지부지 살고 싶지 않았다. 이왕 한번 죽는 인생, 그녀는 화끈하고 절실하게 사는 쪽을 선택하였다. 그렇다. 죽음을 생각하면 용기가 생긴다.

그녀가 죽을 정도의 단단한 각오를 갖고 온달을 선택했다는 것은 온달이 죽었을 때 그의 관이 움직이지 않았으며 공주가 관을 쓰다듬어 주자 비로소 관이 움직였다는 데서부터 역으로 추리한 필자의 결론이다. 그 부분에서 필자는 공주의 강인한 의지- 죽음을 넘어설 수 있을 정도로 강인한 의지를 느끼게 되는 것이다.

그런 의지로 온달을 선택한 공주는 한편으로는 남편의 능력을 싹틔워 장군으로 성장시키고, 다른 한편으로는 남편의 순수한 마음씨에 기대어 아낌을 받고 사랑을 받는다.

이중 공주가 온달의 능력을 계발하여 장군으로 우뚝 서게 한 부분은 앞에서 본 두 여인의 경우와 같다. 다른 점은 그녀와 남편 간에 오고간 순수한 사랑이다. 어디에 그들이 순수한 사랑을 나누었다는 구절이 있느냐고? 다시 한번 끝 부분을 읽어보자.

장사를 지내려 하지 관이 움직이지 않았다.

공주가 와서 관을 어루만지며 말하였다.

"죽고 사는 것이 결정되었습니다. 아아, 돌아가십시오!" 드디어 관이 움직여 장사를 지낼 수 있었다.

"사생결의(死生決矣) 어호귀의(於乎歸矣)."

공주가 남편의 관을 어루만지며 했다는 말을 《삼국사기》는 이렇게 전하고 있다.

"죽고 사는 것이 이미 결정이 났습니다. 그러니 아아, 돌아가십시오!"

이 한 구절에서 가슴이 메어오지 않는다면 당신은 남자가 아니다. 그리고 당신은 사람의 진정을 너무나 모르는 것이다. 그녀의 사랑, 그녀의 눈물, 그녀의 한, 그녀의 아픔이 이 한 구절에 절절히 배어 있지 않은가 말이다.

차라리 목숨을 버리는 것은 한순간의 결정이면 끝이 난다. 그렇지만 남들이 비웃는 남자를, 그러지 않고도 얼마든지 살 수 있는 조건에서 과감하게 선택하는 것은 길고 긴 고난의 길을 견뎌낼 각오를 가져야만 한다는 점에서 오히려 목숨을 버리는 것보다 어려운 바가 있다.

그런 각오로 선택한 남자였다. 그리고 남들이 알지 못하는 온갖 어려움과 고통을 참고 견디면서(추하고 무교양한 남편을 장군으로 성장시키기까지의 눈물겨웠을 노력은 상상하기조차 어렵다) 남편을 당당한 남자로 만들었다. 그리고 그때 남편에게서 우러나온 아내를 향한 순수한 사랑. 그 사랑은 얼마나 뜨겁게 공주를 녹이고 다독이고 위로해 주었겠는가.

그런데 지금 그 남편이 죽었다. 그러나 남편은 차마 저승으로 떠날 수 없다. 아내 때문이다. 한갓 짐승에 불과했던 자신을 인간으로, 당당한 인간으로 다시 탄생시켜 준 아내에 대한 사랑 때문에, 온달은 죽었지만 결코 죽을 수 없다.

그러나 죽음은 삶과 분명하게 갈리는 세계. 공주 또한 한이 깊은 점에서는 남편과 다를 바 없으면서도 피눈물과 함께 관을 어루만지며 말해야만 한다. '죽고 사는 것이 결정되었습니다. 아아, 이제 돌아가십시오.'

그렇다. 언젠가 우리는 죽는다. 얼마 전의 뉴스에 따르면 오십 대 남자의 기대여명(期待餘命)은 삼십 년이 채 안 된다고 한다. 아아, 그러니 지금 사랑하자. 목숨을 걸고, 지금 한 여자를, 그리고 한 남자를 사랑하자.

평강공주의 사랑은, 생각할 때마다 나의 가슴을 친다.

제4장

눈물의 아들은 멸망하지 않는다
– 형제, 벗, 스승 –

늘어나는 낟 가리

두 형제가 한 논에 함께 농사를 지었다. 가을이 되어 추수를 끝낸 두 형제는 두 개의 낟 가리를 만들어 한 개씩 갖기로 결정하였다.

그날 밤 형은 혼자 생각하였다.

'동생네는 살림을 난 지 얼마 안 되어 형편이 어렵다. 동생은 도움 받는 것을 꺼려하니 어떻게 하여야 할까?'

그는 곧 논으로 나가 지게에 자기 몫의 볏단을 한 짐 져서 아우의 낟 가리로 옮겼다.

그러나 이튿날 형이 논에 나가 보니 이상하게도 두 낟 가리의 높이가 같았다. 형은 이상하게 여겼지만 더 이상 생각하지 않고 그날 밤에도 자기 몫의 볏단을 한 짐 더 아우의 낟 가리로 옮겼다. 그렇지만 세 번째 날에도 두 낟 가리의 높이는 차이가 나지 않았다.

이상하게 여긴 형은 한밤중에 논으로 나가 논두렁에 몸을 숨기고 지켜보기로 하였다. 달이 둥 뚜렷 떠올랐다. 한 남자가 논으로 성큼성큼 걸어오더니 아우의 낟 가리로 걸어갔다. 그는 아우의 낟 가리에서 볏단을 한 짐 지게에 올리더니 형의 낟 가리 쪽으로 걸어오기 시작하였다.

논으로 걸어 나온 형의 두 눈에서는 눈물이 흘러내렸다. 낟 가리를 옮기는 사람은 다름 아닌 그의 아우였던 것이다.

형이 달려가자 아우도 형을 알아보고 지게를 내던지며 형의 품에 달려와 쓰러졌다. 아우가 흐느끼며 말하였다.

"저야 단 둘이서 사니까 괜찮지만 형님은 늙으신 어머니를 모시고 있잖습니까?"

두 형제의 어깨 위로 돈으로 바꿀 수 없는 교교한 달빛이 무한정 비쳐 내리고 있었다. 그러나 그 달빛은 결코 돈으로는 바꿀 수 없는 무한한 정(情)이기도 하였다.

본래 한뿌리에서 났거늘

《삼국지(三國志)》의 한 주인공인 위왕(魏王) 조조(曹操)는 여러 아들 중에 유독 셋째 아들 식(植)을 사랑하였다. 조조는 그 자신 대단한 문장가여서 시문(詩文)에 재예(才藝)가 있는 식을 더 사랑한 것인지 모른다.

그러나 대위(大位)를 물려받은 사람은 첫째 아들 비(丕)였다. 조비는 왕위를 물려받은 다음 동생 조식을 왕궁으로 불러들였다. 한편으로는 그의 재주를 질투하고, 다른 한편으로는 자기의 자리를 넘본 데 대해 복수를 할 심산이었다.

조비가 말하였다.

"네놈이 아버지의 사랑을 믿고 나를 능욕한 것이 몇 번인지 모른다. 네가 그렇게도 시를 잘 짓는단 말이더냐?"

조식은 그 점에 대해서만은 겸양하고 싶지 않았다. 조식의 오연한 태도에 조비가 화가 나서 말하였다.

"좋다. 그렇다면 내가 시제(詩題)를 줄 테니 일곱 걸음을 걷는 동안에 시를 지어 보아라. 시제는 '형제'이다. 다만, 시에 형(兄) 자와 제(弟) 자를 써서는 안 된다."

그러자 조식은 곧 걷기 시작하여 일곱 걸음 안에 시를 완성하였는데, 이 때문에 이 시에는 '칠보시(七步詩)'라는 이름이 붙었다.

> 콩깍지를 불살라 콩을 볶누나.
> 콩은 솥 안에서 서러워 우네.

본래 한뿌리에서 났거늘
어찌 이리 심하게 들볶아 대는지!
자두연두기(煮豆燃豆箕)
두재부중읍(豆在釜中泣)
본시동근생(本是同根生)
상전하태급(相煎何太急)

이때 두 형제의 어머니가 병풍 밖에서 나오며 큰아들을 꾸짖었고, 두 형제는 울며 서로 화해하였다.

아우가 이미 대신하였습니다

위(衛)나라의 선공(宣公)은 위인이 음탕하여 자기 아버지의 첩인 이강(夷姜)과 사통하여 아들을 낳았는데, 그 이름이 급자(急子)였다.

급자가 커서 열여섯 살이 되자 선공은 제나라 희공(僖公)의 맏딸인 선강(宣姜)을 며느리로 삼으려 하였는데, 중간에 사신으로부터 며느릿감이 절세의 미인이라는 말을 듣게 되었다. 구미가 동한 선공은 선강을 자신의 첩으로 삼는 한편 아들 급자는 송나라에 사신의 임무를 주어 내쫓았다.

선공은 선강을 애지중지하여 아들 둘을 낳았는데, 첫째가 수(壽), 둘째가 삭(朔)이었다. 선공은 기회를 보아 태자인 급자를 폐하고 수와 삭에게 나라를 물려주려고 마음먹었다.

그런데 공자 수는 천성이 효성스럽고 우애가 깊었다. 수는 이복형인 급자를 친형 이상으로 사랑하여 부모 앞에서 끔찍이 형을 편들곤 했다. 한편 급자 또한 온유하고 덕이 있었기 때문에 선공은 세자를 바꾸려는 속내를 쉽게 드러낼 수 없었다.

그러나 선강에게서 난 둘째 아들 삭은 수와 달랐다. 삭은 천성이 교활하여 급자뿐 아니라 친형인 수까지 미워하여 늘 눈엣가시처럼 생각하고 있었다.

어느 날 삭은 어머니 선강을 충동하여 말하였다.

"급자가 아버지의 자리를 계승하면 어머니에게 불리합니다. 생모인 이강에 대한 총애가 어머니에게 옮겨 간 것을 원망하고 있으니까요."

선강은 둘째 아들의 말에 따라 선공 앞에서 이강을 모함하였다. 이강은 선공으로부터 아들을 잘못 가르쳤다는 꾸지람을 받고는 목을 매어 자살해 버리고 말았다. 급자는 이 사실을 알고 분을 참을 수 없었지만 아버지가 두려워 홀로 울 뿐이었다.

공자 삭과 선강은 거기에서 그치지 않고 이번에는 급자를 모함하였다. 선공도 처음에는 믿지 않았지만 두 모녀가 자주 급자를 나쁘게 말하자 차차 큰아들을 의심하게 되었다. 마침내 선공은 급자를 죽이기로 결심하게 이르렀다.

차마 자기 손으로 아들을 죽일 수 없었던 선공은 아들을 제나라에 사신으로 파견하였다. 급자가 탄 배에는 백기를 꽂게 하였는데, 배가 나루터를 벗어나 얼마쯤 가면 선공이 파견한 병사들이 도적으로 가장하여 급자를 처치하도록 계획이 세워져 있었다.

사태가 심상치 않다는 것은 급자는 물론 수까지도 알고 있었다. 수는 이복형이 걱정되어 제나라에 사신으로 가는 일을 그만두라고 권했지만 급자는 고개를 저었다.

"사람의 자식으로서 어버이의 명을 따르는 것은 당연한 도리이다. 세상에 아비 없는 자식은 없다. 또, 도망을 가라지만 내가 갈 곳이 어디란 말이냐?"

급자가 여장을 차려 떠나려 할 때 수는 다시 한번 도망칠 것을 형에게 권해 보았다. 그러나 급자가 끝내 뜻을 굽히지 않자 수는 혼자 생각했다.

'형은 지금 아버지에 대한 아들의 도리를 다하기 위해 죽음의 길을 떠나려 하고 있다. 그렇다면 나 또한 형에 대한 아우의 도리를 다해야 하지 않

겠는가? 형이 죽으면 아버지는 나를 세자로 삼으실 것이다. 그러나 내가
형을 대신하여 죽는다면? 그러면 아버지는 모든 것을 깨닫게 되실 것이다.'

마음을 정한 수는 급자가 떠나는 강변에 술자리를 마련하고 형제간에 석
별의 정을 나눈다는 핑계로 형에게 많은 술을 권하였다. 마침내 형이 술에
취해 자리에 쓰러져 잠이 들자 수는 종자들을 불러 말했다.

"지금 왕명이 급하니 형 대신 나라도 사신으로 가지 않을 수 없다. 여기
편지를 한 장 써 두었으니 태자께서 술이 깨어 일어나시거든 전해 드리도
록 하라."

수는 곧 백기를 달고 뱃길을 떠났다. 배가 어느 지점에 이르자 강 언덕
에 매복하고 있던 선공의 자객들이 벌떼처럼 몰려 나와 수를 죽였는데, 그
들은 자기들이 급자를 죽인 줄로만 알았을 뿐 수를 죽였으리라고는 꿈에도
생각하지 못하였다. 자객들은 수의 목을 베어 함에 담아 떠났다.

한편 급자가 술을 깨어 일어나 보니 동생은 없고 시종이 수의 편지를 건
네 줄 뿐이었는데 거기에는 이렇게 쓰여 있었다.

"아우가 이미 대신하였으니 형은 어서 피하십시오."

급자의 두 뺨에서는 눈물이 흘러내렸다.

'아우가 화를 당하겠다. 내가 어서 가지 않으면 아우는 죽고 말 것이다.'

급사는 시둘리 종자들을 데리고 다른 배를 타고 강을 따라 내려갔다.

그날 밤은 달이 낮처럼 밝았기 때문에 한참을 가다보니 멀리 수가 타고
갔던 배가 보였다. 급자가 외쳤다.

"천행으로 아우는 아직 살아 있다!"

그러자 종자가 말하는 것이었다.

"저 배는 가고 있는 것이 아니라 이쪽으로 오고 있습니다."

급자가 의아하여 가까이 가서 보니 배에는 자객들만 있을 뿐 동생의 모습은 보이지 않았다. 급자가 물어보았다.

"임금께서 지시를 내리셨는데 그간 별 탈 없이 처리하였느냐?"

자객들은 일의 주모자인 삭이 감시차 나온 줄로만 알고 "일은 이미 마쳤습니다."하면서 수의 목이 담긴 함을 보여주었다. 급자는 하늘을 우러러 통곡해 마지않았다.

자객들이 깜짝 놀라 사연을 묻자 급자가 말했다.

"내가 바로 너희가 죽이려던 사람이다. 내가 아버지께 죄를 지어 아버지가 나를 죽이라 하신 것인데, 너희는 내 아우 수를 죽였구나. 어서 내 목을 베어 아버지께 바치거라."

자객들 중에 급자의 얼굴을 아는 자가 있었다. 그래서 그들은 급자를 죽여 그 목 역시 상자에 담았다.

선강은 자기의 큰아들이 죽은 것은 애통해 하였으나 그보다도 급자가 죽은 것을 더 기쁘게 여겼다. 그에 비해 공자 수를 끔찍이 아끼던 선공은 일의 전말을 보고 받고는 얼굴이 흙빛이 되더니 반나절 동안 말없이 눈물을 흘렸다.

"선강이 나를 그르쳤구나!"

선공은 마침내 그로부터 마음병을 얻어 머지않아 죽고 말았다.

❦

한뿌리에서 났기 때문에 아우를 동생(同生)이라고 한다. 문제는 콩과 콩깍지와는 달리 한뿌리에서 났으면서도 형과 동생은 제각각 다른 여자(남자)와 만나 부부가 되고, 그 부부에게서도 또 다른 형과 아우가 생겨난다는 점이다.

이런 식으로 무촌 간인 부부에게서 일촌 간인 부자·모녀가 생겨나고, 일촌 간인 부자·모녀가 합쳐지면 이촌 간인 형제·자매가 생겨난다. 핏줄은 서로 멀어지고, 마침내는 삼촌, 사촌, 친족을 거쳐 남남이 된다.

이 땅이 농경사회였던 시절. 우리에게 핏줄은 힘겨운 삶을 견뎌내는 강력한 끈이었고, 그래서 형은 아우를 위해, 아우는 형을 위해 가진 것을 흔쾌히 내줄 수 있었다.

그러나 지금은 후기 산업사회. 거기에 외환위기까지 맞게 되자 형제는 든든한 후원자인 한편으로 거북한 핏줄로까지 바뀌고 말았다. 부자인 형에게 가난한 동생은, 출세한 아우에게 무식한 형은 차라리 남보다 더 부담스러운 존재가 되어버린 것이다.

이산가족 상봉 때 서로 붙들고 울던 형제가 시간이 지나면서 불편한 관계가 되어버렸다는 사례를 우리는 알고 있다. 부유하게 살고 있는 형이 가난하게 살고 있는 동생을 조금밖에 배려해 주지 못하자, 동생이 형에게 섭섭한 감정을 품게 된 것이 원인이었다고 한다.

그렇지만 형에게도 할 말은 있다. 자기에게는 아내와 자식이 있다고. 형으로서는 동생을 위해 무엇이든 해주고 싶지만, 굳이 따져보면 동생이 이촌인데 비해 아내는 무촌, 자식들은 일촌 간이 아니냐고.

그런가 하면 충분한 자격이 없는 동생에게 과분한 자리를 마련해 주는 형도 있다. 예컨대 우리나라의 어느 대통령은 낮은 직급의 경찰이었던 아우를 깜짝 등용하여 국가기관의 장 자리를 맡겼었다. 그리고 그 결정은 서로 간, 또 국가적인 비극으로 끝나고 말았다.

이런 일은 개인 회사에서도 꽤나 많이 벌어진다. 그래도 남보다 핏줄이 낫다는 판단에서 자격이 없는 동생을 채용한다. 그러나 그 결과가 좋은 쪽으로 귀결되기는 어렵다. 만일 그런 경우가 있다면 동생 쪽에서 매우 현명하게 처신하였기 때문일 것이다.

형이 아우를 돕는 것은 물론 좋다. 동생이 형을 돕는 것 또한 더더욱 좋다. 그러나 그 이전에 형제일수록 인간은 제각각 저 자신이라는 사실을 재삼 인식해 둘 필요가 있다.

그렇다. 인간은 저마다 자기 삶에 책임을 진다. 그 점에서는 형제보다 가깝다는 배우자나 자녀일지라도 남남 간이라고까지 말할 수 있다. 아내가 내 대신 죽어줄 수 없고, 자식이 내 대신 아파줄 수 없는 것이다.

우리는 이 같은 인식─ 인간은 저마다 단독자로서 자기의 삶을 꾸려나가게 마련이라는 냉혹한 인식을 바탕으로 남과의 관계를 맺어야 한다. 그 경우 나는 남에게 피해를 줄 수 없다. 그 또한 그의 삶을 짊어진 무거운 짐꾼인 줄 잘 알고 있기 때문이다.

인생은 무거운 여정인 것. 그렇기 때문에 좋은 동행자가 꼭 필요하다. 그리고 동행자로서의 형제는 비록 부부나 부자(모자)간만은 못할지라도 어찌 남과 비교할 수 있으랴. 그럼에도 불구하고 훌륭한 형, 좋은 아우가 되기는 매우 어려운 일이다.

위로도 좋지만 격동을

소진(蘇秦)과 장의(張儀)는 중국 역사상 가장 유명한 세객(說客)이다. 이들은 일곱 나라가 서로 세력을 다투던 전국시대 사람인데, 소진은 진(秦)나라를 제외한 여섯 나라 왕을 설득하여 연합하여 함께 진나라에 대적하도록 설득하여 한 몸으로 여섯 나라의 재상이 되었다. 그 뒤 장의가 나타나 소진의 성사시켜 놓은 여섯 나라의 동맹을 깨뜨리고 그들로 하여금 진나라에 복속하도록 하였는데, 역할은 이처럼 달랐지만 이들은 사실 한 스승 밑에서 공부한 동문 사이였다.

그들을 가르친 스승이 귀곡 선생(鬼谷先生)인데, 귀곡선생 밑에 있을 때 소진은 장의에 비해 자기의 재능이 부족하다고 여기고 있었다. 그러나 실제에 있어서는 소진이 먼저 출세하였고 장의는 남의 집에서 밥을 빌어먹기도 하고, 권세가에 모욕을 당하기도 하는 등 여러 가지로 곤궁한 삶을 살고 있었다.

어느 때 어떤 사람이 그에게 말하였다.

"당신은 소진과 동문 사이가 아닙니까? 왜 그를 찾아가 자신을 추천해 달라고 하지 않습니까?"

그 말이 옳다고 여긴 장의는 자존심이 상했지만 꾹 참고 소진을 찾아갔다. 그러나 소진은 문을 지키고 있는 부하에게 명령하여 장의를 꽁꽁 묶어 두었다. 몸을 묶어 두었다는 것이 아니라 한번 자기 집에 들어온 그를 내보내주지 않았다는 말이다. 그러면서 그 앞에 얼굴도 비치지 않았으므로 굴

욕감을 느낀 장의의 얼굴은 시뻘겋게 달아올랐다.

마침내 소진이 장의를 불렀다. 장의가 오자 소진은 그를 마루 아래에 앉힌 다음 아주 보잘것없는 음식을 주었다. 그러고는 말하였다.

"그대는 탁월한 재능을 지니고서도 이처럼 궁핍한 지경에 이르고 있으니, 내가 어찌 그대를 왕에게 추천할 수 있겠소?"

그러고는 곧 밖으로 추방하였다.

그 일은 장의를 매우 격발시켰다. 그는 소진을 발판으로 삼아 출세를 하려는 계획을 버리고 자기 자신 독립하기로 결심하였다. 또, 당시 소진이 머물고 있던 나라가 조나라였으므로, 어떻게 하든 출세를 하여 소진과 함께 조나라까지 멸망시켜 버리겠다고 결심하였다.

그 방법은 하나밖에 없었다. 여섯 나라가 연합하고 있는 상황에서 여섯 나라 쪽에 소진이 있다면 자기가 갈 곳은 그 상대인 진나라뿐이었다 그는 진나라로 향했다.

한편 소진은 장의를 내보낸 다음 심복 한 사람을 불러 말하였다.

"내 친구 장의는 천하에 둘도 없는 인재이다. 나는 그를 따를 수 없다. 다만 그는 지금 운이 좋지 않아 어려움을 겪고 있는데, 설령 그가 진나라에 간다고 해도 지금처럼 가진 것이 아무것도 없이는 큰일을 해내기 어려울 것이다. 나는 장의가 작은 이익에 눈이 팔려 큰 인물로 성장하지 못할까 염려된다. 그래서 그에게 치욕을 주어 그를 격동시킨 것이지만, 그것으로는 부족하다. 그대는 나를 위해 몰래 장의를 뒤따라가 그가 뜻을 펼 수 있도록 도와주기 바란다."

이런 말과 함께 소진은 심복에게 넉넉한 자금을 주었다.

그래서 소진의 심복은 곧 장의를 뒤따라가 친밀한 사이가 되었다. 그러고는 그가 필요할 때마다 자금을 주어 소진이 마음껏 활동할 수 있도록 도와주었다. 그리하여 장의는 마침내 진나라 소왕(昭王)을 만나게 되었고, 마침내 그를 설득하여 진나라의 객경(客卿)이 될 수 있었다.

이제 성공은 눈앞에 있었다. 그런데 그 무렵 지금까지 그를 도와주었던 후원자가 그를 떠나겠다고 말하였다. 장의는 깜짝 놀라 그에게 말했다.

"당신의 도움 때문에 내가 이처럼 현달하게 되었는데 내가 은혜를 갚기도 전에 떠나다니 이런 법이 어디 있소?"

이에, 소진의 심복은 저간의 사정을 상세하게 말해주었다.

장의가 길게 탄식하였다.

"아아, 소진의 계책 안에 있으면서도 그것을 깨닫지 못하였으니, 내가 어찌 조나라를 칠 계책을 내겠는가? 당신은 돌아가 소진 공에게 말하시오. 소공이 있는 한 장의가 감히 무엇을 할 수 있겠느냐고. 소공이 있는 한 장의가 감히 무엇을 할 수 있겠느냐고."

나도 저런 선생님이 될 거야

유치원에 다니는 다섯 살 난 여자아이가 학습 발표회 때 학부모 앞에 나와 인사를 하는 역할을 맡았다. 아이는 선생님의 지도를 받으며 그 인사를 일주일 동안 연습하였다. 인사말은 모두 석 줄밖에 되지 않는 짧았다. 그러나 아이에게는 그것이 매우 어렵게 느껴졌다.

마침내 발표회 날이 왔다. 아이가 보니 수백 명의 어른들이 모여 자기가 무대에 올라오기를 기다리고 있었다. 혹 실수를 하면 어쩌나 하는 걱정에 아이의 얼굴은 벌겋게 상기되었다.

"이럴 땐 숨을 깊이 쉬어야 한단다."

하고 선생님이 아이에게 말하였다. "그리고 이럴 때일수록 앞을 쳐다봐야 해. 무서운 것에서 눈을 떼면 더 무서워지는 법이니까."

선생님은 아이의 손을 잡고 눈을 감게 하였다. 그런 다음 아이로 하여금 숨을 깊게 들이마셨다가 내뱉게 함으로써 마음을 진정시켜 주었다.

그러나 조금 뒤에 무대에 올라간 아이는 당황하여 쩔쩔매며 첫마디 말도 꺼내지 못하였다. 아이의 머릿속은 하얗게 변했다. 아무 생각도 나지 않았다. 얼마의 시간이 흘러갔다. 모두들 숨을 죽이고 아이가 입을 열기를 아이의 입에서는 한 마디 말도 흘러나오지 않았다.

아이가 선생님이 계신 무대 뒤쪽을 돌아보았다. 그것은 '선생님, 저 그만두고 나가도 돼요?' 라는 뜻이었다.

그렇지만 선생님은 고개를 저었다. 그러면서 손으로 '얼굴을 똑바로 들어. 앞을 쳐다 봐. 숨을 깊게 쉬며 마음을 가라앉혀.' 라는 뜻의 말을 전했다. 마지막으로 선생님은 손으로 하트 모양을 그려 '나는 너를 사랑해. 너를 믿는단다.' 라는 뜻의 말을 했는데, 아이의 얼굴 표정은 그때 조금 밝아졌다.

아이는 고개를 들어 부모님들을 쳐다보았다. 그때 해야 할 말의 첫 부분이 생각났다. 그래서 떠듬떠듬 말하기 시작했지만 곧 다음 말에서 생각이 중단되었다.

아이가 다시 선생님 쪽을 쳐다보았다. 그러나 선생님은 다시 고개를 저었다. 그러면서 손으로 '기다려 보렴. 시간은 많으니까. 네가 말을 다 해야 다음 프로그램을 하게 돼 있어' 하는 뜻을 아이에게 전했다.

아이는 자기가 도망칠 데는 없다는 것을 깨달았다. 그래서 다시 부모님을 쳐다보았고, 그러자 문득 용기가 솟아나는 것이었다. 뒤로 돌아갈 데가 없고 앞으로만 가야 한다는 것이 분명해지면 그때 비로소 용기가 솟아나는 법이니까.

그런 어려운 과정을 거쳐 아이는 처음에 하려던 석 줄의 말을 다 마치고 무대에서 내려올 수 있었다. 그렇지만 중간에 끊어지기도 하고 더듬더듬하면서 겨우 끝낸 그 인사는 실패였음이 분명했다. 인사가 끝나가 짧은 박수 소리가 났지만 그 박수는 인사치레로 나온 것이어서 곧 그쳤다.

아이는 무대에서 도망을 치듯이 물러나와 흐느껴 울며 선생님의 품안에 쓰러졌다. 그때 무대 뒤에 와 있던 아이의 어머니가 차갑게 아이를 꾸짖었다.

"아유, 창피해! 그 짧은 인사말도 제대로 못하니?"

그때 선생님이 무대로 올라갔다. 그러나 무대에 올라간 선생님은 얼마 동안 아무 말도 하지 않고 학부모들을 바라보기만 하였다. 그렇게 십 초가 지났다. 그리고 다시 또 십 초가 지났다. 그러나 선생님은 여전히 아무 말도 하지 않았다.

사람들이 웅성거리기 시작했다. 그렇게 웅성거리기를 한참, 마침내 선생님이 두 손을 들어 사람들을 제지하였다. 웅성대던 소리가 뚝 그치며 모든 사람들의 주의가 선생님에게 쏠렸다.

선생님이 말하였다.

"우리는 조금 전에 나리 어린이가 여러분 앞에 나와 하는 인사말을 들었습니다. 나리의 인사말을 듣고 어떤 분은 그것이 매우 서툴렀다고 생각하는 분도 혹 있을지 모르겠습니다. 그리고 그것이 사실이기도 합니다. 그렇긴 하지만 다시 생각해 봅시다. 누구에게나 처음 하는 일은 어렵습니다. 그래서 어색하고 서툴게 마련입니다. 우리들 또한 아기로서 처음 일어서는 것을 배울 때 매우 서툴었습니다. 처음 걸음걸이를 배울 때에도 서툴었고, 처음 말을 배울 때도 서툴었습니다. 그러니 서툴다는 것은 이상한 일도 아니고, 부끄러워해야 할 일도 아닙니다."

"그러므로 우리가 부끄러워해야 하는 것은 서툰 것 자체가 아닙니다. 정말로 부끄러운 것은 서툰 것을 부끄럽게 여겨 일을 중도에서 그만두는 것입니다. 그런 사람은 능숙해질 수 없습니다. 그런데 보십시오. 나리 어린이는 매우 서툴었는데도 불구하고 중도에서 인사말을 그만두지 않았습니다.

나리 어린이는 저와 연습을 할 때에는 인사말을 아주 잘했습니다. 그렇지만 어른들이 많이 모인 자리에 올라오자 실수를 하면 어쩌나 하는 두려운 마음 때문에 말문이 막히고 말았습니다.

여러분은 조금 전에 제가 여러분 앞에 나와 말을 하지 못하고 한참 동안 서 있었던 것을 보았습니다. 저는 어른이지만 수많은 사람 앞에 서니까 말이 잘 나오지 않았습니다. 그러니 아직 여섯 살밖에 되지 않은 나리야 오죽했겠습니까?

그런데도 나리 어린이는 두려움에게 지지 않았습니다. 인사말을 중도에서 포기하고 싶은 마음이 들었지만 그런 마음에게도 지지 않았습니다. 나리에게는 중도에서 일을 그만두는 것이 서툰 모습을 보이며 끝까지 하는 것보다 더 쉬운 일이었지만 나리는 어려운 쪽을 선택했습니다."

마지막으로 선생님이 청중을 향해 물었다.

"여러 학부님들, 여러분은 오늘 발표회에서 여러분의 자녀가 서툴지 않은 모습을 보여주시기를 바라십니까? 아니면 비록 서툴더라도 용기 있게 자기가 맡은 역할을 끝까지 해내기를 바라십니까?"

"서툰 것은 상관없어요."

하고 한 학부모가 대답했습니다. "끝까지 해내기만 하면 우리는 만족할 겁니다."

선생님이 웃으며 말씀하였다.

"그렇다면 나리는 큰 박수를 받아야 합니다. 저는 그렇게 생각합니다만, 여러분의 생각은 어떻습니까?"

선생님이 말을 마치자 학부모들은 나리를 위해 우레 같은 박수를 보냈다. 박수는 한참 동안 계속되었는데, 선생님은 그 박수가 자기 것이 아니라는 의미에서 옆으로 돌아서며 무대 뒤에 서 있는 나리 쪽을 향해 손바닥을 펴보였다.

나리의 눈가에서는 이미 눈물이 주르르 흘러내리고 있었다. 몸에서 힘이 불끈불끈 솟는 것이 느껴졌다.

"나도 박수를 쳐 줄게. 이렇게!"

하고 나리의 엄마가 옆에서 말하였다. 엄마의 얼굴에는 뉘우치는 빛이 가득하였다.

그런 엄마를 향해 나리가 말했다.

"나도 커서 저런 선생님이 될 거예요."

∽

스승이 스승인 경우보다는 부모가 스승인 경우가 더 좋다. 그러나 가장 가까운 곳에 있기 때문에, 부모는 자녀의 스승이 되기 어렵다. 부모는 어쩔 수 없이 자녀에게 못 보일 것을 보이는 경우가 있는 것이다.

그래서 조선시대 선비들은 자녀를 친구에게 맡겨 가르쳤다고 한다. 내 아들은 친구가, 친구의 아들은 내가 가르쳤던 것이다. 그럼으로써 꼭 말해야 하는 것이지만 내가 실천하고 있지 못한 것을 친구의 입을 빌어 가르칠 수 있었고, 그 때문인지 조선시대에는 인격이 훌륭한 인물들이 많이 배출되었다.

내가 스승 자격이 없다면 자녀에게 좋은 스승을 만나게 하자. 그렇게 하기 또한 쉽지 않다고? 요즘 같은 시대에 교사는 많지만 선생님은 적고, 선생님은 그래도 찾을 수 있지만 스승은 거의 없다고?

그렇지 않다. 선생님도 많고, 스승 또한 적지 않다. 좋은 책이 바로 그 것이다. 책 속에는 우리 곁에서는 드물게, 아니 영영 발견하지 못하고 마 는 인물들이 지금껏 살아 있다. 공자, 소크라테스, 예수, 석가모니 같은 스승은 너무 거룩하니 그만두더라도, 퇴계, 율곡 같은 스승이야 만나 뵈려 고만 하면 왜 만날 수 없겠는가.

한 예로, 퇴계 선생의 문집 끝에는 언행록(言行錄)이 덧붙여져 있다. 그 것을 읽을 때마다 필자는 선생이 마치 내 곁에 계신 듯한 느낌을 받는다. 한문 글자로 말한다면 성(誠 : 정성 성) 자, 경(敬 : 공경 경) 자로 요약할 수 있는 그분의 성실 겸허한 모습이, 마치 은은한 창호지에 배이듯 은은하게 다가오는 것이다.

다음은 퇴계 언행록 중에서 몇 부분을 간추려 옮겨 본 것이다.

퇴계 언행록(退溪言行錄) 중에서

••• 선생이 일찍이 말씀하셨다. "나의 숙부 송재공(松齋公)은 나를 공부 시키는데 몹시 엄하셔서 칭찬하는 말이나 기뻐하는 안색을 하지 않으셨다. 내가 〈논어〉를 집주(集註)까지 외워서 처음부터 끝까지 한 자도 틀림이 없었으나 역시 칭찬하는 말은 한마디도 없으셨다. 내가 학문에 게으르지 않은 것은 다 숙부께서 가르치고 독려하신 힘이다." - 김성일

••• 선생은 나이가 점점 많아가고 병은 깊어가셨으나 학문을 하기에 더욱 힘쓰고, 도(道)를 책임지는 것이 더욱 중하셨다. 엄숙하고 공경하는 공부를 그윽한 곳, 혼자일 때일수록 더욱 엄격히 하셨다. 평상시에는 날이 밝기 전에 일어나서 세수하고 머리 빗고 의관을 단정히 하고 종일 책을 보며, 혹은 향을 피우고 고요히 앉아서 항상 그 마음을 살피기를 해가 처음 솟아오른 것같이 하셨다. - 김성일

••• 선생은 책을 읽을 때에는 바로 앉아 엄숙하게 외우셨다. 글자에서는 그 새김을 찾고, 글귀에서는 그 뜻을 찾아 비록 한자 한 획의 미세한 곳까지도 예사로 지나쳐 버리지 않아서, 어로시해(魚魯豕亥)의 헛갈리기 쉬운 것도 반드시 분별하고야 말았다. - 김성일

••• 제자 덕홍(德弘)이 안자(顏子)의 인(仁)을 어기지 않음을 여쭙자 선

김성일(金誠一, 1538~1593)
조선 중기의 정치가·학자. 일본에 파견되었다가 돌아와 일본이 침입하지 않을 것이라고 하여 왜란 초에 파직되기도 하였다. 그러나 다시 경상도초유사로 임명되어 왜란 초기에 피폐해진 경상도 지역의 행정을 바로 세우고 민심을 안정시키는 데 기여하였다.

생이 대답하셨다. "안자의 마음은 천리(天理)와 하나가 되어 티끌이 앉지 않은 거울과 같고, 물결이 일지 않는 물과 같았다. 그 공부가 석 달 동안이나 오래 계속하여도 털끝만한 사사로운 생각에 구애됨이 없고, 잠깐 동안이라도 게으르고 소홀함이 없었다. 다만 아직 완전히 화(化)하지 못한 약간의 무엇이 남아 있어서 석 달 뒤에는 어쩌다가 한번 중단되는 듯한 기미가 있게 된다. 그러나 금방 중단되면 곧 다시 깨닫게 되는 것이니, 이것은 아직 성인(聖人)에 미치지 못하기 겨우 한 간(一間)이다." 덕홍이 다시 여쭈었다. "그러면 선생님께서는 공부의 끊임을 면하셨습니까?" 선생님께서 대답하셨다. "어찌 감히 끊임이 없다고 하겠느냐? 나도 고요한 가운데 엄숙하고 공경할 때에는 혹 방일(放逸)함을 면할 수 있지마는, 약간 술을 마시고 말을 주고받을 때에는 가끔 마음이 놓이어 달리 행하는 일이 있으니, 이것이 내가 평소에 경계하고 두려워하는 것이다." — 이덕홍

••• 선생은 욕심을 이기고 마음을 기르는 공부가 어떤 일을 당해도 여유작작해지는 경지에 이르셨다. 비록 급하고 갑작스러운 때에 있어서도 정신이 한가롭고 뜻은 고요하여, 어찌할 바를 몰라 하는 기색이 없으셨다.

— 김성일

••• 선생께서 덕홍에게 회답한 경(敬)을 논한 편지를 한 통 베껴서 벽에 붙여 두셨다. 조목(趙穆)이 일찍이 옆에서 모시고 있다가 "무엇 하러 이렇게까지 하십니까?" 하고 여쭙자 선생께서 대답하셨다. "내가 비록 남을 가르치기는 이렇게 했지마는, 내 몸을 돌이켜 살펴볼 때에는 아직 스스로 다

이덕홍(李德弘, 1541~1596)
조선 중기의 학자. 1578년 조정에서 이름난 선비 9명을 등용할 때 4위로 뽑혀 집경전참봉이 되고 영춘현감이 되었다. 저서로는 《주역질의》《사서질의》등이 있다.

되지 못하였기 때문에 이렇게 하는 것이다." - 이덕홍

••• 성전(性傳)은 선생의 문에 드나든 지가 오래되었지만, 선생께서 혼자 조용히 계실 때나 혹 남과 이야기할 때에, 한번도 자신을 자랑하시는 것을 보지 못하였고, 또 게으르고 거만한 모습을 본 적이 없었다. 이 점에서 선생은 언제나 한결 같았다. - 우성전

••• 이공담(李公湛)이 일찍이 말하였다. "내가 퇴계를 보니, 그는 젊어서부터 안팎이 단정하고 곧으며, 겉과 속이 한결같아서, 일을 처리하는 데 있어서 털끝만큼도 의심스러운 곳이 없었다." 뒷날 공담이 밤중에 임금의 부름을 받고 들어가, 왕이 선생의 사람됨을 물으실 때에도 이렇게 아뢰었다. - 우성전

••• 선생의 학문은 사욕이 깨끗이 없어지고 하늘의 이(理)가 해처럼 밝아서, 물(物)과 나 사이에 피차의 구별을 볼 수 없었다. 그 마음은 천지만물과 더불어 아래위 한 가지로 흘러서 각각 그곳을 얻는 묘한 데가 있었다.

- 김성일

••• 선생은 항상 겸허함으로써 덕을 삼아서, 조금도 거만한 마음이 없었다. 도를 이미 분명히 보고서도 그것을 바라기를 마치 보지 못한 듯하셨고, 덕이 이미 높으면서도 얻음이 없어 모자라는 듯이 여기셨다. 그래서 향상하려는 마음이 돌아가실 때까지 하루와 같았다.

우성전(禹性傳, 1542~1593)
조선 중기의 문신·의병장. 임진왜란이 일어나자 경기도에서 수천 의병을 모집, 추의군이라 하고 강화에 들어가 김천일 등과 함께 도처에서 전공을 세우고 퇴각하는 왜군을 의령까지 추격했다.

••• 정사성(鄭士誠)이 신유년에 처음으로 나아가 선생을 뵈옵고 할 일을 물었더니 선생께서 말씀하셨다. "경(敬)은 도에 들어가는 문이지마는 반드시 성(誠)으로써 해야만 끊어짐이 없게 된다."

••• 선생은 사람을 가르침에 있어 반드시 충신(忠信)·독실(獨室)·겸허(謙虛)·공손(恭遜)으로 하셨다. - 우성전

••• 정오년 11월 초하룻날에 계당(溪堂)에서 선생을 뵈었는데, 유응견(柳應見)이 마침 왔다가 여러 가지를 여쭙고 들은 뒤 응견과 함께 농운(隴雲)으로 돌아올 때에 응견이 말하였다. "우리가 매양 여기에 와서 선생을 뵙고 말씀을 들으면, 묵은 때가 씻기는 듯, 취한 꿈이 깨는 듯하오 그려. 어떤 이가 말하기를 '옛사람의 말에, 구름과 안개를 열어 푸른 하늘을 보고, 가시를 베어내어 바른 길로 간다' 고 하였다더니 과연 그런 것이로구려. 나는 소년 때에 선생 보기를 '선생은 과연 귀신의 신명(神明)과 같아서 그 끝을 헤아릴 수 없고, 강하(江河)의 넓음과 같아서 그 가(岸＝邊)를 모르겠다' 고 하였더니, 이제 스승의 묘한 말이 기에 들어와 스스로 알고, 하시는 일이 눈에 띄어 밝힐 수 있으니, 나의 공력이 혹 조금은 나아갈 수 있을 것 같소 그려." - 권호문

••• 선생은 학자와 더불어 강론하다가 의심나는 곳에 이르면 자기의 소견을 고집하지 않고 반드시 널리 사람의 여러 의견을 취하셨다. 그래서 비록 장구(章句)에 대한 비속한 선비의 말이라도 또한 유의하여 듣고 마음을

권호문(權好文, 1532~1587)
조선 중기의 학자로 자는 장중, 호는 송암이다. 많은 문인들이 찾았고, 유성룡·김성일 등에게 학행으로 높이 평가를 받았다. 경기체가를 본뜬《독락팔곡》과 시조《한거십팔곡》을 지었다. 안동 송암서원에 제향되었다. 문집《송암집》이 있다.

비워 연구해 보며, 또 거듭거듭 참고하고 고쳐서 끝내 바른 곳으로 귀결지은 뒤에야 그만두셨다. 선생이 변론하실 때에는 기운이 부드럽고 말은 온화하며, 이치가 밝고 뜻이 발라서(正) 비록 여러 가지 의견이 다투어 일어나더라도 반드시 상대방의 말이 끝난 뒤에야 천천히 한마디로 조리를 따져 해석하셨다. 그렇긴 하지만 반드시 자기의 의견이 옳다고 하지는 않고, 다만 '내 소견은 이러한데 어떨지 모르겠다'고 하셨다. - 김성일

••• 선생은 타고난 성질이 매우 높고 수양을 쌓아 도가 있으며, 마음속의 생각하는 바가 깨끗하고 시원하여 운치가 맑고 심오하셨다. 단정하고 성실하여 어두운 곳에 있어도 속이지 않았고, 일상생활에 있어 몸가짐이 바르고 엄숙하여 의젓한 모습은 범할 수 없을 것 같았다. 사람을 대할 때에는 온순하고도 겸손하여 화락한 기운이 돌았고, 가슴을 털어놓고 남과 이야기할 때 그 사람의 마음속을 환히 꿰뚫어 보셨다. 또 겸허하게 남에게 묻기를 좋아하여 자기 고집을 버리고 남의 의견을 따를 줄 아셨다. 남이 착한 일을 행하면 자기가 한 듯이 기뻐하고, 자기에게 조그만 잘못이라도 있으면 비록 필부가 말해 주더라도 고치기에 인색한 법이 없었다. - 정유일

••• 거처하시는 곳은 조용히 정돈되었고, 책상은 반드시 말씀하게 치우고, 벽장에 가득한 책은 가지런히 순서대로 정리되어 있어서 어지럽지 않았다. 새벽에 일어나면 반드시 향불을 피우고 고요히 앉아 온종일 책을 읽어도 나태한 모습을 보인 적이 없었다. - 김성일

정유일(鄭惟一, 1533~1576)
조선 중기 문신. 사인 때 춘추관편수관이 되어 《명종실록》 편찬에 참여하였고, 대사간·승지·이조판서 등을 지냈다. 《관동록》 《송조명현록》 《한중필록》 등을 지었다.

••• 평상시에는 날이 밝기 전에 일어나 갓을 쓰고 띠를 띤 다음, 서재에 나가 얼굴빛을 가다듬고 바르게 앉아 어디에 기대는 법이 없었다. 하루 종일 책을 읽다가 때로 고요히 앉아 생각에 잠기기도 하고, 시를 읊조리기도 하여, 세속 사람이 즐기는 바는 한번도 선생의 마음을 스쳐가는 법이 없었다. – 정유일

••• 선생은, 앉을 때는 반드시 단정하고 엄숙하여 손발을 움직이지 않았고, 제자들과 마주 대할 때에는 귀한 손님이 자리에 있는 듯이 하였기 때문에 제자들이 모시고 앉았어도 감히 쳐다보지 못하였다. 그러나 제자를 앞에 앉히고 가르치실 때에는 화한 기운이 풍기었다. 그 가르쳐 깨우침은 다정하고도 친절하여 처음부터 끝까지 환해져서 의심스럽고 모한 데가 남지 않았다. – 정사성

••• 도산(道山)에서 휴가를 받은 날, 동료들은 모두 마음 대로 놀아 거리낌이 없어서, 날마다 술을 마시고 노래를 부르는 것을 일로 삼았다. 그러나 선생은 하루 온종일 단정히 앉았거나, 혹 문을 닫고 책을 보았다. 가끔 동료들과 놀이를 할 때에도 역시 방탕에 이르지 않았다. 그러므로 동료들은 그 지조를 존경하여 자기네들과 다르다 하여 미워하지 않았다.

– 김성일

••• 선생은 나이 쉰이 되도록 아직 집이 없었다. 처음에는 하봉(霞峰)에 집을 지었다가 중간에 죽동(竹洞)으로 옮기고, 마침내는 퇴계(退溪) 위에

정사성 (鄭士誠, 1545~1607)
조선 중기의 문신·학자이다. 1592년 임진왜란 때 어용을 보존한 공으로 내섬시주부에 임명되었다. 1597년 정유재란 때에는 의병을 일으켜 곽재우와 더불어 화왕산성에서 왜군과 싸웠다.

다 아주 자리를 정했다. 집 서쪽 시냇가에 집을 지어 이름을 한서(寒栖)라 하고, 샘물을 끌어서 못을 만들어 이름을 광영(光影)이라 하였다. 매화와 버들을 심어 그 사이에 세 갈래 길을 내었다. 앞에는 탄금석(彈琴石)이 있고, 동쪽에는 고등암(古藤巖)이 있었는데, 시내와 산이 밝고 아름다워 완연히 하나의 별천지를 이루었다. 병신년 생신에 비로소 여기를 찾아 뵈었더니, 좌우는 책으로 둘러싸이고, 향불을 피워 고요히 앉았으면 유연히 여기서 일생을 마칠 것 같은 생각이 들어, 사람들은 선생이 관인(官人)인 줄을 몰랐다. – 김성일

✆

우리 곁에도 지금 퇴계 같은 선생님이 계시다면! 그렇다면 필자는 날마다 그분을 찾아뵙고 싶다. 그분 곁에 하루 온종일 앉아 사람이 진실로 사람다울 때 어떠한 모습인지를 내 눈으로 직접 보고 싶다. 내 몸으로 직접 겪어보고 싶다.

그러나 우리 곁엔 그런 분이 없다. 그런 분은커녕 입과 글자만으로 학문을 논할 뿐으로 마음을 길러야 마땅한 선비로서의 자세는 뒷전으로 밀어둔 학자들만이 자주 눈에 띌 뿐이다.

물론 어딘가에 퇴계 선생을 본받으려는 학자들 또한 무수히 많으리라는 것을 필자는 믿는다. 그리고 유학을 공부하지는 않더라도 그분을 마음으로부터 흠모하고 존경하는 이들 또한 많고도 많으리라. 어디 우리나라뿐이랴. 일본에서도 퇴계에 대한 흠모는 대단하다고 한다. 아마도 그것은 퇴계의 학문적 성과 못지않게 그분의 언행에서 느껴지는 인격에 감복한 학자들

때문이리라는 것이 필자의 생각이다.

어쨌거나 필자는 그런 퇴계 흠모자들과 더불어 그분을 기억한다. 더불어 그분의 심오한 학설을 명석하게 이해하지 못하는 점을 아쉬워하면서, 문득 새벽녘에 잠깨어 일어나 퇴계 언행록을 읽는다.

그러면 그분의 모습이 내 눈앞에 선연히 떠올라 나에게 말씀하신다. '진지하라. 겸허하라. 성실하라.' 라고. 그렇긴 하지만 그분이 나를 피곤하게 하는 것은 아니다. 자신에게는 지극히 태산처럼 엄격하면서도 제자에게는 봄바람처럼 온유하셨던 그분. 그분은 나를 맑고 밝고 높고 시원한 이(理)의 하늘로 이끈다.

제5장

친구를 위해 죽는 것보다 더 큰 사랑은 없다
-이웃, 인류-

영양실조에는 이게 약이지요

올리버 골드스미스라는 의사가 있었다.

어느 날 그에게 한 부인이 와서 남편을 진찰해 줄 것을 청하였다. 의사는 왕진을 나가 환자를 진찰하였는데, 그는 병이 걸린 것이 아니라 영양실조 때문에 몸이 부실해진 것뿐이었다.

골드스미스가 부인에게 말하였다.

"오늘 저녁에 제 병원에 들러주십시오. 남편을 위해 약을 지어드리겠습니다."

그날 저녁 때 부인이 의사를 찾아오자 골드스미스는 부인에게 종이 상자 하나를 건네주며 말하였다.

"이 안에 적힌 처방대로 복용하십시오. 그러면 큰 효험을 보시게 됩니다. 약값은 1달러입니다."

부인은 돈을 내고 상자를 가지고 집으로 돌아갔다.

그녀는 남편과 상자를 열어보고 나서 울음을 터뜨렸다. 그 안에는 차곡차곡 쌓인 돈과 함께 다음과 같은 복용법이 적혀 있었던 것이다.

'필요할 때마다 조금씩 복용할 것.'

∞

같은 선행을 하더라도 이 같은 유머와 함께 하는 선행이 멋지다. 우리에게는 아직 유머라는 것이 익숙하지 않은데, 이것이 필자에게는 불만인 것이다. 물론 그 불만은 나 자신에게도 똑같이 적용된다.

유머는 진실을 바탕으로 하되, 그 진실에서 힘을 빼어버릴 때 생겨난다. 우리 주변에는 진실한 이들이 아주 많다. 그러나 진실에서 힘을 빼버린 진실을 가진 사람, 유머를 활달하게 구사하는 진실한 사람은 드문 것 같다. 아쉬운 일이다. 그런 의미에서 먼저 나 자신부터 유머러스한 사람이 되고 싶지만 그게 쉽지 않다.

며칠 전 작은아들로부터 "우리 집의 가풍은 남다른 것 같아요."라는 말을 들었다. "우리 집에서는 무슨 말이 나오면 너무 진지해지는 경향이 있어요."라는 말을 한 적이 있는 아들이고 보면 그 말이 무슨 뜻인지 대충 짐작이 간다.

진지함은 물론 좋은 것이다. 그러나 유머가 더해진다면 그것은 더욱 좋은 것이 될 것이다. 나는 그런 진지함을 가진 아빠가 될 수 있기를 희망한다. 언제쯤 이 희망이 이루어질지는 알 수 없지만.

남을 살리는 자가 산다 1

인도 사람 선다 싱이 어느 날 네팔 지방의 한 산길을 가고 있었다. 마침 방향이 같은 여행자가 있어서 둘은 동행하게 되었다. 눈보라는 갈수록 심해지고, 추위는 살을 에었다. 인적도 없고 민가도 없는 외딴 지대를 그들은 악전고투를 하며 헤쳐 나갔다.

얼마쯤 가다가 두 사람은 눈 위에 쓰러져 신음하고 있는 노인 한 사람을 발견하였다.

선다 싱이 동행자에게 말했다.

"이 사람을 데려갑시다. 그냥 두면 죽고 말 거요."

동행자가 화를 내었다.

"우리도 죽을지 살지 모르는 판에 이제는 살날도 얼마 안 남은 노인네까지 끌고 가다간 셋 다 죽고 마오. 그냥 갑시다."

그러나 선다 싱으로서는 그럴 수가 없었다. 고민 끝에 그는 불쌍한 노인을 업고 가기고 결정했다.

농행사는 그를 앞질러 가버렸다. 게다가 갈수록 노인은 더 무겁게 느껴져서 싱의 걷는 속도는 점점 느려져만 갔다. 싱의 몸에서는 땀이 촉촉하게 고였고, 마침내 줄줄 흘러내리기 시작했다. 열기가 훅훅 끼쳤다. 힘은 들었으나 적어도 추위만은 견딜만 하였다.

마침내 싱은 죽을힘을 다해 마을에 이를 수 있었다. 그가 마을 입구에 이르렀을 때 그는 꽁꽁 언 채 쓰러져 죽은 사람을 하나 발견하였다. 그는 시체를 보고 깜짝 놀랐다. 그는 자기 혼자 살겠다고 앞서 간 동행자였던 것이다.

남을 살리는 자가 산다 2

어느 날 밤 아이크 박사에게 전화가 걸려 왔다. 그랜드폴스 병원의 하이든에게서 온 전화였는데, 한 소년이 총을 갖고 장난을 치다가 자기 자신을 쏘아 생명이 위독하다는 것이었다.

아이크 박사는 짐을 챙겨 급히 사고가 난 곳으로 향했다.

아이크 박사를 태운 자동차가 큰길에 나서려 할 때였다. 한 남자가 아이크 박사의 차를 가로막더니 총을 들이댔다.

"밖으로 나와! 이 차는 내가 좀 써야겠어!"

눈에 핏발을 세우고 외치는 강도에게 아이크 박사가 사정했다.

"나는 의사요. 지금 급한 환자를 돌보려고 가는 길이오. 좀 봐줄 수 없겠소?"

"웬 잔말이 많아? 나도 급하단 말야!"

사나이는 박사를 거칠게 차 밖으로 끌어내더니 차를 운전하여 달아나 버렸다.

깜깜한 밤중이어서 택시를 잡기가 쉽지 않았다. 박사는 삼십 분쯤을 헤맨 끝에야 겨우 차를 잡아 병원에 도착할 수 있었다.

"그 소년을 어떻게 되었습니까?"

병원에 도착하여 응급실로 달려간 박사는 하이든을 만나자마자 외쳤다.

하이든이 고개를 설레설레 저었다.

"안됐습니다만 소년은 오 분 전에 죽었습니다. 조금만 일찍 오셨더라도 살 수 있었을 텐데 너무 늦으신 겁니다. 간호사를 시켜 지금 막 밖에서 기다리고 있는 소년의 아버지에게 통보하도록 이르는 참이었습니다."

"강도만 만나지 않았더라도!"

하고 박사는 탄식했습니다.

그때였습니다. 아들을 잃은 아버지가 뛰어 들어오며 울부짖었다.

"내 아들이 죽었다구요? 얼마나 귀한 자식인데!"

소년의 아버지는 죽은 아들의 얼굴에 자기 얼굴을 대고 흐느끼기 시작했지만, 그보다 더 놀란 사람은 아이크 박사였다. 그는 아이크 박사의 차를 빼앗아 타고 떠난 바로 그 사람이기 때문이었다.

그는 아들이 다쳤다는 말을 듣고 서둘러 병원으로 오기 위해 박사의 차를 빼앗아 탔지만, 그렇게 행동한 결과는 자기가 원하던 것과는 정반대로 나타났던 것이다.

수통 하나로 전 소대가 마시다

한바탕 큰 전투를 치르고 나서 부상당한 병사 하나가 애타게 물을 찾고 있었다. 그러나 이미 모든 병사의 수통에는 물이 떨어진 지 오래였고, 오직 전투에 참여하지 않았던 군종 목사의 수통에만 물이 조금 남아 있을 뿐이었다. 목사는 자기 수통을 병사에게 건네주었다.

병사는 반가운 나머지 얼른 수통을 입으로 가져갔다. 그러다가 문득 모든 소대원의 눈동자가 자기에게 쏠려 있는 것을 알게 되었다. 그들의 애타는 눈을 보자 그는 더 이상 자기 혼자서만 물을 마실 자신이 없어졌다.

그들 또한 목이 타기는 자기와 마찬가지일 것이었다. 그는 수통을 소대장에게 넘겼다.

수통을 넘겨받은 소대장은 수통을 입으로 가져가더니 꿀꺽꿀꺽 시원스런 소리를 내며 물을 마셨다. 그러고는 부상당한 병사에게 도로 건네주었다.

병사는 물을 마시려다가 무언가 이상하다는 느낌이 들어 수통을 흔들어 보았는데, 수통의 물은 조금도 줄어들지 않은 처음 그대로였다.

그는 소대장의 마음을 금방 진자하였다. 병사는 소대장처럼 꿀꺽꿀꺽 소리를 내며 물을 마신 다음 수통을 다음 병사에게 넘겼다.

전 소대원이 돌아가며 꿀꺽꿀꺽 물을 마셨다. 그리고 마지막으로 수통은 군종 목사에게로 되돌아갔다. 그러나 수통의 물은 조금도 줄지 않은 처음 그대로였다.

갈증을 느끼는 사람은 아무도 없었다.

❦

제임스 볼드윈은 그가 쓴 책《50가지 재미있는 이야기》에서 이 이야기의 주인공인 소대장이 어느 나라 사람인지를 적시하지 않았지만 그의 이름이 필립 시드니 경라는 점만은 밝히고 있다. 또한 그는 필립 경이 죽었을 때 나라 안의 모든 사람들이 울었다고 전하고 있다.

주는 행위는 아름답다. 그리고 그에게 꼭 필요한 것을, 꼭 필요할 때 주는 행위는 더욱 아름답다. 그리도 다시, 내게도 꼭 필요한 단 한 가지 것을 남에게 주는 행위는 더욱더 아름답다. 필립 경은 바로 그런 행위를 한 사람이다.

필립 경의 이야기는 전하는《50가지 재미있는 이야기》에서는 필립 경이 건넨 물을 부하가 마셨다고만 하였을 뿐, 그가 다음 동료에게 그것을 전했다는 말은 없다. 그렇지만 우리는 이야기가 거기에서 끝나기를 바라지 않는다. 세상에는 필립 경 같은 사람이 적지만 실망할 정도로 적지는 않다는 것을, 그런 행위에 감동하여 자기 또한 그런 행위를 본받게 된다는 것을 믿고 싶어 한다.

이렇게 되어 수통을 받아 든 병사는 그것을 다음 병사에게 넘긴다. 그리고 최종적으로는 필립 경 자신에게로 되돌아온다. 그렇게 되기까지 몇몇 병사는 어쩔 수 없는 분위기 때문에 수통을 다음 병사에게로 넘겼을 것이다. 마치 영화《죽은 시인의 사회》에서 어쩔 수 없이 키팅 선생을 지지했던 몇몇 학생들처럼.

그러나 어떠랴. 진심으로 필립 경의 행위에 감동할 줄 아는 병사가 단 한 사람만 있다고 해도 세상에 희망은 있다. 그리고 세상에는 정말로 희망이 있는가보다. 《50가지 재미있는 이야기》에 의하면 필립 경이 죽었다는 소식이 전해지자 온 국민이 울었다고 하니까.

남을 위해 자신을 희생하는 사람은 언제나 우리를 울린다.

행복은 따뜻한 마음에 온다

친구를 위해 죽는 것보다 더 큰 사랑은 없다

버큰헤이드호를 기억하라

1852년, 영국의 군함 버큰헤이드호는 해군 병사들과 그 가족을 태우고 항해하고 있었다. 그 배에 탄 사람은 모두 630명이었는데, 그중 여자와 아이들이 130명이었다.

그날 밤 2시, 배는 케이프타운에서 65킬로미터 떨어진 데서 암초에 부딪쳤다. 순식간에 배 안은 난장판으로 변했다. 물이 콸콸 쏟아져 들어오는 배 안에서 저마다 살기 위한 투쟁이 시작된 것이었다.

준비된 구조선은 세 척뿐이었다. 한 척당 정원은 60명이었으므로 이 와중에 살아날 수 있는 사람은 630명 중 180명밖에 되지 않는다는 것을 의미하였다.

그 배의 선장은 시튼 대령이었다. 대령은 곧 병사들을 갑판에 불러 모았다. 그런 다음 병사들을 두 팀으로 나누어 한 팀은 횃불을 들고 아이와 여자부터 구조선에 태우도록 하였다.

그러는 동안 나머지 한 팀은 부동자세로 갑판 위에 서 있도록 명령하였다. 그 명령에 따라 병사들은 배가 기울어져가 가는 상태에서 갑판 위에 꼼짝 않고 서 있어야만 했다. 선장은 그들이 서로 다투어 살려고 아우성을 치면 약한 어린이와 여자들이 구조될 수 없겠다고 생각하여 그런 조치를 취한 것이었다.

그리고 그런 상태로 수백 명의 병사들이 버큰헤이드호와 함께 바닷속으로 가라앉았다. 그런 병사들의 모습을 바라보면서 살아나온 사람들은 눈물을 흘렸다.

조금 뒤에 가라앉은 배로부터 수십 명의 병사들이 물 위로 떠올랐다. 그들은 떠다니는 널빤지에 매달려 구조선을 기다렸다. 그러나 그들 중에 안전한 구명보트로 접근하는 사람은 아무도 없었다.

구조선은 하루가 지난 다음에야 도착했다. 그 사이에 이미 배에 탔던 사람 가운데 436명이 목숨을 잃었다.

선장인 세이튼 대령 또한 죽었다. 대령은 구조선이 올 때까지 버틸 수 있는 큰 판자를 붙들고 있었지만 죽어가고 있는 병사 두 사람을 위해 자기 판자를 준 다음 죽고 만 것이었다.

그때 목숨을 건진 존 우라이트 대위는 나중에 이렇게 회상하였다.

"우리는 모두가 다 선장의 명령에 따랐습니다. 그 명령은 우리에게 죽으라고 하는 거나 다름없었지만 그것을 잘 알면서도 우리는 평소처럼 상관의 명령에 따랐던 것입니다. 그때 우리가 보여준 의연함은 상상을 뛰어넘는 것이었습니다. 저는 어린이와 여자들을 살리기 위해 자기 목숨을 버리는 쪽을 선택하며 부동자세로 서 있었던 병사들과 함께 남자답게 행동했다는 사실이 너무나도 자랑스럽습니다."

이런 일이 있은 지 수십 년 뒤에 이번에는 엠파이어 인드러쉬호가 알제리아 해안 80킬로미터 근방에서 사고를 당했다. 보일러실에서 화재가 일어나 보일러가 폭발하자 배가 깨어지면서 침몰하기 시작한 것이었다.

윌리엄 윌슨 선장이 남자들을 향해 외쳤다.

"여러분, 우리는 지금 '버큰헤이드 연습'을 하고 있습니다. 제가 명령할 때까지 남자들은 절대로 선 자리에서 움직이면 안 됩니다."

월슨 선장은 아이들과 여자들을 구명보트에 실었다. 그러는 동안 그 일을 돕는 남자들을 제외한 모든 남자들은 갑판에 부동자세로 서 있어야만 했다.

그 배에 탔던 모든 남자들 또한 버큰헤이드호 때처럼 선장의 명령에 충실하게 따랐다. 그렇게 하여 모든 아이와 여자들이 구명정으로 옮겨 태운 다음에야 선장은 차례를 정하여 나머지 사람들을 구했다.

배가 거의 기울자 선장이 명령하였다.

"이제 구명정은 없으니 모두들 바다로 뛰어내리시오. 그렇지만 절대로 구명정 쪽으로 헤엄쳐 가면 안 됩니다."

그 명령에 따라 남자들이 바다로 뛰어내렸다.

그로부터 얼마 뒤, 몇 척의 구조선이 도착하여 승객들을 구했다. 놀라운 일이었다. 그 사고로 죽은 사람은 최초에 보일러실이 폭발할 때 죽은 네 사람을 제외하고는 단 한 사람도 없었던 것이다.

내가 나를 사랑하듯이 남들도 또한

옛날 인도에 말리카라는 처녀가 있었다. 그녀는 어느 부유한 집 하인으로 일하며 살아가고 있었는데, 신분이 비천한데다가 얼굴까지 볼품이 없었다.

다만 그녀는 마음씨가 무척이나 고왔다. 누구에게나 친절했을 뿐 아니라 너그럽고 이해심이 있었으며, 무엇보다도 생각이 깊었다.

그러다보니 시간이 지나면서 하녀들 사이에 그녀를 존경하는 사람이 하나둘 생겨나게 되었다. 하녀가 같은 신분인 다른 하녀로부터 존경을 받는다는 것은 좀처럼 드문 일인데도 그런 일이 일어났을 만큼 그녀는 현명하고 착했던 것이다.

그런 말리카의 마음씨는 행동에서도 드러났다. 그녀는 비록 얼굴은 못생겼지만 걸음걸이나 팔을 올리고 내리는 동작, 잠깐 보이는 고갯짓 등이 아주 아름다웠다.

그런 그녀에게는 독특한 분위기가 있었다. 말씨 또한 매우 순순하면서도 우아했기 때문에 태도나 말씨로만 보면 왕궁에서 잘 교육 받은 공주라고 해도 믿을 정도였다.

어느 날이었다.

그 나라의 왕인 파세나디가 그녀가 일하는 과수원 근처로 사냥을 나오게 되었다. 왕은 말을 타고 사냥을 하던 중에 뒤쫓던 사냥감을 놓치는 한편 부하들과도 헤어져 혼자가 되고 말았다.

몹시도 목이 말랐다. 그래서 이리저리 샘을 찾아 두리번거리고 있던 차에 마침 가까운 데 샘물이 보였다. 왕은 말에서 뛰어내려 샘물 쪽으로 뛰어 갔다.

헐떡거리며 가보니 샘물 곁에 한 처녀가 물을 긷고 있었다. 처녀가 나무 뒤에 있었기 때문에 말 위에 있을 때는 보이지 않다가 가까이 다가가자 발견된 것이었다.

"나에게 물을 한 그릇만 주구려."

왕이 헐떡거리며 말했다. 왕의 숨길은 처녀의 얼굴을 살펴보지 못했을 만큼 급했다.

"예."

처녀는 다소곳이 대답하더니 가지고 있던 그릇으로 물을 떴다. 그러나 금방 주지 않고 잠깐 서 있는 것이었다. 왕은 이 여인이 왜 물을 주지 않는지 의아하였다.

처녀는 물그릇을 한쪽 구석에 단정히 놓더니 손을 올려 샘물 위에 드리워진 나뭇가지를 붙들어 나뭇잎 몇 장을 똑똑 땄다. 그러고는 그릇의 물을 흘려내려 그 나뭇잎들을 씻었다.

그런 다음에 물을 버리고 새로 물을 떴다. 그 물위에 처녀는 금방 씻은 나뭇잎들을 띄웠다.

"대체 뭘 하는 거요? 나는 목이 말라 곧 죽을 판이요!"

화가 난 왕이 외쳤다.

그러나 높은 신분을 표시하는 여러 가지 장식이 있는 옷을 입은 체구가 큰 남자가 호령하는데도 처녀는 조금도 동요하거나 당황하는 기색이 없었다.

"자, 이젠 드셔도 좋습니다."

처녀는 이렇게 말하면서 물그릇을 왕에게 바쳤다.

왕은 물그릇을 낚아채어 마시기 시작했다.

그렇지만 물 위에 뜬 나뭇잎 때문에 단숨에 꿀꺽꿀꺽 마실 수가 없었다. 어쩔 수 없이 왕은 입으로 나뭇잎을 후후 불면서 마셔야 했던 것이다.

물을 마시고나서 정신이 좀 든 왕은 그제서야 처녀를 꼼꼼히 살펴보았다. 아주 못생긴 여자였다. 그런데 물을 마시기를 기다리며 한쪽 편으로 몸을 비킨 채 두 손을 단정하게 모으고 서 있는 처녀에게서는 뭐라고 할 수 없는 고귀한 분위기가 있었다.

파세나디 왕이 물었다.

"그대는 누구인가? 허름한 옷을 입은 것으로 보아 귀인은 아닌 것 같은데?"

처녀가 대답하였다.

"제 이름은 말리카입니다. 이 동산의 주인인 웻우다나 님의 하녀입니다."

"그렇지만 너는 하녀 같아 보이지 않는다. 내게는 네가 잘 교육 받은 공주처럼 보이는구나."

처녀는 아무 대답도 하지 않았다.

왕이 다시 물어보았다.

"너는 왜 물을 떠주면서 그처럼 시간을 끈 것이냐? 또, 무엇 때문에 물 위에 나뭇잎을 띄웠느냐"

"귀인이시여."

하고 처녀가 대답했다.

"귀인께서는 말을 달려오시느라고 매우 지쳐 계셨습니다. 또한 숨이 가빠 매우 헐떡거리고 계셨기 때문에, 저는 혹시 물을 급히 마시다가 사래가 들리시지나 않을지 걱정되었습니다."

"그래서?"

"그래서 일부러 시간을 끌어 귀인께서 숨을 좀 돌리시도록 한 것입니다. 나뭇잎을 띄운 것도 그 때문입니다."

"후후 불면서 마시게 되면 한번에 꿀꺽꿀꺽 마시지 못하게 된단 말이지?"

"그렇습니다."

처녀의 말을 듣고 난 왕은 외쳤다.

"아아! 나는 수많은 여자를 보았지만 그대처럼 현명한 여자를 본 적은 없다! 게다가 그대에게서는 다른 여자에게서는 느낄 수 없는 고귀한 분위기가 있다. 그대는 공주보다도 더 공주다운 여자이다. 그대는 마땅히 왕비가 되어야 한다."

이렇게 하여 못생긴 처녀 말리카는 하녀 신분에서 단번에 왕비가 되었다.

파세나디에게는 말리카 말고도 여러 명의 왕비가 더 있었다. 그러나 그 중 가장 사랑을 받은 왕비는 말리카였다. 말리카는 궁중의 여러 여인들로부터도 존경을 받았다.

말리카는 파세나디 왕에게 매우 헌신적이었다. 또한 다른 이들의 입장을 잘 헤아려 주었기 때문에 왕과 여러 사람들로부터 칭찬을 받았다. 그러나 그녀가 무턱대고 왕에게 아양과 애교를 떨었던 것은 아니었다. 그녀는 진실이 가장 큰 힘이라는 것을 잘 알고 있었다.

어느 때 파세나디 왕이 혼자 생각하였다.

'세상 사람들은 누구나 자기 자신을 가장 사랑한다. 그러나 말리카만은 그 자신보다 나를 더 사랑하는 것 같다.'

왕은 궁금증을 풀기 위해 어느 때 말리카에게 자기가 한 생각이 맞는지 물어보았다. 그러자 말리카는 잠시 생각한 다음 말하였다.

"대왕이시여, 저 또한 대왕보다 저 자신을 더 사랑하고 있습니다."

왕은 실망하였지만 다른 한편으로는 말리카가 자기에게 용기 있게 진실을 말해준 것을 고맙게 여겼다. 두 사람은 붓다의 제자였으므로 곧 붓다를 찾아가 그 이야기를 전했다. 그러자 붓다가 말하였다.

"그렇소. 세상 사람은 누구나 자기 자신을 가장 사랑하는 법이오."

붓다는 덧붙여 말하였다.

"그런데 대왕이여, 내가 그렇듯이 상대방 또한 그 자신을 가장 사랑한다는 것을 기억해야 하오. 따라서 사람은 다른 사람을 때리거나 죽이거나 해쳐서는 안 될 것이오."

❧

다른 사람의 입장에서 생각하는 것을 역지사지(易地思之)라고 한다. 유가에서는 이를 추기급인(推己及人 : 나의 입장을 바탕으로 남에게 배려가 미침)이라는 말로 정리하여 수양의 기초로 삼고 있다.

나에게 적용하는 아량을 남에게 적용하는 것, 남에게 적용하는 비판을 나에게도 적용하는 것은 사람다운 사람이 사람다운 사람으로 성장하는 비결이다.

　유태인 수백만 명을 죽인 죄로 전범 재판에 회부된 히틀러 정부의 수뇌들을 기소한 한 검사가 말하였다. '감정이입의 부재 – 악은 입장을 바꿔 생각할 줄 모르는 것이다.' 그렇다면 선은 입장을 바꿔 생각하는 것이 될 수밖에 없다. 남의 아픔을 나의 아픔으로 느낄 줄 아는 것. 말리카가 존경받은 것과 붓다가 설파한 것이 바로 이것이었다.

문둥이 형제 여러분

하와이는 아름다운 자연환경 때문에 세계 여러 나라에서 많은 관광객들이 찾아오는 곳이다. 미국으로 이민을 떠난 우리나라 사람이 맨 처음에 정착한 곳도 하와이인데, 지금 그곳에 사는 우리나라 사람들은 하와이를 '천국에 비해 단지 하나가 부족할 뿐인 곳'이라는 의미로 '999국'이라고 부르기도 한다.

이렇듯 아름다운 하와이 군도(여러 개로 이루어진 섬 지역. 하와이 주는 미국의 50번째 주로서 모두 여덟 개의 섬으로 이루어져 있다.) 이 아름다운 하와이에 1800년경에 나병(문둥병)이 돌기 시작했다.

나병은 살을 썩게 만드는 무서운 병이다. 이 병에 걸리면 코나 귀가 썩어 떨어지기도 하고, 손가락이나 발가락이 문드러져 없어지기도 한다. 이처럼 무서운 병이다 보니 사람들은 나병에 걸린 사람 곁에 가까이 가려고 하지 않게 마련이다.

나병에 걸리면 가족까지도 환자를 돌보지 않고 버리는 것이 보통이다. 그래서 국가가 나서서 환자들을 한곳에 모아 놓고 돌보게 된다.

1870년에 이르러 하와이 지역의 나병 환자 수가 아주 많아지자 나라에서는 환자들을 몰로카이 섬의 한 지역에 모았다. 그 섬 북쪽에는 삼면이 바다로 둘러싸이고 다른 한 면은 절벽으로 막힌 곳이 있는데, 그곳에 나병 환자를 수용할 시설을 지은 다음 거기에 그들을 모아 놓은 것이다.

나병 환자들은 거기에서 의료 혜택도 받지 못한 채 고통을 겪다가 죽어갔다. 찾아오는 사람도 없고, 위로해주는 사람도 없었다. 그러다보니 희망이라곤 없는 그들은 거기에서 괴로움으로 몸부림을 치며 살아가고 있었다.

그런데 그런 그곳에 지대한 관심을 가진 사람이 하나 있었다. 그의 이름은 다미안으로, 그는 가톨릭의 신부였다.

1973년에 다미안 신부는 자청하여 그곳으로 들어갔다. 그런 다음 치솟은 절벽 아래 파도가 통곡하듯 울부짖는 그곳에서 피는 썩고 손발은 고름으로 얼룩진 나병 환자들을 돌보기 시작했다.

그로부터 오랜 시간이 흘렀다.

후덥지근한 어느 날 오전의 일이었다. 그날 다미안 신부의 성당에서는 일요일 예배가 시작되려 하고 있었다. 무더운 날씨 때문에 신자들은 모두 나른한 기분에 잠겨 있었다. 신자들의 눈에 졸음이 슬금슬금 찾아올 무렵 다미안 신부가 강대로 올라갔다.

다미안 신부는 신자들에게 강론을 할 때 "나의 형제 여러분⋯⋯"이라는 말로서 강론을 시작하곤 하였다. 그런데 그날은 달랐다. 다미안 신부는 그날 느린, 그러나 의미심장한 말씨로 다음과 같이 말했던 것이다.

"우리 문둥병자들은⋯⋯"

사람들은 깜짝 놀랐다. 그 말은 다미안 신부 또한 나병 환자가 되었다는 것을 의미하였기 때문이었다.

그랬다. 다미안 신부는 진심을 다해 나병 환자들을 돌보다가 자신 또한 나병 환자가 되고 말았다. 그리고 그것은 다미안 신부가 평소에 늘 바라고 있던 일이기도 하였다. 다미안 신부는 자신이 진정으로 나병 환자들의 친구가 되려면 자신 또한 나병 환자가 되지 않으면 안 된다고 생각해 왔던 것이다.

다시 또 오랜 세월이 흘렀다. 나이 마흔아홉 살이 되던 해에 다미안 신부는 조용히 죽음을 맞이하였다.

죽은 이를 추모하는 종소리가 구슬프게 울려 퍼졌다. "오이오이……." 하는 하와이식 울음소리가 그 종소리에 섞였다. 곧이어 다미안 신부에 대한 기사가 전 세계로 타전되었고, 그 소식을 들은 온 세계 사람들이 다미안 신부를 생각하며 눈물을 흘렸다.

오랜 시간이 더 흐른 뒤에 다미안 신부는 하와이를 대표하는 인물에 선정되었다. 가톨릭교회에서는 그분을 복자(福者)*로 추존하였고, 신부의 고국인 벨기에는 그분의 유해를 자기 나라로 옮겨갔다. 다미안 신부의 유해가 벨기에의 엔트워프 항구에 도착하자 검은 예복 차림의 벨기에 국왕이 그를 정중하게 맞았다.

다미안 신부의 죽음을 계기로 영국에서는 나병을 연구하기 위한 '다미안 연구소'가 세워졌다. 하와이의 칼라우파파 선착장에는 다미안 신부의 거룩한 삶을 추모하는 십자가가 세워졌다.

오늘날까지도 세워져 있는 그 십자가에는 그분에게 꼭 맞는 다음의 성경 구절이 새겨져 있다.

'친구를 위해 자기 목숨을 바치는 것보다 더 큰 사랑은 없습니다.'

∽

---

* 복자(福者): 가톨릭 전통에서 예비 성자를 일컫는 말.

정직하게 고백하여 한때 필자는 기독교를 별로 좋아하지 않았었다(예수님은 좋아했다). 교리가 비합리적인 데다가, 역사를 통해 피를 너무 많이 흘렸다고 생각했기 때문이다.

그러나 지금은 그런 마음이 달라졌다. 어떤 경험을 통해, 기독교의 힘과 위대성을 재발견했기 때문이다. 그 발견이 어떤 것이었는지는 다른 기회에 말하게 되겠지만, 그 발견과 더불어 필자에게 기독교를 경외하게 한 데 큰 역할을 한 것은 다미안 신부과 같은 위대한 기독교인들이었다.

어디 다미안 신부뿐이겠는가. 나치 수용소에서 다른 사람을 대신하여 죽음을 자청한 콜베 신부가 있었다. 가난한 자들의 손을 맞잡는데 평생을 바친 테레사 수녀도 있었다. 개신교에서도 인류 사랑을 보여준 많은 성직자와 신자가 탄생하였다. 그런 점에서 기독교는 다른 어떤 종교보다도 높고 거룩한 성취에 도달하였다.

기독교는 위대하다. 나이 쉰을 넘겨 조급함으로부터 어느 정도 거리를 유지할 수 있게 된 지금, 나는 십자군 전쟁을 일으킨 기독교인을 한 번 생각하는 동안 다미안 신부 같은 기독교인을 열 번 생각하게 되었다. 그리고 그럼으로써 이제 기독교인은 나에게 친구가 되었다. 비록 내가 그를 위해 목숨을 바칠 수 있는 정도의 친구는 아닐지라도.

그 항구도시의 전설

저 머나먼 나라에 아주아주 아름다운 항구도시가 있었다.

꿈꾸는 듯 파아란 하늘, 짙푸르게 넘실거리는 파도, 가득 내리쬐는 따스한 햇살, 뾰족뾰족하게 지어진 흰색, 푸른색, 벽돌색 집들, 그리고 돛을 날리며 모여들었다가 되돌아가는 배, 배, 배……. 그뿐 아니었다. 무리지어 나는 갈매기 떼와 건장한 몸매에 근육도 실한 어부들이, 무엇보다도 그림처럼 아름다운 해변이 있었다.

그러나 이 도시는 한편으로는 그와는 매우 이질적인(그러면서도 그것들을 받쳐 준다고 볼 수도 있는) 그런 면모도 함께 지니고 있었다. 그것은 이 아름다운 항구도시의 이면을 두고 하는 말이다.

처음에 이 도시에 온 관광객들은 으레 도시의 앞 얼굴의 아름다운 모습에 감탄을 늘어놓게 마련이었다. 그러나 세상 모든 일이 그러하듯이, 이 항구도시 또한 잘 보이지 않은 구석에 앞모습과는 다른 면을 갖고 있었다.

그 도시의 매혹적인 전면을 젖히고 뒷면으로 가보면, 거기에는 비애가, 아픔이, 더러움이, 끈적끈적한 욕정이 꿈틀대고 있었다. 즐비한 선술집에서는 비린내와 알코올 냄새가 넘쳤고, 왁자한 선원들의 상소리가, 시비와 격투가, 유혹과 속임수가, 거짓말과 허세가, 사내와 계집의 어우러짐이, 검은돈의 오고감이 있었다. 그것들은 대개 밤의 붉은 등불 아래에서, 혹은 음습한 골목의 막다른 구석에서, 은밀하게, 혹은 노골적으로 이루어졌다. 그것은 어쩌면 지옥의 풍경이었거나, 적어도 연옥의 그것이라고 할 수 있었다.

거기에서 사람들은 눈물과 한숨을, 그리움과 서러움을, 삶의 덧없음을 울었고, 이 더러운 곳에서 살아가야만 하는 자신들의 처지를 탄식하였다 그들은 모두 뜨내기들이었다. 대개 머나먼 나라에서 돈 때문에 떠밀려 온 가련한 이들이었다. 그리고 하룻밤, 혹은 이틀이나 사흘을 묵고 나면 다시 거친 파도를 향해서 널빤지 한 장 밑이 지옥인 배를 타고 떠나갔다.

그래서 그곳은 매우 기묘한 도시였다. 그곳은 밤과 낮처럼 뚜렷한 두 세계를 함께 품고 있었기 때문이었다. 잘 다린 흰옷을 깨끗하게 차려입은 선장과 귀부인과 시장과 관료들이 선주들과 함께하는 정갈하게 잘 다듬어진 도시의 이미지는 교양과 미의 극치라 할 만했다. 그리고 그것들은 맑고 푸른 하늘과 바다, 귀부인들의 옷자락처럼 우아하게 드리운 백사장, 무리지어 내린 백조 같은 아름다운 요트들을 배경 삼아 매일처럼 천국처럼, 혹은 왈츠처럼 우아하게 연출되었다. 거기에는 구정물 한 방울 묻지 않을 높은 품위가 너무 빠르지도 너무 느리지도 않게 잔잔히 흐르고 있었다.

그러나 이미 이야기한 것처럼 그 뒷면에는 그런 천국과는 전혀 무관한 사람이 연출하는 갖가지 더러움이 악취를 풍기고 있었다. 그래서 이 도시 사람들은 두 부류로 쉽게 분류되었다. '밝은 사람들'과 '어두운 사람들'로.

두 부류의 사람들은 겉모습에서부터 쉽게 구별되었다. 그리고 그들은 서로 간에 벽을 쌓고 살았고, 인사도 나누지 않았다. 하긴 서로 아는 사이인 경우조차 드물었지만, 혹 아는 사이일지라도 남들에게는 그것이 알려지지 않기를 바랐고, 또 그를 위해 갖은 장치를 하게 마련이었다.

그러던 어느 날이었다.

이 도시에, 도시의 앞면의 한 거리에 어느 날 '그분'이 나타났다.

참으로 놀랍고도 이상스럽게도, 그분은 나타나자마자 사람들을 휘어잡았다. 단지 한번 보는 것만으로 많은 사람들이 그분의 힘 앞에 굴복하였다.

그분은 중키에 푸른 눈을 한 청년이었다. 머리는 어깨까지 늘어뜨리고 수염은 덥수룩하게 기르고 있었으며, 옷은 긴 천으로 몸을 휘감은 전도의 그런 모습이었는데, 아마도 옷이라곤 그것 하나뿐인 것 같았다.

신발은 발등이 보이는 가죽신이었다. 그런데 거의 해진 것으로 보아 오랫동안 여기저기를 그 신발 하나로 걸어다닌 것을 알 수 있었다. 거기에 지팡이를 하나(그 또한 매우 오래되어 보이는) 짚고 있었다.

여기까지는 그분의 외양에 대해 말한 것이지만, 실상 그것은 그리 중요하지 않았다. 중요한 것은 그분의 외양이 아니라 영혼, 특히 그 영혼이 선하게 비쳐나는 눈이었다.

그분의 눈은 참으로 이상하였다. 그것은 뭐라 형용하기 어려운 신비한 눈이었다. 아아, 어떻다고 말하면 좋을까. 그 눈을 바라보는 순간 사람들의 가슴에서는 철렁하는 소리가 났다. 그리고 이내 까닭모를 서러움이 뭉클 솟아나게 마련인, 그분은 그런 눈을 갖고 있었다.

그것은 파아란 호수처럼 맑은 눈이었으나, 동시에 아름아름 물기 어린 눈이기도 하였다. 그렇다, 그것은 물의 눈이있다. 샘익 눈, 호수의 눈, 바다의 눈이었다. 머나먼 수평선을 연상시키는 눈, 아련한 꿈이, 영원한 이상이 그득히 실린 눈이었다.

처연한 눈이었다. 그리고 고독한 눈이었다. 사랑과 자비의 눈이었고, 동시에 전율과 격정의 눈이기도 하였다.

눈과 함께 그분의 거동 또한 보통 사람들과는 아주 달랐다. 그분의 움직임은 매우 느렸다. 천천히, 매우 천천히 걸으면서 그분은 어미와 떨어져 도살장으로 끌려가는 망아지처럼 예의 그 슬프디 슬픈 눈빛으로 사람들을 바라보거나, 걸음을 멈추고 가만히 무언가를 응시하곤 하였다. 그러다가……다시 천천히 발걸음을 옮기는 것이었다. 말은 전혀 하지 않았다.

그분이 어디에서 왔는지 아는 사람은 아무도 없었다. 다만 그분이 이 도시에 처음으로 모습을 나타낸 것이 어느 맑은 날 아침, 시청 앞 분수대였다는 것만이 알려진 단 하나의 사실이었다. 그날은 휴일이었으므로 거기엔 부지런한 시민들이 나와 혹은 산책을, 혹은 담소를, 혹은 가벼운 운동을 하고 있었다.

그런데 어느 순간에 그곳에 모여 있던 수백 명의 사람들은 범상치 않은 어떤 기운을 동시에 느꼈다. 그렇다. 그것은 어떤 거룩한 힘이 자신들의 옷자락을, 뒷덜미를, 어깨를, 발길을 당기는 듯한 그런 기운, 그런 느낌이었다.

사람들은 하나둘씩 그 힘을 따라 시선을 돌렸고, 몸을 움직였고, 마음 또한 끌렸다. 그 힘의 진원지는 바로 그분이었다.

사람들은 자기도 모르게 그분에게로 끌려갔다. 그분은 천천히 걸음을 옮기더니 분수대 옆에 자리를 잡고 앉았다. 그러고는 아무 말도 하지 않고 예의 그 처연한 눈빛으로 앞을 응시하고 있었다.

시간이 흐르면서 그분 곁에 모여든 사람들의 수는 더욱더 많아졌다. 열명, 스무명, 한시간이 지났을 무렵에는 그분 주위에 수백 명이 사람들이 모여 있었다.

사람들 또한 그분처럼 꼼짝도 하지 않았다. 말도 하지 않았다. 다만, 그분의 모습, 특히 그분의 눈과 그분의 손끝을 뚫어져라 주시하였을 뿐이었다.

이상한 것은 영감이 가득한 공기가 그들을 감싸고 있었다는 사실이다. 아마도 멀리서 그곳을 바라본 사람이라면 그들 주변에 달무리 같은 무언가가 희뿌옇게 서려 있는 것을 발견했을지도 몰랐다.

사람들은 자기들이 지금 매우 귀한 경험을 하고 있다는 것을 자각하였다. 그와 함께 오랫동안 잊고 있었던 것들을 마음 안에서, 아니 어쩌면 영혼의 밑바닥으로부터 떠올리기 시작하였다.

어린 시절 부모에게 손을 잡힌 채 신 앞에 나아가 주님을 찬미하던 일, 그리고 작은 잘못을 저지른 다음 신 앞에 회개하고 눈물을 흘리던 일……. 그러나 언제부턴가 이 도시의 사람들에게 그런 '믿음'은 사라진 지 오래였다. 그런데도 그들은 그분 곁에서 그분과 침묵의 경험을 함께하면서 그런 옛 기억들을 되살리고 있었던 것이다.

사람들이 술렁거리기 시작하였다. 그분은 틀림없는 '예언자'이거나 '거룩하신 그분'일 게 분명하였기 때문이었다. 그들은 누가 시키지 않았는데도 그분 앞에 하나둘씩 무릎을 꿇기 시작하였다. 눈물을 흘리며 가슴을 치는 사람도 있었다.

그리고 눈물을 이내 모든 사람들에게 전염되었다. 모두들 울었다. 모두들 흑흑 흐느꼈다. 체면도 교양도 멋도 돌볼 겨를이 없었다. 그들의 정갈했던 옷은, 잘 다듬어져 있던 얼굴은 벌써 엉망이 되어버린 지 오래였다. 그러나 그래도 좋았다. 잘 치장된 교양 속에 잊으려고 애썼으나 끝내 잊히지 않고 있던 허전함이 눈물과 함께 씻겨 나가고 있음을 알게 되었기 때문이었다.

그때 마침내 그분이 자리에서 일어섰다. 모든 사람들의 시선이 그분에게 집중되었다. 그러나 그분은 한참동안 다시 아무 말없이 사람들을 응시하기만 할 뿐 아무 말도 하지 않았다. 곧 무어라 말을 시작할 듯한 눈빛, 그러나 한참동안 묵묵히 바라보기만 하는 눈빛,

"자, 모두들……나를 따르시오……."

이윽고 그분이 입을 열었다. 숨막힐 듯한 긴장을 풀면서 던진 첫 번째 말. 그러나 그 말은 사람들의 정신을 번쩍 일깨우기에 충분하였다. 그들은 직감하였다. 그분을 따른다는 것은 위험하다, 그런데 그분은, 내 힘으로는 도저히 저항할 수 없는 그분은 나보고 그 위험한 길로 따라오라고 한다─. 사람들은 단 일 초도 안 되는 사이에 이렇게 직감하였다.

"……와서…… 나를 따르시오."

그분이 다시 말하였다.

"나를 따르시오. 부모를 버리고 나를 따르시오. 처자를 버리고 나를 따르시오. 친구를 버리고 나를 따르시오. 재산을 버리고, 집을 버리고, 지위를 버리고, 명예를 버리고 나를 따르시오. 일체를 버리시오. 그리고 나를 따르시오. 가난과 청빈의 마음이 천국에서 가장 부유하고 영광되거니, 아무것도 갖지 말고 나를 따르시오."

무서운 말이었다. 아니, 끔찍한 말이었다. 사람들은 모두 몸서리를 쳤다.

그들은 모두 도시 앞쪽에 사는 사람들이었다. 그랬기에 그들에게는 가

진 것이 많았다. 정다운 가족이, 자신의 품위를 지켜줄 수 있는 재산이, 남들에게 빛나 보이는 명예가 그들에게는 있었다. 그것들은 그들의 존재 이유였고, 또한 힘이었다. 그것들이야말로 그들의 보람이었다. 그런데 그분은, 거역할 수 없는 힘을 가진 그분은 그것들을 버려야만 한다고 말하고 있었다.

그러면서도 감히 저항할 수는 없었다. 그들은 이미 그분의 힘에 의해 꽁꽁 묶여져 있었다. 그래서 그들은 두려움에 떨면서 그분의 다음 말을 기다릴 수밖에 없었다.

그분이 말을 이었다.

"당신들은 너무나 오랫동안 나를 잊고 있었소.

보시오. 이 아름답게 잘 가꾸어진 분수대를, 길거리를, 집들을, 사람들을. 그러나 여기엔 사람이 없소. 사랑이 없소. 영혼이 없소. 이곳은 차라리 회칠한 무덤에 불과하오. 거대한 가면무도회장에 불과하오.

그리하여 당신들의 영혼은 지금 울고 있소. 목이 말라서 안으로안으로 울다가 지쳐버렸소. 영혼이 목마른 자들이여, 그러니 모두 나를 따르시오. 모든 것을 버리고, 모든 것을 잊고 나를 따르시오. 다시 태어나시오. 영혼으로 다시 태어나 영원히 사시오.

두 벌 옷을 지니지 마시오. 몸을 단장하지 말고, 옷을 장식하지도 마시오. 무엇을 먹을까를 걱정하지 마시오. 무엇을 입을까를 걱정하지 마시오. 모두 버리시오. 그럼으로써 모두 갖도록 하시오."

그것은 매우 위험한 주문이었다. 그러면서도 한편으로 물리치기 어려운 신비한 유혹이기도 하였다. 사람들은 몸의 요구와 영혼의 목마름 사이에서 갈등할 수밖에 없었다.

거기에 있는 사람 중에는 수많은 신사를 유혹한 경력으로 유명한 미인도 있었고, 그 반대편의 신사도 있었다. 그러나 그들에게도 이런 유혹은 처음이었다. 그것은 영혼의 유혹이었기에, 어른이건 아이건, 남자건 여자건 가릴 것 없는 힘을 갖고 있었다. 또한 그것은 매우 신비한 유혹이어서 그 유혹의 덫에 걸려든 사람들을 꼼짝 못하게 만드는 힘을 갖고 있기도 하였다.

이제 그분은 하늘거리는 백합과도 같은 미묘한 향기가 넘치는 말을 그치고 나서 발걸음을 옮겨 놓기 시작하고 있었다. 그분의 마른 몸은 슬프고 쓸쓸한 선을 그리면서 서서히 움직여갔다. 그러자 사람들은 저도 모르게 꿇어 엎드리거나, 그분의 옷깃을 잡고 입을 맞추거나, 혹은 흐느껴 울기 시작하였다. 저마다 각양각색의 태도로 그분을 찬미했고, 동시에 그분에게 사로잡혔던 것이다.

그분이 나아가는 방향으로 물살이 갈라지듯 사람들이 물러서자 길이 생겼다. 그분은 그 길로 걸어가면서 예의 그 형용하기 어려운 처연한 눈빛으로 사람들에게 축복인지 연민인지 모를 마음을 전했다.

그러나 아무도 그분을 따르지는 않았다. 그분은 이제 인파를 빠져나와 저만치 혼자 걸어가고 있었다. 그분의 걷는 뒷모습은 고독과 아픔이 뚝뚝 떨어지고 있었다. 모두들 못 박힌 사람처럼 서서 그분의 뒷모습을 바라보았다. 따라가야지, 따라가야지……. 그러나 실제로 발걸음을 움직여 그분을 뒤따르는 사람은 아무도 없었다.

그날 이후 그분은 다시 이곳저곳에 모습을 나타냈다. 오늘은 이른 아침 마로니에 공원에, 내일은 해질 무렵 제8나무다리에 아래에, 모레는 별빛이 고운 백사장에⋯⋯. 그분은 그때마다 마치 처음인 듯 조용히 나타나 사람들로 하여금 오래오래 잊고 있었던 옛 기억을 되살아나게 하는 미묘한 말을 던졌다. 그러면 사람들은 그분의 슬픈 태도와 심오한 가르침 때문에 그날 밤 불면의 밤을 새게 마련이었다.

아, 삶은 무엇인가⋯⋯.

우리는 어디에서 왔는가. 마침내 어디로 가는가⋯⋯.

그들에게 이런 질문은 이미 버려진 지 오래였다 화사한 옷차림에, 즐거운 왈츠와 폴카에, 적당히 교양 있으면서도 약간은 문란한 사교계에⋯⋯ 물들어 있는 그들. 그들의 문화에서 삶을 근원으로부터 다시 묻는 일은 약속된 금기 같은 것이었다.

그런 그들에게 그분은 바로 그 질문을 재우쳐 주었다. 자신의 삶을 되돌아보게 하고, 삶의 근본 문제를 묻지 않을 수 없게 해 주었다.

그러자, 시간이 흐르는 동안 하나둘씩 그분의 추종자들이 생겨났다. 처음 그분을 따르기 시작한 것은 대개 젊은이들이었다. 그분을 따르게 된 젊은이들은 그분처럼 가죽신에 한 벌 옷만을 입었다. 추종자의 수는 조금씩 늘어갔다.

그분은 추종자들과 함께 사람들을 모아 놓고 이야기를 건넸다. 그것은 무서운 이야기일 때도 있었고, 부드럽고 편안한 이야기일 때도 있었다. 지금이 호사한 삶을 꽉 붙들고 놓지 않으려는 사람들에게 그것은 매우 무서운 말이었다. 그렇지만 지금의 삶이 헛것이라는 느낌이 있는 사람이, 그 헛된 삶을 포기할 수도 있다고 생각하고, 그럼으로써 새로운 삶, 영적인 삶을 살 수도 있다는 가능성을 인정하고서 편안한 마음으로 듣는다면, 그분의 말씀은 세상에는 없는, 심오하고도 위대한 것으로 들리는 것이었다.

호수 위에 불어오는 미풍과도 같이, 그분의 말은 사람들의 마음에 그리움을, 추억을, 사랑을, 연민을, 슬픔을 불러일으켰다. 그리하여 그분의 말을 듣는 동안 사람들은 저마다 눈동자가 붉어지고, 눈시울을 적시고, 마침내는 엉엉 울음을 터뜨리곤 하였다.

그분을 따르는 사람들의 수는 점점 늘어 이제는 수천 명을 헤아리게 되었다. 사람들 중에는 공공연히 그분을 구세주라고 부르는 경우까지 생겨났다. 그러나 정작 그분이 자신을 구제주로 자칭한 적은 없었다. 그분이 누구인지, 어디서 왔는지는 아직까지도 알려진 것이 하나도 없었다.

마침내 시청에서도 그분에게 관심을 갖게 되었다. 혹 정치적인 목적을 갖지나 않는지가 시청 측의 가장 큰 관심사였다. 그럼으로써 법과 제도에 바탕하에 오랜 시간 노력한 끝에 성취해 놓은 도시의 평화가 깨어지지나 않을까, 시장과 주요 관리들은 이 점을 가장 걱정하였다.

시장은 관계 공무원들을 소집하였다. 그 회의에서 저마다 의견을 개진하였는데, 의견은 그분에게 호의를 가진 사람과 그렇지 않은 사람이 반반 정도로 나뉘었다.

호의를 가진 측의 의견은 그분이 참된 인간이며, 신비한 분이며, 어쩌면 성자일지도 모른다는 것이었다. 그러나 그 반대편 사람들의 생각은 달랐다. 그는 정치적인 욕심을 갖고 있을 가능성이 농후하다, 그것을 숨기고 있지만 언젠가는 혁명을 일으켜 도시를 전복하려고 하는 것이다, 이것이 그들의 의견이었다.

그분에게 악의를 가진 사람들 중에는 그분의 가르침이 옳지 않다고 생각해서라기보다는 오히려 옳다고 느껴지기 때문인 경우가 더 많았다. 그분의 가르침은 옳다. 그러나 나는 그것을 따를 수 없는 입장에 있다-. 그들은 그 점에 화가 났다. 말하자면 그들은 자기들의 불순한 점을 직시하게 하는 그분에게 화를 내었던 것이다.

그들은 생각하였다. 그런 가르침이라면 깨끗하게 잘 차려진 옷을 입고 행해져야 한다. 또한 그런 강의는 세련된 인테리어로 단장된 강당에서 행해져야 한다. 강의에 앞서 도시의 주요 인사들이 먼저 내빈으로 소개되어야 하고, 강의 또한 참석자들을 고려하여 적당한 인사와 겸양, 서로 약속된 유머와 웃음을 동반하며 진행되어야 한다 - 고, 그들은 믿었다. 정중한 헌화, 식후 다과회 또한 필수항목이었다.

그러나 그분은 그런 격식을 따르지 않았다. 따르지 않았을 뿐 아니라 그런 격식을 본의 아니게 경멸하였다. 직접 그런 격식을 공격하지는 않았지만, 꾸밈없이 시작하고, 격식 없이 진행되는 그분의 강의, 아니, 그것은 강의가 아니었다. 그냥, 대화에 불과했다. 아니, 대화조차도 아니었는지 모른다. 중간 중간 끊어졌다가 이어지고, 이어졌다가 끊어지는 말, 그리고 어느 순간 미소가 떠오르고, 웃음이 터지고, 그러다가 문득 그치고 마는 대화, 그것은 말과 마음과 영혼과 삶의 어우러짐이었을 뿐, 대화라고 부르기에는 부족한 무엇이었다.

마침내 시의 주요 간부들은 격분하고 말았다. 시의 주요 간부들 중에 그분을 비난하는 편의 사람들이 더 중요한 직책에 있었는데, 그들이 격분하자 시장도 그들의 의견을 존중할 수밖에 없었다. 사실은 시장 자신 또한 그들과 의견이 비슷하기도 했다.

시장으로서, 그는 자신이 도시에서 가장 존중 받고 있는 인물임을 믿어 의심치 않고 있었다. 벌써 임기를 다섯 번째 채우고 있는 그였다. 그동안 수없는 모임에서 그는 주빈으로 초대되었다. 그런데 이상하게도 그분을 보기만 하면, 그분 앞에서만 서면, 그분에 대한 인상을 떠올리기만 해도, 자신이 너무나도 작게 느껴지곤 하였다.

시장과 주요 간부들은 연일 구수회의를 열었다. 그러고는 그분을 도시에서 추방하기로 결정하였는데, 그렇긴 하지만 그분을 추방할 명분이 마땅치 않았다.

이럴 때 사용되는 가장 쉬운, 그렇긴 하지만 뻔하고도 비열한 방법이 나쁜 풍문을 만들어 퍼뜨리는 것이었다. 시장은 시의회 의원들의 은근한 지원을 받아 그분을 모함하는 말들을 퍼뜨리기 시작하였다. 그의 알려지지 않은 사조직이 그에 동원되었음은 물론이었다.

소문의 요지는 그분에게 숨겨진 여자가 있다는 것이었다. 이런 경우 나쁜 소문은 여자와 돈, 두 가지가 가장 강력할 수밖에 없었는데, 돈의 문제라면 없는 것을 만들어내기가 무척 어려웠다. 재산 조사를 해보면 금방 드러날 수 있는 것이 돈 문제이기 때문에, 실제로 재산이라곤 없는 그분을 돈 문제로 모함하기는 어려웠다.

그러나 여자 문제라면 좀 다르다. 이런 경우라면 여자는 숨겨 두게 마련이고, 숨겨 둔 여자는 시장과 공권력으로써도 쉽게 발견할 수 없다. 따라서 소문이 강하게 나면 그분에게 호감을 가졌던 사람들도 일말의 의심을 할 수 있는 것이다.

더군다나 소문에 의하면 그 여자는 바로 그들이 끔찍이도 더럽게 여기

행복은
따뜻한
마음에
온다

제
5
장

는, 그들과는 담을 쌓고 지내는, 도시의 이면에 살고 있었다. 그것이 치명적인 부분이었다. 시장은 참으로 시장답지 않게도, 도시 전체가 아니라 도시 전면 사람들을 위해 후면 사람들을 이용하려 하였다. 아니, 그것은 도시 전면 사람들을 위한 것조차도 아니었다. 단지 자신의 명예를 위한 것뿐이었다. 아니, 아니, 그것은 자신의 명예를 위한 것도 물론 아니었다. 진정한 명예가 어찌 비열한 행위로부터 나올 수 있을 것인가.

마침내 소문이 위력을 발휘하여 사람들이 수군대기 시작하였다. 얼마 뒤부터는 그분이 대화를 나누고 있는 모임의 뒷자리에서까지도 입을 비죽거리거나 귓속말을 주고받는 사람들이 생겨났다. 몸을 파는 더러운 여자가 저분의 숨겨놓은 애인이래, 그래? 그래서? 아하, 그렇구나? 어쩐지…….

그리고 얼마가 더 지나자 소문은 진실로 굳어져가게 되었다. 그렇게 된 데는 그분이 그에 대해 일체 변명을 하지 않은 것도 큰 원인이 있었다. 혹 어떤 제자가 그에 대해 물으면 그분은 고개를 끄덕이며 무슨 생각인지를 하곤 하였다. 그런데 그 모습은 마치 '그래, 그래, 그렇지' 하고 소문을 인정하는 듯한 느낌을 주었다.

그리하여 마침내 그분의 제자들 중에 그분을 떠나는 사람들이 하나둘씩 생겨났고, 어느 날에 이르러 한 사람도 남지 않게 되었다. 그리하여 그분은 쓸쓸히, 혼자, 그분이 처음 나타났던 시청 앞 분수대 앞에 동그마니 앉아 있게 되었다.

그리고 다시 며칠 뒤, 그분은 시청 앞에서 모습을 감추었다.

아무도 그분이 어디로 갔는지 알지 못했다. 으레 거기 있으려니 하고, 이른 새벽 분수대 앞에 나온 시민들은 그분이 거기에 없는 것을 발견하고 깜짝 놀랐다. 그리고 처음에 그랬던 것처럼 가슴 안쪽에 무언지 덜컹! 하고 떨어지는 소리를 들었다.

그랬다.

시장이 원했고, 시청 간부들이 원했으며, 시민들이 원한 그대로 그분은 사라졌다. 그러나 그들은 자기가 원한 대로 전개된 그 사실이 별로 즐겁지 않았다. 자책감이, 자괴감이, 무력감이, 허전함이 그들을 휩싸왔다.

어쩔 수 없이 그들은 돌아보았다. 자신들의 욕심 많음을, 꾸밈을, 이중성을. 그들의 마음 안에는 이미 그분이 들어 있었다. 지울 수 없는 기억으로 마음 안에, 영혼 안에 들어 있었다. 그분은 그렇게 그들 안에서 처연한 눈빛으로 그들을 바라보고 있었다. 그리고 묻고 또 물었다. 지금 너의 모습은 진정한 너의 모습이냐, 지금 너는 참다운 삶을 살고 있느냐?

그러나 그런 질문 또한 그들이 한결같은 외면에 의해 점점 희미해져 갔다. 그리하여 그들에 의해 도시에서 쫓겨난 그분처럼, 그들의 마음과 영혼 안에 남아 있던 그분 또한 희미해진 끝에 지워지고 말았다.

시간이 더 지났다. 그러자 그분이 영영 그들 곁에서 떠난 것이 분명해졌다. 혹 다시 나타날지도 모른다고도 생각했던 것은 이제는 완전한 기우가 되었다. 여러 달 동안 그분은 나타나지 않았고, 이제 그분이 어디 다른 도시로 가버렸든지, 아니면 사고를 당해 죽었든지 둘 중의 하나일 게 분명했다.

"한때 그런 분이 있었지."

그들은 이제 심드렁하게 이렇게 생각하였다.

그러나, 아니었다. 그들 중에는 그렇게 심드렁해진 이들도 있었지만, 그분을 그리워하기 시작한 사람들도 있었던 것이다.

그들에게는 시간이 지나 그분이 떠나버린 것이 분명해질수록 그분에 대한 기억이 더욱더 생생해져만 갔다. 그들은 떠올렸다. 그분의 눈빛, 그분의 손짓, 그분의 말씀, 그분의 움직임……. 그분은 과연 누구였을까. 그분은 우리에게 무엇이었을까. 그분은 우리에게 무엇을 주고 가셨을까. 그분은 우리에게 어떻게 살라고 말씀하셨던가.

이제 그분은 그들에게 위안자이자 동시에 고문자가 되었다. 그들은 그분을 생각하면서 크나큰 위안을 받았지만, 동시에 그분이 남긴 숙제를 풀어야만 했다. 그래서 그들은 한자리에 모였다. 모여서 그분에 대해 이야기를 나누었고, 그 과정에서 그분에 대한 기억은 채식되고 미화되었다.

그들은 그분을 추모하기로 결정하였다. 그분의 말씀을 기록하고, 그 의미에 대해 의론하였다. 그분을 묵상하고, 그분을 기념하는 기념물을 세웠다. 그분을 찬양하고 숭배하는 의식도 정했다.

그런데…….

참으로 이상한 일이 벌어졌다.

그들이 그분을 새로 오신 주님으로 모시기 시작한 지 얼마 안 되었을 때, 이상한 소문이 떠돌았다.

그분을 보았다고 하였다.

이미 천국에 가 계신 그분을 보았다는 것이다.

하늘나라에서 하느님의 오른편에 앉아 계셔야 할 그분이 아직도 지상에 계시다는 것이었다.

어디에?

이상하게도, 믿을 수 없게도, 참으로 믿을 수 없게도 그분이 계시다는 곳은 도시의 뒷골목이었다!

거기에?

거기에 그분이 계시다고? 추악하고 냄새나는 그곳에?

일반 시민들도 놀랐지만, 그분을 주님으로 모시고 있는 이들에게 있어서 그 소문은 충격 그 자체였다. 창녀와 작부왕, 추태와 범죄와, 더러움과 추잡함의 소굴인 그곳. 그곳에 그분이 있어서는 안 되었다. 도무지 그럴 수는 없는 일이었다.

이제 와서 그분은 예전의 그 허름한 그분이 아니었다. 실제로 나타났을 때의 허름한 그분의 옷은 이제 허름하기는 해도 황금으로 치장되어 기억되고 있었다. 그분이 짚고 있던 지팡이에도 칠보가 장식되어 기억되었고, 그분이 쓰고 있지 않았던 모자가, 온 천하를 지배할 수 있는 왕관으로 장식되어 씌여 있기도 하였다.

그분의 발밑에는 악마가 짓눌려 기억되었고, 그분의 주변에는 천사들이 춤추고 있는 모습으로 기억되었다. 그분은 하느님의 독생자가 되었다. 그분은 인간이면서도 신이 되었다. 그분은 성결의 상징, 구원의 희망, 찬송의 대상, 시와 음악의 주제였다. 그런데 그런 그분이 아직 지상에 계시다니! 그것도 그 더러운 뒷골목에!

사람들은 그 소문을 믿고 싶지 않았다. 그래서 고개를 저었지만, 소문은 그치지 않고 퍼져만 갔다. 그분을 보았다는 사람들의 수가 점점 늘었다. 급기야 이 문제는 시민들의 가장 관심 깊은 문제가 되었다.

이제 소문의 진상을 가려져야 했다. 그러나 그 일이 생각만큼 쉽지는 않앉다. 소문의 진상을 가리려면 누군가가 정식으로 뒷골목을 방문하여야만 했다. 그러나 그곳은 죽음의 지역, 더러움의 지역, 악마의 지역이었다. 그곳에 가다니? 아무도 그곳에는 가고 싶어 하지 않았다.

그래서 망설이고 있는 사이에도 소문은 무성하게 번져만 갔다. 소문에 의하면 그분은 그 더러운 곳에서 온갖 이적을 행하신다고 하였다. 앉은뱅이가 일어났다고 하였다. 문둥이가 깨끗해졌다고 하였다. 벙어리가 말을 하고, 맹인이 눈을 떴다고도 하였다. 눈물, 참회, 회한, 위로, 영광이 뒤섞여 폭포처럼 쏟아진다는 것이었다.

마침내 사람들은 더 이상 참을 수 없게 되었다. 시장이 소집한 회의에서 우여곡절 끝에 대표가 몇 사람이 뽑혔다. 그들은 막중한 임무를 부여받고 뒷골목으로 파견되었다.

대표들은 조심조심 도시의 뒤편으로 숨어들었다. 행여 뒷골목 사람들에게 들킬까 봐, 들켜서 몰매라도 맞지 않을까 두려워한 그들은 이미 얼굴과 옷을 바꿔 변장하고 있었다.

과연 어둠의 골목, 지옥의 골목이었다. 악취가 넘쳐흘렀다. 수많은 거지떼(그들은 앞쪽으로 나오면 곧 처벌되었다), 헐벗은 아이들, 남녀 희희거림, 술과 마약, 붉은 조명등과 욕설, 삿대질과 패싸움⋯⋯. 구역질이 나와 참기 어려웠다. 교양으로 잘 다듬어진 그들의 머리는 곧 엉망진창이 되었다.

그러나 임무는 임무였다. 그들은 사람들에게 물어물어 그분이 계신다는 곳을 간신히 알아냈다. 소문은 사실인 모양이었다. 그러나 미심쩍은 부분도 있었다. 왜냐하면 그동안 들은 이야기를 종합해 보면 그분은 자기들이 알고 있던 그분이 아닌 다른 사람인 것 같기도 하였기 때문이었다.

"그분이 슬픈 눈빛에 자비심이 넘치는 분인 것만은 사실이라우……."

한 노파가 그들에게 해준 말이었다. 그러나 그 노파는 덧붙였다.

"그렇긴 하지만, 그분은 온종일 술에 취해 있어요. 장신구는 또 어찌나 많이 달고 있는지……. 아마 7,8킬로그램은 될 걸!"

도대체 모슨 소리인지 알 수 없었다. 그분이 술에 취해 있다. 새벽 별빛보다 더 맑은 눈을 가졌던 그분이? 또, 그분이 장신구를, 그것도 7,8킬로그램씩이나 몸에 달고 있다? 모든 것을 버리라던, 한 벌 옷만 가지라던 그분이? 그렇다면 다른 사람일까? 아니면 그분이 타락해 버린 것일까?

모든 것은 확인해 보면 금방 판명날 것이었다. 그들은 뒷골목의 중심부, 더러운 중에도 더욱더 더러운 곳에 이르렀다. 바로 그곳에 그분이 계신 모양이었다.

마침 저녁 무렵이었다. 막 도착한 배에서 내린 선원들이 상소리를 늘어놓으며 몰려오고 있었다. 그리고 그런 그들을 술집 여자들이 기성을 지르며 유혹하고 있었다. 이런 곳에? 이런 곳에 그분이 있을 수는 정녕코 없었다.

그러나 그 점을 확신할 수는 없었다. 왜냐하면 그들에게는 그분이 바로이 근처에 계신다는 '강력한 느낌'이 들었기 때문이었다. 그렇다, 그분의 '기운'이 거기에 떠돌고 있었다. 자석과도 같은 강력한 힘이, 보이지 않는 거룩한 힘이 그들을 잡아당기고 있었고, 그것은 그들이 이미 시청 앞 광장에서 느낀 그분의 힘 그것과 완전히 동일하였다.

한 걸음 한 걸음, 그들은 그 힘의 진원지를 향해 끌려갔다. 그리고 마침내 그분이 계신다는 술집에 도착하게 된 그들은 문을 밀치고 안으로 들어

섰다.

아아, 그러나 이게 무슨 꼴이란 말인가!

그분은 분명 거기에 있었다.

그들이 발견한 것이 그분인 것까지는 맞았다.

그러나 그분은 그분이 아니었다. 예전의 그분이 아니었다.

벌겋게 취한 그분의 얼굴에는 주독이 올라 있었다. 거뭇거뭇해진 그분의 얼굴은 예전에 보던 청년이 아니라 예순이나 된 늙은이 같았다. 그 아름답던 눈은 어디로 갔는가. 샘 같고, 호수 같고, 바다 같던 그 눈은!

탁해져 버린 눈과 홍당무처럼 붉게 변한 것도 모자라 옆으로 비틀어진 코, 헤벌어진 입, 주름진 뺨과 목. 아아, 이것이 예전의 그분일 수는 없었다.

머리는 마구 헝클어져 있었고, 이빨조차 대여섯 개 빠져 보였다. 놀라운 것은 말투였다. 어우러진 사람들과 구별이 되지 않는 말투. 이것이 바로 그들이 주님으로 모시는 그분의 모습이었다. 대표들은 두 눈을 질끈 감았다.

더 황당한 것은 그분의 차림새였다.

노파의 말 그대로 그분은 몸에 장신구들을 잔뜩 걸치고 있었다. 일곱 벌의 귀걸이, 열두 줄의 목걸이, 다섯 쌍의 팔찌, 여덟 개의 시계, 손가락마다 끼어 있는 반지, 거기에 왜 검은 선글라스는 끼고 있는 것일까.

그것이 전부인 것도 아니었다. 그분의 주변에 널려 있는 것들이 모두 장신구였다. 몸에 차고 있는 것도 모자라 그분의 주변에는 수백, 수천 개의 장신구들이 어지럽게 널려 있었다. 술집의 벽에까지도 너덜너덜 걸려 있는 장신구들. 아아, 이런 꼴을 보다니! 그들은 기가 막혀 정신이 아득해지고 말았다.

그러나 정신을 차리고 다시 자세히 살펴보고 나서 대표들은 그분이 아직도 여전히 그분이라는 점만은 인정하지 않을 수 없었다. 그분에게서 풍겨 나오는 거룩한 힘, 그것만은 예전 그대로 강력하였고, 그런 그분을 바라보는 사람들의 태도 또한 예전의 자기들처럼 진실하기 짝이 없었다.

늙은이도 있었고, 젊은이도 있었다. 여자도 있었고, 남자도 있었다. 그러나 그들은 한결같은 눈빛으로 그분을 우러러보았고, 그분의 말씀에 귀를 기울였다.

그분이 말하는 동안, 또는 그분이 그들의 손을 잡고 어루만지는 동안, 처연한 눈동자를 들어 바라보는 동안, 그들은 울기도 하고 웃기도 하였다. 그리고 그런 동안에도 문으로는 사람들이 수시로 들어오고 나갔다.

"아, 스승이시여!"

참지 못한 대표 하나가 부르짖었다.

"도대체 이 무슨 꼴입니까? 이 더러운 곳에서, 도대체 무슨 짓을 하고 계시는 겁니까?"

그러자 그분과 그분을 둘러싸고 있던 사람들의 눈이 일제히 그 대표를 향했다. 얼어붙은 듯 정지된 공간. 방 안의 사람들과 공기는 잠시 숨 막히는 침묵 속에 갇혔다.

그분은 대표들을 찬찬히 바라보았다. 대표들은 위장한 헌 옷 사이로 비쳐 나오는 잘 다려진 와이셔츠를 부끄러운 듯 여몄다.

이윽고 그분이 입을 열었다.

"그대들에게 축복 있으라."

"말씀해 주십시오. 왜 이곳에서, 이런 모습으로 계신 겁니까?"

"그대들은 나를 버렸지만, 이들은 나를 받아들였기 때문이니라."

잠시 침묵이 흘렀다. 그러고나서 그분이 조용히 말을 이어갔다.

"잘 들어라, 밝은이들아.

여기 어둠의 아들딸들을 너희는 보고 있도다. 더러운 이들, 추악한 이들, 죄 많은 이들, 영혼이 병든 이들을, 너희 밝은이들이 보고 있느니라.

그러나 나는 말하노니, 이들은 저 자신을 보느니라. 너희가 보지 않을 때, 너희가 눈감았을 때 이들은 눈을 뜨고 보느니라.

그리하여 이들은 아느니라. 자신의 더러움을, 추악함을, 죄 많음을, 영혼이 병들었다는 사실을.

그렇기에 이들은 겸손한 자들이요, 그렇기에 이들은 구원 받게 되느니라."

그분의 슬픈 목소리는 계속되었다.

"그리고 겸손한 자들이기에, 이미 구원을 받았기에, 이들에게는 사랑이 있느니라. 구원을 받기 위한 사랑이 아니라, 구원을 받고난 자로서의 사랑. 구원을 받기 위한 기도는 남들이 보는 광장에서 행해지고, 구원을 이미 받은 사랑은 왼손이 하는 일을 오른손이 모르게 행해지느니라.

보라, 나는 이들의 사랑 속에 있느니라. 보라, 이 장신구들이야말로 그 아름다운 사랑의 징표이니라."

"장신구들이야말로 사랑의 징표라구요? 그 더럽고 조잡한 것들이! 진품도 아닌 모조품들이!"

그러자 그분은 잠시 대답을 하지 않고 가엾다는 듯이 대표들을 바라보았다. 그러고나서 대표들이 평생토록 잊을 수 없는, 처연한 진실이 넘치는 눈빛으로 말하기 시작하였다.

잘 들을지어다. 예전에 여인이 있었느니라. 그녀는 포구에서 술을 팔았느니라. 그리고 어떤 경우 몸을 팔았느니라. 그러나 영혼을 팔지는 않았느니라. 세상에는 팖으로써 사는 일도 있는 법, 그녀는 술을 팔면서 사는 자들에게 위로를 주었고, 몸을 팔면서 사는 자들에게 진실을 주었느니라.

그녀는 구원 받았느니라. 이미 구원 받았기에 그녀에게는 사랑이, 진정한 사랑이 있었느니라. 그리하여 한번 그녀를 품에 안고, 한번 그녀의 품에 안긴 남자는 그 누구도 그녀를 잊지 못하였느니라. 그런 사랑, 그런 몸섞음은 세상에는 그녀와 말고는 다시는 있을 수 없었느니라.

그렇게 세월이 흘러…… 그녀도 마침내 늙었느니라. 그러나 이미 늙어 몸을 제대로 가눌 수는 없었어도, 얼굴에 검버섯이 끼고 입에서 냄새가 나게 되었는데도, 그녀를 찾는 남자들은 그치는 날이 없었느니라.

그들은 전과 다름없이 그녀를 안았느니라. 그리고 그녀 또한 전과 다름없이 그들을 안아 주었느니라. 그렇게 그녀는 그들의 더러움을, 그들의 욕정을, 그들의 공포를, 그들의 한을, 그들의 어리석음을, 그들의 눈물을 부둥켜안고 함께하였느니라.

그렇듯 많은 뱃사람들이 그녀에게 와서 울었느니라. 실컷 운 다음 웃으며 떠났느니라. 그들은 그녀에게 와서 사연을 털어놓고, 괴로움을 하소연하고, 사정을 푸념하고, 아픔을 고했느니라. 그러면 그녀는 한숨짓고, 눈물짓고, 가슴을 치고, 울었느니라.

그대들이여, 그리하여 그녀를 찾은 사람들은 그녀를 만난 뒤에 미소를 띠며 널빤지 한 장 밑이 죽음인 험한 파도를 능히 헤쳐 나갈 힘을 얻었나니, 그들에게 그녀는 아내이자, 누이이자, 어머니이자, 애인이었느니라. 그리하여 그녀는 수천 명의 남편을, 오라버니와 남동생을, 자식을, 애인을 가졌느니라.

그리고 그렇게 뱃길을 떠난 그들은 한 해나 두 해 뒤에 다시 그녀에게로 왔느니라. 그때 그들이 제일 먼저 찾는 곳은 성당이나 교회가 아니라 그녀였느니라. 그리고 그때 그들의 손에는 필연코 선물이 들려져 있었느니라. 가난한 그들, 그들이 마련할 수 있는 선물이 무엇이겠느냐? 그것은 값비싼 도자기도 아니요, 귀한 향료도 아니요, 페르시아산 카펫도 아니었으니, 보라, 진품이 아닌 모조품, 바로 이 장신구들이 그것이었느니라.

그녀는 그것들을 목숨처럼 소중히 받았느니라. 그리고 영혼처럼 귀중하게 보존하였느니라. 가능한 한 몸에 걸치고, 가능한 한 자기의 옆에 두었느니라. 먼 훗날 그 선물을 한 사나이가 다시 그녀에게로 왔을 때, 행여 그 선물을 잃어버렸다고 여길까 봐, 그럼으로써 그가 실망하게 되지나 않을까를 염려한 때문이니라.

일깼는가, 그대들! 자, 이제 돌아가거라.

저 하늘나라에서 그녀보다 더 높은 데 거할 피조물은 없을지니, 그녀가 하늘나라로 떠난 뒤 나는 그 뒷일을 감당하고 있을 뿐이니라…….

이렇게 말하고 나서 그분은 말을 멈추었다.

아무도 말하는 사람이 없었다.

움직이는 사람 또한 아무도 없었다.

그렇게 한참의 시간이 흘렀다. 그리고 누구에게서부턴가 참고 참았던 흐느낌이 새어나오기 시작했다. 그 흐느낌은 감염되듯 그곳의 모든 사람에게로 퍼져갔다.

붉고 푸른 등이 흔들리는 악취 나는 뒷골목, 그러나 그곳 밤하늘의 별빛은 세상이 있은 뒤로 유례가 없었을 만큼 드높고 맑고 선명한 빛으로 가만가만 내리고 있었다…….

❦

필자가 1989년에 발표한 《성자들의 마을》에서 한 편을 옮겨 와 보았다. 아직은 삼십 대였던 당시, 옮겨 쓰면서 나의 감성은 오히려 그때가 더 풍부하지 않았나 하는 생각이 들었다.

이야기의 소재는 피천득 선생이 쓰신 수필의 한 소절에서 얻었다. 거기에 예수님의 이미지를 더하여 글이 완성된 것이지만, 필자가 기독교인은 아니다. 그러나 무슨 상관이랴. 남을 위해 눈물을 흘리는 것은 종교가 무엇이냐에 상관없이 우리의 가슴에 영원한 종소리로 울려오게 마련인 것을…….

제 6 장

파랑새는 어디에
-행복, 만족, 욕심-

행복이 숨어 있는 곳

사람이 처음 세상에 나타났을 때 하느님이 천사들에게 말했다.

"우리는 늘 행복하니, 저들에게도 행복이 필요하겠지. 자, 이 행복을 사람들에게 갖다 주도록 하여라."

천사들이 여쭈었다.

"그렇지만 이 귀한 것을 노력 없이 공짜로 차지하도록 할 수는 없지 않습니까?"

하느님이 고개를 끄덕였다.

"옳은 말이다. 그러니 그냥 주지 말고 숨겨 두는 것이 좋겠다. 그래야 사람들이 수수께끼를 풀기 위해 노력할 테니까."

천사들은 사람들에게 행복을 주면서도 그들이 잘 찾을 수 없는 데가 어디일까를 곰곰 생각해 보았다.

처음에는 북극이나 남극 같은 추운 곳이 어떨까 생각했지만, 피어리나 아문젠 같은 탐험가가 나타나 북극과 남극을 샅샅이 조사하게 될 테니 그게 문제였다.

두 번째로 검토한 곳이 밀림 속인데, 그 또한 문명이 발달하면 결국 사람들의 발길이 닿을 것이 뻔했다. 세 번째로 검토한 땅속, 네 번째로 검토한 바닷속, 다섯 번째로 검토한 공중도 사람들의 손에 장악되고 말리라는 점에서 안심하기는 어려웠다.

그러던 중 천사들은 아주 기막힌 곳을 찾아내었다.

눈치 빠른 분들은 이미 알았겠지만 그곳은 사람의 '마음속'이었다.

결국 행복은 먼 데 있는 것이 아니라 가장 가까운 곳에, 즉 우리가 마음먹기에 달려 있다는 이야기이다.

몇 달 전 시골 마을에 집을 지어 이사를 하게 되었다. 우리 집에는 정원이 세 부분으로 나뉘어져 있다. 그중 가운뎃 정원의 크기는 열 평 남짓한데, 나는 그 안에 참나무를 둘러 세 블록의 꽃밭을 만들고, 그중 하나에 야생화를 심었다.

거기에 심은 대여섯 종류의 꽃들은 모두 집 근처에서 구한 것이다. 그리 귀한 꽃이 아니란 얘기다. 그래서인지 내 집을 방문한 사람들은 내 야생초 꽃밭을 보며 빙긋이 웃곤 한다. 이것도 꽃이냐는 듯한 웃음이다.

그렇지만 나는 다른 의미에서 그 꽃밭을 보며 웃는다.

한 가지 다른 점은 내가 그 꽃밭을 그분들처럼 서서 바라보지 않는다는 것이다.

내가 심은 야생화들은 꽃의 크기가 아주 작다. 백합, 수선화, 튜울립 같은 꽃에 비하면 작아도 너무 작아서, 겨우 밥풀 하나 정도밖에 안 되는 꽃을 피우는 것도 있다. 꽃대의 키도 매우 작다. 그러니 그것들을 서서 바라본다면 자연히 꽃의 모양새를 잘 관찰할 수 없다.

친절한 사람이라면 어린아이를 대할 때 키를 낮추어 아이와 눈높이를 맞출 것이다. 그리고 어린아이는 그럴 때만 마음을 연다. 어린아이가 나와 퀴즈를 내면 그것을 맞히는 오락 프로그램에서, 진행자가 어린이와 눈높이를

맞추면서 이야기를 나누는 것을 볼 때가 있다. 그러면 어린아이는 두려움
이나 망설임 없이 진행자의 질문에 술술 대답한다.

그래서 나도 그 진행자처럼 내 야생초들을 관찰하기 위해 쪼그려 앉는
다. 그리고 나의 야생초들 또한 오락 프로그램의 어린이처럼 나를 향해 마
음을 연다. 자세히 보면 놈들은 참 예쁘다. 산골길을 가다가 우연히 마주
치기도 하는, 흰 무명옷을 입은 순박한 시골 소녀 같은 아름다움이 그들에
게는 있다.

그렇다.

아름다움은, 그리고 행복은 그렇듯 가까이에 있다. 그런데도 오히려 너
무 가까이에 있기 때문에 우리가 그것을 발견하지 못하고 있을 뿐이다.

등잔 밑이 어둡다고 했다. 바로 그 어두운 등잔 밑에서 아름다움과 행복
이 우리를 손짓하고 있다. 눈높이를 조금 낮추면, 마음에 조금의 여유를 주
면, 찬찬히 사물을 바라보면, 어떤 것이든 아름답다. 어떤 것이든 행복의
자료가 된다.

불운과 행운은 돌고 도는 것

랍비(유대교의 지도자) 아키바가 닭과 개를 데리고 어떤 마을을 향해 가고 있었다.

땅거미가 내리자 아키바는 밤을 지낼 곳을 찾았다. 외딴 지역이어서 잠 잘 데가 마땅치 않은 터에 마침 빈집의 헛간 하나가 그의 눈에 띄었다. 오늘 밤은 여기서 묵어야겠다고 생각하고, 그는 헛간에 잠자리를 마련하였다.

아직은 잠자기에는 이른 시간이었으므로 그는 등에 불을 켜고 책을 읽으려고 하였다. 그런데 갑자기 회오리바람이 불어와 등불을 꺼뜨렸다. 그는 다시 불을 켜고 책을 읽었지만 또다시 회오리바람이 불어와 등불을 꺼뜨리는 것이었다.

"오늘은 운이 나쁘군."

그는 책 읽기를 포기하고 잠을 청했다. 그런데 그가 잠을 자는 동안에 늑대 한 마리가 숨어 들어와 그의 닭을 물고 갔다.

그는 치밀어 오르는 화를 참으며 다시 잠을 청했다. 그런데 이번에는 사자 울음소리가 들리는 것이었다. 아니나 다를까 사자는 그가 머물고 있는 헛간으로 접근하더니 그의 개를 잡아가 버렸다.

이윽고 날이 밝았다. 그는 걸어가는 동안 투덜거렸다.

"이번 여행길은 왜 이렇게 운이 나쁜 거야?"

얼마 뒤에 그는 목적했던 마을에 도착할 수 있었다. 그런데 마을에 도착해 보니 마을이 텅 비어 있는 것이었다. 그가 놀라 살펴보니 마을 사람들은 모두 처참하게 죽어 있었다. 전날 밤에 도둑떼가 마을을 습격하여 주민을 모두 살해하고 재산을 빼앗아간 정황이 눈에 띄었다.

온몸에 소름이 쭉 끼쳤다. 그는 땅바닥에 털썩 주저앉아 곰곰 생각에 잠겼다. 그러고나서 중얼거렸다.

"어젯밤에 회오리바람이 불어와 등불이 꺼지지 않았다면 나는 도둑들에게 발견되었을 것이다. 그런데도 나는 그것을 운이 나빴다고 생각했다. 늑대가 닭을 물어 죽일 때 닭이 울었다면 나는 도둑들에게 발견되었을 것이다. 그때에도 나는 그것을 운이 나빴다고 생각했다. 또, 사자가 개를 물어 죽이지 않았다면 도둑들이 마을로 몰려가는 것을 눈치챈 개가 짖어대어 나는 도둑들에게 발견되었을 것이다. 그때에도 나는 그것을 운이 나빴다고 생각했다. 그러나 이제 와서 보니 그것들은 모두 불운이 아니라 행운이었다."

랍비 아키바는 결론을 내렸다.

"그것이 불운인지 행운인지는 끝까지 보아야 알 수 있다."

～

모든 짐승을 처음 만들었을 때 새들이 신에게 불평을 늘어놓았다고 한다.

"다른 동물들에게는 튼튼한 다리를 네 개나 주시면서 왜 저희들에게는 두 개밖에 주시지 않습니까? 거기에다 등에다가 무거운 물건을 얹으시니 더욱 가혹합니다."

신이 웃으며 말하였다.

"등에 매단 것을 펼쳐 보아라."

새들이 흔들어 보니 몸이 허공으로 솟구쳤다. 그것은 짐이 아니라 날개였던 것이다.

바라는 게 많으면

어떤 할머니의 집에 한 소년이 놀러 왔다. 할머니가 소년에게 사과를 하나 주자 소년은 사과는 받았지만 고맙다는 말은 하지 않았다.

"얘, 사과를 받았으면 뭐라고 한마디 해야 되는 것 아니니?"

하고 할머니가 묻자, 소년이 잠깐 생각하더니 사과를 내밀며 말했다.

"이 사과, 깎아서 주세요."

멕시코의 어떤 마을에 더운물과 찬물이 모두 나오는 곳이 있다고 한다. 어느 때 한 관광객이 그 마을에 와서 우물을 관리하는 사람에게 말했다.

"이곳 부인들은 참 좋겠습니다. 찬물과 더운물을 풍부하게 거저 쓸 수 있으니까요. 부인들은 이런 마을에서 살게 된 것을 매우 고맙게 여기겠지요?"

관리인이 대답하였다.

"웬걸요! 온천과 냉천은 있지만 비눗물이 나오는 우물이 없잖습니까?"

어느 날 하늘나라의 임금님인 옥황상제가 인간 세상을 내려다보고 있었다. 옥황상제가 사람들을 자세히 살펴보니 사람들이 가장 갖기를 바라는 것은 금덩어리였다. 그때 옥황상제의 기분이 매우 좋았으므로, 옥황상제는 문득 딱 한 사람을 골라 그에게 큰 금덩어리를 주어야겠다고 생각하였다.

옥황상제가 내려온 곳은 어느 산속이었다. 그가 얼마를 걷자니 반대편에서 나뭇꾼 한 사람이 나뭇짐을 지고 옥황상제를 향해 걸어오는 것이 눈에 띄었다. 옳다구나 여긴 옥황상제가 나뭇꾼에게 말했다.

"그대여, 기뻐하거라. 내가 너에게 큰 금덩어리를 주겠노라."

나뭇꾼이 어리둥절 하는 사이 옥황상제가 길가에 있는 수박만한 돌덩어리를 손가락으로 가리키자 그것은 금으로 변하였다. 나뭇꾼은 지고 있던 나뭇짐을 던져버리고 얼른 금덩어리를 주워 지게에 실었다.

옥황상제는 나뭇꾼이 자기에게 머리를 조아리고 큰절을 올리기를 기대하며 나뭇꾼의 다음 태도를 가만히 지켜보았다. 그러나 나뭇꾼은 큰절을 하지 않았다. 다만, 챙길 것을 다 챙겼다는 게 확실해진 그가 옥황상제 곁으로 하늘임금의 옆구리를 쿡 찌르며 이렇게 말했을 뿐이었다.

"아무 거나 가리키면 꽤 괜찮은 결과가 나오는 당신의 그 손가락 말이오. 그걸 내 금덩어리와 바꿀 생각은 없소?"

❧

컵은 채워지기를 바라는 '욕망'이고, 물은 그것을 채우는 '소유'이다. 컵이 커지거나 새로 생길 때마다 물이 펑펑 솟아나는 샘물을 가졌다면 무슨 걱정을 하겠는가. 그러나 우리에게는 옥황상제의 손가락도 없고, 도깨비의 요술방망이도 없다.

그래서 우리의 컵은 늘 반은 채워졌지만 반은 비워진 상태로 남아 있게 되는데, 그 빈 부분을 참고 견디면서 사는 것이 인생이다. 그래서 인생은 스트레스로 넘쳐난다. 우리를 괴롭히는 스트레스라는 것이 원하지만 이루어지지 않는 것, 즉 컵의 빈 부분을 참고 견디는 그것이 아니고 무엇이겠는가.

컵을 채우는 데는 두 가지 방법이 있다.

첫째는 물을 부지런히 퍼오는 것이다. 그러나 그것으로써 물을 '더 많이' 채울 수는 있지만 '완전하게' 채울 수는 없다. 마음은 끊임없이 이미 있는 컵을 키우거나 새 컵을 만들어내는 법이기 때문이다.

따라서 현자들은 말한다. '컵을 줄여라. 컵을 없애라.'

그렇다. 욕심을 줄이거나 없애는 것. 그것만이 컵 문제를 해결하는 최후의 방법이다. 만족할 줄 알면 가난한 초가집에서도 웃음소리가 끊이지 않지만, 만족할 줄 모르면 고대광실에서도 싸움 소리가 그치지 않게 마련인 것이다.

그러나 다른 한편 컵을 잘 자라지 않게 하는 것까지는 가능하다고 하더라도 줄이는 일은, 나아가 없애는 일은 지극히 높은 길이다. 그것은 위대한 성자들이 갔던 길로서, 그 길을 천천히 가는 것은 우리에게도 가능하지만 끝까지 가는 것은 우리에게는 불가능하다는 말이다.

우리는 예수나 석가모니처럼 무욕한 삶을 살 수 없다. 테레사 수녀처럼 남만을 위해 살 자신도 없고, 법정 스님처럼 아무도 없는 데 가서 살 성격도 아니다.

결론은 간단하다. 우리는 두 길을 병용해야 한다. 한편으로는 가진 바 능력을 최대한 발휘하여 부지런히 물을 채워야 한다. 그리고 다른 한편으로는 욕심이 커지는 것과 새로운 욕심이 생기는 것을 잘 감시해야 한다.

알고 보면 이것이 성공적인 삶을 사는 간단한 비결이다. 이 두 길을 상황에 따라 얼마나 잘 조화시키느냐는 것이 삶의 만족도를 결정하는 것이다.

행복한 아내

어떤 남자가 한 철학자에게 행복과 불행이 어디에 있느냐고 묻자 철학자
가 대답하였다.

"그것은 '첫 번째 마음'과 '두 번째 마음' 사이에 있습니다."

"무슨 말씀이신지?"

"예를 들어 당신이 아내가 장만한 음식 앞에 앉았다고 합시다. 그때 당
신은 이렇게 생각합니다. '야, 이 음식은 참 맛있겠구나!' 이것이 첫 번째
마음입니다. 그런데 막상 먹어 보니 수프는 짜고 빵은 딱딱하고 야채는 씁
니다. 그러면 당신은 실망하여 화를 냅니다. 이것이 두 번째 마음인데, 이
두 마음 사이에서 불행이 생깁니다."

"그러면 행복은요?"

"다시, 당신이 아내가 장만한 음식 앞에 앉았습니다. 그때 당신은 생각
합니다. '아내의 음식 솜씨는 별로 좋지 않다. 수프는 짤 것이고 빵은 딱딱
할 것이고 야채는 쓸 것이다.' 그런데 막상 먹어 보니 음식이 생각보다 맛
있습니다. 그러면 당신은 만족하여 즐거운 미소를 머금게 되고, 이렇게 하
여 첫 번째 마음과 두 번째 마음 사이에서 행복이 생깁니다."

이 말을 들은 남자는 이치를 곰곰 음미하더니 말하였다.

"그러니까 행복은 마음에 의해 결정된다는 이야기인데, 그거라면 그것
을 가장 잘 실천하는 사람이 바로 제 아내입니다."

다음은 그가 자기 아내에 대해 한 이야기를 옮긴 것이다.

어떤 일이 생겨도 그것이 행운으로 바뀌는 사람, 심지어는 불운까지도 결국 행운으로 바뀌는 사람이 있거든요. 제 아내가 바로 그런 사람입니다. 아내는 불운이라는 것하고는 애당초 인연이 없는가 봐요. 늘 행복할 뿐 아니라 혹시 불운이 닥치더라도 금방 행운으로 바뀌니까요.

이번 여름 일만 해도 그래요. 아내는 길을 가다가 넘어져서 팔목이 부러지는 사고를 당했습니다. 그래서 나는 '아내의 신기한 행운의 시대도 이제는 끝나나 보다' 하고 생각했지요.

그렇지만 일은 내가 생각한 것처럼 흘러가지 않았습니다.

아내는 사고가 난 다음 한 친구에게 그 일을 이야기했습니다. 그러자 친구가 물었습니다.

"그래, 부러진 쪽은 오른쪽 팔목이니, 왼쪽 팔목이니?"

"왼쪽."

그러자 친구는 손뼉을 치며 외쳤습니다.

"참 다행이다, 얘! 넌 오른손잡이잖니? 잘못해서 오른손을 다쳤으면 낫는 동안에 얼마나 불편했겠어?"

"그렇지? 난 역시 행운아야!"

하고 아내가 동의했습니다.

나는 그 부인이 너무 천진하다고 생각되어 다른 부인에게도 말해 보라고 권했습니다. 그러면 이번에는 틀림없이 아내가 불운하다고 여길 거라고 기대하면서 말입니다.

그래서 아내는 다른 친구에게 팔을 다친 이야기를 해 보았습니다. 그랬더니 그 친구가 물었습니다.

"앞으로 넘어졌니, 뒤로 넘어졌니?"

"앞으로 넘어졌어."

그 친구의 얼굴이 환해졌습니다.

"얼마나 다행이니! 뒤로 넘어졌다면 넌 틀림없이 머리를 다쳤을 거야. 머리를 다치는 것보다 손을 다치는 게 백번 낫지, 안 그래?"

"네 말을 듣고 보니 난 참 운이 좋았어!"

아내는 이 일을 또 다른 친구에게도 물어 보았습니다. 그러자 그 친구 역시 반문했습니다.

"그래, 허리는 다치지 않았어?"

"응. 허리는 멀쩡해."

"정말 다행이구나! 내가 작년에 허리를 다쳐서 얼마나 고생했는지는 너도 알잖니?"

"그랬었지. 그러고 보면 난 너보다 운이 좋았어!"

아내는 감동하여 눈물까지 글썽거리며 저를 돌아보았습니다. 그뿐이 아닙니다. 심지어 이런 말까지 하더라니까요.

"여보! 난 정말 행운의 별 아래에서 태어났나 봐요. 왜 무슨 일이든 좋은 쪽으로만 일어나는 거죠? 난 늘 재수가 좋아요. 이번 일만 해도 그래요. 우신 그날이 공휴일이 아닌 게 얼마나 다행이에요? 만일 공휴일이었으면 병원이 쉬기 때문에 곧장 치료를 받지 못해 애를 먹었을 게 아녜요? 또 다행히 당신이 내 곁에 있을 때 사고가 났잖아요? 만일 아무도 없는 데서, 또는 한밤중에 혼자 길을 가다가 사고가 났어 봐요. 내가 얼마나 쩔쩔 매었겠어요? 그렇지만 난 당신과 함께 가다가 사고가 났고, 그 바람에 당신과 난 병원에서 하루 종일 데이트를 할 수 있었잖아요? 당신이 바쁘기 때문에 결혼한 이래 우린 하루 종일 데이트를 한 적이 없었는데 말예요!"

나는 어이가 없었지만

"그래, 당신은 세상에서 가장 운이 좋은 사람이야!"

라고 말해줄 수밖에 없었습니다. 그리곤 덧붙였지요.

"그리고 당신과 함께 사는 나는 세상에서 두 번째로 행복한 사람이고. 그렇지?"

아내는 행복하기 그지없는 웃음을 지으며 나를 쳐다보았습니다. 그러고는 다치지 않은 오른팔에 시장바구니를 들고 집을 나섰습니다. 연신 즐거운 콧노래를 부르면서 말입니다.

∞

이 이야기에 나오는 부인은 본래 타고난 성격이 그렇기 때문에 행복한 사람이라는 느낌을 주는 인물이다. 그렇지만 타고난 성격이 그런 것만으로는 부족하다. 그처럼 좋은 성격을 타고났다고 하더라도 세상은 그 성격이 그대로 남아 있도록 허락해 줄 만큼 만만한 것이 아니기 때문이다.

좋은 성격도 나쁜 조건에 오래 처하게 되면 얼마든지 나빠질 수 있다. 이것은 물론 불행한 일이다. 그렇지만 이것은 나쁜 성격도 좋은 조건에 오래 처해 있으면 얼마든지 좋아질 수 있다는 것을 의미한다는 점에서 행복한 일이기도 하다.

그리고 우리는 인간이다.

인간은 한편으로는 조건과 환경의 영향을 받는 존재이지만, 다른 한편으로는 그 영향을 이겨내는 존재이기도 하다. 바꿔 말해서 내 성격을 형성해주는 조건과 환경에도 불구하고 나는 내 성격을 내 마음에 맞도록 얼마든지 바꿀 수 있다는 말이다.

좋은 성격을 갖고 태어난 사람은 그 성격을 유지, 발전시키기 위해 노력해야 한다. 그리고 불행하게도 부정적인 생각을 많이 하는 사람으로 태어났다면, 그 또한 자기의 성격을 바꾸기 위해 간단없이 노력해야만 한다.

물론 전자가 후자보다 쉽다. 그런 점에서 어떤 사람은 묻는다. "나는 왜 앞에 나온 부인 같은 성격을 갖고 태어나지 못했단 말인가?" 그러나 그런 질문을 하는 것 자체 속에 대답이 들어 있다. 그런 경우 우리는 생각해야 하는 것이다. "나는 부정적인 성격을 갖고 태어났으니 얼마나 다행인가?"

생각해 보면 부정적인 성격으로부터 시작하여 긍정적이고 낙관적인 성격에까지 이르도록 자신을 연마한 사람은, 처음부터 긍정적이고 낙관적인 성격을 가졌던 사람보다 나은 점이 있다. 진정으로 위대한 사람 중 열에 아홉은 그런 사람 가운데서 탄생하였다. 그 점을 발견하는 순간, 그 점을 소중히 여기게 되는 순간, 우리 또한 이야기에 나온 부인과 같은 행복한 삶의 한복판으로 들어가게 된다.

행복의 파랑새는 어디에

괴테의 작품 《파우스트》는 그가 스무 살에 쓰기 시작하여 여든 살에 완성한 대작으로 2부로 구성되어 있다.

이 작품의 주인공인 파우스트는 현세의 모든 지식을 섭렵한 대학자이다. 그러나 그는 지식이 자기의 영혼을 구제하지 못한다는 것을 깨닫고 절망에 빠진다. 그때 악마 메피스토펠레스가 나타나 그에게 한 가지 제안을 한다. 그 제안의 내용은 이렇다.

메피스토펠레스는 파우스트에게 그가 원하는 대로 모든 것을 할 수 있는 초능력을 제공한다. 그 능력으로써 파우스트가 행복에 도달한다면, 즉 '나는 지금 참다운 행복을 얻었나니, 시간이여, 멈추어라.' 라고 말할 수 있으면 게임은 파우스트가 이기게 된다. 그러나 만일 그렇지 못하면 게임에서 지게 되고, 파우스트는 메피스토펠레스에게 영혼을 빼앗기게 된다.

허무와 권태에 빠져 있었던 파우스트는 그의 제의를 받아들여 게임이 시작된다. 그 뒤 그는 신기한 능력을 이용하여 세상의 모든 것을 구경하고 즐기면서 행복을 찾는다. 그러나 파우스트는 결국 행복을 붙들지 못하고 죽는다.

그래서 그가 지옥에 떨어졌느냐고? 그렇지 않다. 그는 지옥에 떨어지는 대신 하늘나라로 올라간다. 천사들은 그를 하늘로 데려가면서 노래한다.

"끊임없이 노력하며 향상하는 자가 구원된다."

～

　행복은 누구나가 원하는 것이지만 지금 이 순간 행복한 사람은 거의 없다. 행복은 대개 '지금' 이 아닌 '나중' 에, '여기' 가 아닌 '저기' 에 있는 경향이 있다. 그러나 '나중' 과 '저기' 에 도달해 보면 그것이 다시 '지금' 과 '여기' 로 변해 버린다.

　바꿔 말해서 행복은 손에 쥐는 순간 '죽어' 버린다. 그래서 인간은 새로운 행복을 찾아 떠나게 되고, 이 같은 반복에는 끝이 없다.

　메테를링크의 희곡《파랑새》에서 주인공인 찌르찌르와 미찌르 남매는 행복의 파랑새를 찾아 이곳저곳을 헤맨다. 그러나 행복의 파랑새를 잡았다 싶으면 날아가 버린다. 실망하여 집에 돌아온 남매는 자기 집 추녀 밑에서 파랑새를 발견한다.

　《파랑새》는 행복이 지금 이 순간의 일상사를 잘 음미하면 거기에서 찾을 수 있는 것이지 따로 이 먼 어떤 곳, 아직 오지 않은 어떤 날에 있지 않다는 것을 가르친다.《파우스트》는 행복이라는 목표를 향해 꾸준히 노력하는 그 자체가 행복이라는 것을 가르친다. 이 또한 과정, 즉 현재가 행복에서 행복을 찾아야 하며, 결과, 즉 미래에서 행복을 찾는 것은 현명하지 못하다는 것을 간접적으로 가르친다.

지금 – 여기를 가르치는 명언들

••• 흘러가는 과거를 좇지 말고, 오지 않은 미래를 기대하지 말라.

(석가모니)

••• 과거의 마음은 잡을 수 없고, 현재의 마음도 잡을 수 없으며, 미래의 마음 또한 잡을 수 없다. 《금강경》

••• 마을이거나 숲속이거나, 골짜기거나 언덕이거나, 아아 그곳이 어디 이든지간에 성자가 있는 곳은 언제나 행복한 곳! 《법구경》

••• 내일을 위해 걱정하지 말라. 내일 일은 내일 걱정하라. (예수)

••• 날로 새롭게, 또다시 날로 새롭게. 《대학》

••• 날마다 좋은 날! (운문선사)

••• 가는 곳마다 주인이 되고, 있는 곳마다 참이 되게 하라. (임제선사)

••• 설사 내일 지구가 멸망하더라도 나는 오늘 한 그루의 사과나무를 심 겠다. (스피노자)

••• 오늘 그대가 맞는 이 아침은, 어제 죽은 이가 그토록 맞고 싶었던 그 아침이다. (출처 미상)

••• 과거에 연연하여 그 불안과 슬픔으로 현재를 덮지 말라. 이미 톱질이 끝난 톱밥을 다시 썰 수는 없지 않은가. (프라네드)

••• 할 수 있는 정도의 일을 때를 놓치지 말고 하라. 인간에게는 그것으로 충분하다. (롤랑)

••• 과거는 지나가 버림 받은 것이고, 미래는 오지 않아 호사가들의 꿈일 뿐. 이 두 가지는 우리 힘으로 어찌할 수 없기 때문에, 나는 단지 현재에만 관심을 가질 뿐이다. (지드)

••• 오늘을 붙들어라. 되도록 내일에 의지하지 말라. 그날 그날이 일 년 중 최선의 날이다. (에머슨)

••• 입으로나 펜으로 할 수 있는 말 가운데 가장 슬픈 말은 이것이다. '그렇게 될 수도 있었는데!' (휘티이)

••• 신이라 할지라도 과거를 바꿀 수는 없다. (아가톤)

••• 실제로는 일어나지도 않은 재앙이 얼마나 많은 사람들을 희생시켜 왔

던가! (제퍼슨)

••• 성공의 비결은 지금 하는 일에 전력을 쏟는 것이다. (워너메이커)

••• 철기시대에 황금 인생을 바라서는 안 된다. (레이)

••• 알에서 깨기 전에는 병아리를 세지 마라. (이솝)

찾아보면 가진 것은 많다

늙은 남자 하나가 노먼 빈센트 필 박사를 찾아가 사업에 실패하여 무일푼이 되어버린 자신의 절망적인 상황을 고백하고 조언을 구하였다.

성공학의 대가인 필 박사는 그를 진정시킨 다음 종이와 연필을 주고 말하였다.

"당신에게 남아 있는 것을 적어 봅시다. 부인은 계십니까?"

"있습니다. 좋은 아내지요."

그는 종이에 '좋은 아내'라고 적었는데, 그 순간 그의 얼굴이 조금 풀렸다.

"자녀는요?"

"있습니다. 귀여운 세 아이가 있어요."

그는 다시 '귀여운 아이들'이라고 적었고, 그의 얼굴에 웃음이 떠올랐다.

"친구는 어떻습니까?"

"저를 믿어 주는 친구야 많지요."

그에게서 사신감이 보이기 시작했다.

"건강은 괜찮으신가요?"

"예! 늘 운동을 해왔으니까요!"

마침내 그는 다음 질문을 받기 전에 스스로 말했다.

"박사님, 이제 알았습니다. 저는 잃은 것보다 가진 것이 더 많습니다!"

그의 얼굴은 행복감으로 환하게 빛나고 있었다.

∞

무엇을 새로 가졌을 때, 그것은 보석처럼 빛나 보인다. 그러나 새 자동차는 낡아지고, 아름답던 신부 또한 늙고 병들어간다.

그러나 날로 새롭게, 날로 새롭게라는《대학》의 말처럼, 우리는 헐어지고 닳은 그것들의 처음 모습을 볼 수 있어야 한다. 아직도 내게 남아 있는 소중한 것을 발견할 줄 알아야 한다.

내가 아직껏 갖고 있는 소중한 것을 하나하나 헤아려 보자. 그것을 노트에 적어 보자. 그리고 생각해 보자. 내가 얼마나 부자인지. 내가 행복할 이유가 얼마나 많은지를…….

염려 말아요, 난 행복해요

교통사고로 다리 하나를 잃은 부인이 힘없는 걸음걸이로 병원을 찾았다. 병원 대기실에 한쪽 눈이 없는 아이가 안대를 한 채 놀고 있었는데, 부인이 염려가 되어 물어보았다.

"눈을 다쳐서 힘들지?"

"전 아무렇지 않아요. 그냥 좀 오랫동안 해적놀이를 하는 것뿐인데요, 뭘!"

새소리처럼 명랑한 아이의 말은 부인에게는 큰 충격이자 계시였다.

잠시 후 간호사가 나와 부인을 보더니 물었다.

"아주머니, 힘드시겠어요."

부인이 기쁜 표정을 지으며 대답하였다.

"괜찮아요. 해적 선장이 여자로 다시 태어난 것뿐인데요, 뭘!"

극락과 지옥

어떤 장군이 한 스님을 찾아가 물어보았다.

"불교에서는 지옥이 있다느니, 극락이 있다느니 하고 말하는가 본데, 나는 그 말을 믿을 수 없소이다. 정말로 그런 데가 있긴 있는 겁니까?"

그러자 스님이 장군에게 되물었다.

"당신은 누구요?"

"나는 병사 일만 명을 거느리는 장군이오."

스님이 장군을 비웃었습니다.

"내가 보기에 당신은 병사 백 명 거느리기도 어렵겠소. 누가 당신 같은 사람에게 병사를 일만 명이나 맡깁디까?"

그 말에 화가 난 장군이 칼을 빼들고 소리쳤다.

"건방지구나! 단칼에 베어 버리겠다!"

그러자 스님이 조용한 태도로 한 마디 하였다.

"지옥문은 이렇게 열립니다!"

그 말 한마디는 장군을 깜짝 놀라게 만들었다. 장군은 문득 깨우치는 바가 있었기 때문에 얼른 칼을 칼집에 도로 집어넣은 다음 무릎을 꿇고 스님에게 사과하였다.

"죄송합니다. 제가 워낙이 성격이 급하다 보니 큰 결례를 저질렀습니다. 용서해 주십시오."

스님이 봄바람처럼 온화한 음성으로 다시 말하였다.

"극락문은 이렇게 열립니다."

유쾌한 한때에 관한 33절

중국 출신으로 미국에서 활동한 작가 임어당(林語堂 : 린위탕)은 《생활의 발견》을 출간하여 큰 인기를 끌었다. 그는 그 책에서 서구인들은 기독교적인 윤리관에 얽매여 삶을 즐기는데 서투르다고 지적하면서 관능적이고 감각적인 즐거움을 즐길 줄 아는 중국인들의 생활 방식을 찬양하였다.

그는 우리가 그것을 발견할 줄만 안다면 우리 주변에는 즐겁고 유쾌하고 행복한 사건과 순간이 무수히 많다고 주장한다. 나무, 꽃, 폭포를 바라보는 즐거움이 있는가 하면, 시가(詩歌), 미술, 음악을 향유하는 즐거움이 있고, 사색, 우정, 담화(談話), 취미의 즐거움과, 음식, 잔치, 가족과의 단란한 한때, 봄날 따스하게 비치는 햇빛 등등 우리가 즐길 것은 많고도 많다는 것이다.

그는 서양 사람들 중에도 그런 즐거움을 누릴 줄 알았던 사람이 있었으며, 그 대표적인 사람으로서 헨리 데이빗 소로우와 월트 휘트먼을 들었다. 그는 소로우가 숲 속에 혼자 살면서 쓴 책 《월든》에 보이는 귀뚜라미에 대한 미세한 관찰과 휘트먼이 쓴 산문을 예로 들면서 그들은 작은 일상에서 즐거움을 찾을 줄 알았던 중국의 옛 예술가들과 매우 유사한 인물이라고 말하였다.

그런 다음 그는 중국 청대(淸代)의 문인 김성탄(金聖嘆)이 쓴 〈유쾌한 한때에 관한 33절〉을 소개한다. 이 글에 나오는 유쾌한 장면은 김성탄이 어느 때 한 암자에서 비에 막혀 오도가도 못하고 있던 중 그의 친구와 함께 추려낸 것이라고 하는데, 그중 몇 가지를 소개한다.

••• 때는 6월의 어느 더운 날, 해는 중천에 걸려 있고 산들바람 한 점 없다. 앞뜰이나 뒷마당이 가마솥처럼 찐다. 나는 새도 그림자를 감추고 땀은 온몸에 비 오듯 흘러내린다. 돗자리를 펴고 누워 보지만 축축하여 늘쩍지근한데, 파리 떼가 얼굴로 날아들어 귀찮기 짝이 없다. 이렇게 되면 도무지 어찌할 도리가 없어 일손을 놓을 수밖에 없다. 그때 별안간 우레 소리가 우르릉우르릉 나더니 검은 구름이 겹겹이 하늘을 덮으면서 대군(大軍)처럼 당당한 기세로 몰려온다. 이윽고 쏟아지는 빗발. 땀은 걷히고 파리는 사라지고 축축하던 기운도 없어진다. 아아, 이 또한 유쾌한 일이 아닌가!

••• 아무도 없는 빈 방에 나 혼자 멀거니 앉아 있다. 그때 새앙쥐란 놈이 나타나 바삭바삭 무엇을 쪼기 시작한다. 대체 저놈이 무엇을 쪼고 있을까, 하고 생각하고 있는데 무서운 얼굴을 한 고양이 한 마리가 꼬리를 흔들며 눈을 크게 뜨고 다가온다. 그러자 새앙쥐란 놈은 바삭! 하는 소리를 남기고 바람처럼 사라져버린다. 아아, 이 또한 유쾌한 일이 아닌가!

••• 거리를 거닐고 있는데 불량배 두 놈이 서로 싸우고 있다. 눈은 불구대천의 원수를 보는 듯하면서도 정작 손으로는 공대를 하고 허리를 굽혀 절을 하면서 이러면 안 되굽쇼, 라는 둥 저래야 하잖습니까, 라는 둥 하는 꼴이 역겹기 짝이 없다. 그때 난데없이 하늘을 찌를 듯 키 큰 사나이가 험상

궂은 표정으로 나타나 대갈일성(大喝一聲), "썩 집어치우지 못해!"하고 나무라자 두 놈은 꼬리를 빼고 도망쳐 버린다. 아아, 이 또한 유쾌한 일이 아닌가!

••• 물 항아리에서 물이 흘러나오듯이 아이들이 옛글을 유창하게 외우는 소리를 듣는다. 아아, 이 또한 유쾌한 일이 아닌가!

••• 밥을 먹고 나서 심심풀이로 헌 가방을 열어 물건을 정리하는데 거기에서 몇십 장의 차용 문서가 나온다. 갚을 사람을 헤아려 보니 몇은 이미 죽었고 몇은 받을 가망이 없다. 문득 마당에 나가 차용 문서를 모두 불태우며 그것들이 연기가 되어 없어질 때까지 흐뭇한 마음으로 바라본다. 아아, 이 또한 유쾌한 일이 아닌가!

••• 아침에 눈을 뜨니 어젯밤에 누가 죽었다고 사람들이 수근거린다. 알아보니 동네에서 제일 잇속을 차리는 영감쟁이 녀석이다. 아아, 이 또한 유쾌한 일이 아닌가!

••• 깊은 겨울 밤, 홀로 술을 마시고 있는 동안 방 안이 추워진 것을 깨닫고 창문을 열어 본다. 함박눈이 펄펄 내린다. 벌써 마당에는 서너 치나 눈이 쌓였다. 아아, 이 또한 유쾌한 일이 아닌가!

••• 여름날 오후 큰 소반에 새파란 수박을 놓고 큰 칼로 턱! 가르니 새빨

간 속이 장쾌하게 드러난다. 아아, 이 또한 유쾌한 일이 아닌가!

••• 음부에 조그만 습진이 생겨 가렵다. 더운물을 데워 김을 쏘이기도 하고 뜨끈하게 적시기도 한다. 싫지 않은 가벼운 통증. 아아, 이 또한 유쾌한 일이 아닌가!

••• 누가 붓으로 아래위 한 길이나 되는 큰 글씨를 쓰는 것을 옆에서 바라본다. 아아, 이 또한 유쾌한 일이 아닌가!

••• 창문을 열고 말벌을 내쫓는다. 아아, 이 또한 유쾌한 일이 아닌가!

••• 어떤 사람이 날리고 있던 연이 바람에 끊겨 날아가는 것을 멀리 바라본다. 아아, 이 또한 유쾌한 일이 아닌가!

••• 십 년 묵은빚을 다 갚아 버린다. 아아, 이 또한 유쾌한 일이 아닌가!

∞

얼마 전에 조카딸이 결혼하게 되었다. 누님에게 들으니 신랑의 아버지는 몇 해 전에 암에 걸렸다가 나으셨다고 한다. 그래서 모든 사물이 아름답게 보이고, 모든 일이 고마워 보인다는 것이었다. 그런 마음이다 보니 새로 들어온 며느리에게도 고마운 마음을 갖고 계셔서, 친딸 못지않은 정을 보이신다는 것이었다.

그분의 입장이 되어 보지 않아서 나는 그 기분을 짐작만 할 뿐이지만, 여기 김성탄이 있다. 그는 암이 걸렸다가 나은 경험이 없는데도 작은 일에서 행복을 발견할 줄 안다. 나 또한 그런 사람이고 싶다. 그런 마음으로 나는, 김성탄의 글 끝에 내가 마지막으로 되고 싶은(얼마쯤은 나도 경험했다고 할 수 있는) 느낌을 담아 이렇게 적는다.

••• 내가 살아 있다. 내가 지금 살아 있다. 살아 있기에 나는, 구름 한 점 없이 코발트빛으로 새파랗게 열린 북녘 하늘을 쳐다본다. 그리고 느낀다. 하늘이 참 아름답다고. 능금빛 아침노을보다도 아름답고, 토마토빛 저녁 노을보다도 아름답다고 느낀다. 꽃보다도 아름답고, 음악보다도 아름답고, 사랑보다 아름답다고 느낀다. 영원에 이르도록, 무한에 이르도록 아름답다고 느낀다. 아아, 이 또한 행복한 일이 아닌가!

나는 쥐를 먹지 않는다

혜시(惠施)는 장자(莊子)의 절친한 친구이자 논적(論敵)이었다. 두 사람은 세상을 이해하는 태도에 있어 정반대에 가까웠기 때문에 자주 사상적인 논쟁을 벌였다. 혜시는 위(魏)나라의 수도인 양(梁)에서 재상을 지냈지만 장자는 벼슬을 하지 않고 시골에서 살았다.

어느 때 장자가 양으로 혜시를 찾아간 적이 있었다. 마침 혜시는 자리에 없었는데 장자가 돌아가고 나서 혜시의 측근이 혜시에게 말하였다.

"그가 재상님을 만나러 온 것은 재상님을 밀어내고 그 지위를 차지하기 위해서일 것입니다."

혜시는 곧 장자를 찾기 시작하였다. 사흘 낮밤 동안 그가 나라 안을 샅샅이 뒤졌으므로 그 때문에 백성들을 큰 소란에 휩싸였다.

장자는 그 소식을 듣고 다시 혜시를 찾아가서 말하였다.

"여보시오, 혜시 선생. 저 남쪽 나라에 원추(鵷雛)라는 새가 있소. 그 새는 보통 새가 아니어서 한번 큰 뜻을 일으켜 북해로 날아갈 때 오동나무가 아니면 앉아 쉬지 않고, 대나무 열매가 아니면 먹지를 않으며, 단물 샘이 아니면 마시지를 않소. 그런데 원추가 구름처럼 웅장한 날개를 펴고 날아가고 있을 때 올빼미 한 마리가 썩은 쥐 하나를 물고 막 먹으려고 하고 있다가, 그 엄청난 기세에 놀라 억! 하고 비명을 질렀다 하오."

장자가 말하였다.

"혜시 선생, 당신이 지금 올빼미가 되어 썩은 쥐를 입에 물고 나를 향해

억! 하고 비명을 지르는 거요?"

더러운 말을 들은 귀를 씻다

요(堯)임금이 허유(許由)를 찾아가서 말하였다.

"당신은 어진 덕으로써 널리 알려져 있으니 나를 이어 천하를 맡아 다스려 주기 바라오."

허유가 거절하여 말하였다.

"나는 재주가 없고 덕이 모자라 도저히 천하를 다스릴 수 없으니 임금께서는 다른 사람을 찾도록 하십시오."

요임금이 돌아가자 허유는 냇물에 나가 귀를 씻었다.

이때 허유의 친구인 소부(巢父)가 소에게 물을 먹이려고 왔다가 허유가 귀를 씻는 것을 보고 물었다.

"왜 귀를 씻는 거요?"

"입에 올리기도 싫은 말을 들어 귀가 더러워졌기 때문에 씻고 있소."

허유로부터 전말을 다 듣고 난 허유는 문득 소를 끌고 상류로 올라갔다. 허유가 어디로 가는지 묻자 소부가 대답하였다.

"급히 상류로 가려 하오. 당신의 귀를 씻은 더러운 물을 내 소에게 먹일 수는 없지 않소?"

할 일이 끝났으니 나는 가오

로마 시대에 신시태터스라는 사람이 있었다. 그는 큰 부자에 높은 직책을 맡은 적이 있었지만 정쟁에 휘말려 하루아침에 모든 것을 잃고 말았다. 그러자 그는 시골로 내려고 농사를 지으며 나날을 보냈다.

그러던 어느 때 산적들이 로마를 공격하여 로마군이 곤경에 빠지는 일이 생겼다. 로마군은 계곡에 갇혀 길 양편을 막고 공격하는 산적들과의 전투에서 고전하고 있었다.

이 소식이 전해지자 원로원에서 회의가 열렸는데, 의원들은 신시내터스야말로 이 일을 잘 수습할 수 있는 유일한 사람이라는 결론을 내렸다. 그래서 신시내터스에게 사람을 보내어 국가를 위해 일해 달라고 청하였다.

신시내터스는 원로원의 청을 수락하고 로마군의 지휘권을 인계 받았다. 그는 교묘한 작전을 펼쳐 산적들을 물리치는데 성공하였다. 로마 시내는 축제 분위기에 휩싸였고, 원로원은 신시내터스에게 높은 직위를 제공하기로 의결하였다.

그러나 원로원이 감사의 말을 할 시간도 주지 않고 신시내터스는 곧바로 자기 농장으로 돌아가 버렸다. 그는 단 16일 동안만, 로마가 위태로웠던 때에 한해서만 로마군의 지도자였던 것으로 만족하였던 것이다.

왕위를 사양하노라

춘추시대 오(吳)나라에 계찰(季札)이라는 왕자가 있었다. 그는 매우 현명하였기 때문에 위로 형이 셋이나 있었지만 아버지는 그를 세자로 삼으려 하였다. 그러나 그가 굳이 듣지 않았으므로 하는 수 없이 왕은 첫째 왕자인 제번(諸樊)에게 왕위를 물려주고 죽었다.

새로 왕이 된 제번은 아버지의 상(喪)을 벗을 때까지는 왕위에 있었으나 상을 끝내자 아버지의 본심을 생각하여 막내 동생인 계찰에게 왕위를 넘기고자 하였다. 그러나 계찰은 또다시 왕위를 사양하며 이렇게 말하였다.

"조나라 선공(宣公)이 죽었을 때 그의 서자인 부추(負芻)가 태자를 살해하고 왕위를 계승하여 성공(成公)이라 칭했습니다. 그때 제후들과 조나라 사람들은 성공을 의롭지 못한 사람이라고 욕하며 다른 서자인 자장(子臧)을 세우로 하였습니다. 그러자 자장은 도망쳐 버림으로써 성공의 지위를 안전하게 하였고, 군자들은 자장의 행동을 칭찬하였습니다.

지금 군왕께서는 자격을 갖춘 후계자이시기 때문에 아무도 그 지위를 범할 수 없습니다. 저는 아무 재능도 없는 사람으로서 감히 자장의 절의(節義)를 따르고자 합니다."

이렇게 거절하였지만 오나라 사람들이 거듭거듭 계찰을 왕으로 세우려 하였으므로 계찰은 마침내 시골로 피하여 농사를 짓고 살았다.

얼마 뒤에 제번왕이 죽었다. 그는 죽으면서 왕위를 아우 여제(餘祭)에게 물려주었다. 제번왕은 자기가 그랬듯이 다음 아우들이 왕위를 이어받다 보면 마지막에는 계찰에게 왕위가 돌아가게 될 것이라고 생각했던 것이다.

여제왕은 즉위한 뒤에 아우 계찰을 연릉(延陵)에 봉하였다. 계찰은 이를 받아들여 벼슬을 살게 되었다.

어느 때 오나라에서는 계찰로 하여금 사신 자격으로 여러 나라를 돌며 우호를 다지게 한 적이 있었다.

계찰은 제(齊)나라에 이르러 대신 안영(安嬰)을 만나 말하였다.

"그대는 속히 식읍(食邑)과 정사(政事)를 임금께 반납하십시오."

"왜 그런 말을 하는 겁니까?"

"그래야 화를 면할 수 있습니다. 제나라의 정권은 곧 다른 사람의 손으로 옮아갈 것입니다."

안영은 그의 말에 따랐는데 과연 일은 그가 예측한 대로 되었다. 그 때문에 안영은 난으로부터 몸을 보호할 수 있었다.

계찰이 척(戚) 땅에 이르렀을 때였다. 숙사에 들려고 하는데 어디서 음악 소리가 들렸다. 계찰은 음악 소리를 듣더니 중얼거렸다.

"괴상한 일이다. 내가 듣기로 '아무리 지략이 뛰어나다 해도 덕이 없으면 몸을 보존할 수 없다.'고 한다. 그런데 이곳을 다스리는 손문자(孫文子)는 헌공(獻公)에게 죄를 짓고 쫓겨 왔으니 두려워하고 근신하여도 부족할 터인데 음악을 즐기는구나. 이곳은 위험하다."

계찰은 곧 행장을 꾸려 그곳을 떠났는데, 그 말을 전해들은 손문자는 평생 음악을 가까이 하지 않았다.

계찰은 진(晉)에 도착하여 조문자(趙文子), 한선자(韓宣子), 위헌자(魏獻子) 등을 만난 다음 말하였다.

"진나라는 장차 이들 세 가문의 소유가 될 것이다."

그리고 이 일도 뒷날 그의 말대로 되었다.

얼마 뒤 여제왕이 죽고 그 아우인 여말(餘末)이 왕이 되었다. 그리고 몇 년 뒤에는 여말왕도 죽었다. 그리하여 마침내 넷째 왕자인 계찰에게 정당하게 왕위를 계승할 권리가 돌아왔지만 계찰은 끝까지 왕이 되기를 거부하고 도망쳐 숨어 버렸다.

오나라 사라들이 공론하였다.

"선왕께서 형이 죽으면 아우들에게 차례로 물려 왕위가 계찰에게 이르도록 하라고 하셨다. 그러나 계찰은 왕위를 사양하고 도망쳐 버렸으니 어찌하면 좋을까?"

그들은 결국 여말왕의 아들인 요(僚)를 왕으로 삼았다. 그리고 그로부터 오나라는 왕위를 둘러싼 피비린내 나는 정쟁에 휘말렸다. 첫째 아들이었던 제번의 아들(큰조카 광)을 제쳐두고 셋째 아들이었던 여말의 아들(작은조카 요)이 왕이 되었기 때문이다.

광은 갖은 계략을 동원하여 결국 오나라를 차지하여 왕이 되었다. 그가 합려(闔閭)인데, 합려는 오나라를 차지한 데 만족하지 않고 이웃 나라를 자주 침략하였다. 그런 끝에 결국에는 월나라의 구천(句踐)과의 전투에서 패하여 죽고 말았다.

그러자 합려의 손자인 부차(夫差)가 대를 이어 할아버지인 합려를 위해 구천과 전쟁을 벌여 승리하였다. 그때 전쟁에서 진 구천은 합려 휘하에서 종살이를 하는 조건으로 항복하여 갖은 수모를 겪으면서 살아남았다. 그런 끝에 고국으로 돌아가 힘을 기른 다음 합려와 전쟁을 벌여 합려를 사로잡아 죽였다.

왕위를 네 번이나 사양한 계찰의 이야기가 끝에 이르러 피비린내 나는 와신상담(臥薪嘗膽)의 고사로 이어졌다.

만일 그때 계찰이 왕위를 순순히 이어받았다면 어떻게 되었을까. 계찰이 왕위를 사양한 것은 물론 아름다운 행위였다고 하겠지만, 다른 쪽에서보면 그것은 자기 앞에 닥친 책임을 회피한 비겁한 행위가 아니었나 하는생각도 들어 이런 가정을 해보게 된다. 세종대왕이 계찰처럼 왕위를 사양했을 경우를 상상해 보면 이런 가정이 전혀 무의미한 것이 아님을 알 수 있다.

그러면서도 계찰의 결정에 이해가 되는 점이 있다.

사람은 행복하기 위해서 산다. 그리고 행복이 무엇이냐고 물으면 저마다 다른 답을 내놓는다. 계찰과 조카들은 그 점에서 서로 달랐다. 조카들에게는 왕위에 올라 천하를 호령하는 것은 행복한 일이었고, 계찰에게는그것이 행복한 일이 아니었다. 그래서 왕위를 사양한 것뿐이었다. 결국 조카들이 그랬듯이 그 또한 단지 자기가 행복하다고 여기는 쪽으로 나아간 것이었다.

다만, 조카들은 행복을 향해 나아갔지만 불행한 결말을 맞았다. 그렇다면 계찰은? 역사가 그의 끝이 어떠했는지를 말하고 있지 않기 때문에 알 수는 없으나, 적어도 그는 불행을 만나지는 않았으며, 아마도 무척이나 행복한 삶을 살았을 것이라고 필자는 믿어 의심치 않는다.

물론 세종대왕처럼 능력 있는 사람이 영향력 있는 자리에 올라 자신과 함께 세상 모든 사람에게 이익을 줄 수 있으면 가장 좋다. 그러나 남에게 큰 행복을 줄 수 없다고 생각된다면, 그것이 비록 많은 사람이 탐내는 왕위라고 할지라도 흔연히 포기하는 것 또한 매우 좋은 일일 것이다.

왕위만이 아니다. 자기 능력에 벗어나거나 자기의 취향에 맞지 않은 자리에 있는 것. 그것은 나 자신에게 짐이 되고, 그 짐은 마침내 나의 행복을 저해한다. 그리하여 마침내는 남의 행복까지도 저해한다. 그것은 사단장에 머물렀으면 좋았을 아무개 장군이 억지로 대통령이 되려고 함으로써 자신과 국민을 모두 불행으로 몰아 넣은 사례를 보면 잘 알 수 있는 일이다.

그렇다면 나는 지금 내게 알맞은 정도의 자리에 있는 것일까. 내가 분에 넘치는 자리에 있는 것은 아닐까. 혹은 내 자리가 내 능력에 비해 너무 낮은 것은 아닐까.

나에게 너무 가벼운 짐을 지우면 세종대왕이 평범한 왕자로서의 삶에서 그치게 된다. 너무 욕심을 내면 와신상담의 주인공이 된다. 무거운 짐을 지고 싶지만 내게 그런 자리가 주어지지 않기도 하고, 욕심을 내지 않으려 하는데도 하는 수 없이 책임 있는 자리를 맡아야 하는 경우도 있다.

그래서 삶은 어렵다. 그러나 그 어려움 속에서도 우리는 적절한 중도를 찾아야 한다. 왜냐하면 행복이 바로 거기에 달려 있기 때문에.

나는 아내가 없어 행복하다

어느 때 붓다가 한 마을 방문하여 밧디야라는 사람과 다음과 같은 대화를 나누었다.

밧디야 "나에게는 재산이 있습니다. 그래서 나는 행복합니다."

붓다 "나는 아무 것도 가진 것이 없다. 그래서 나는 행복하다."

밧디야 "나에게는 편히 쉴 집이 있습니다. 그래서 나는 행복합니다."

붓다 "나에게는 거처가 없다. 그래서 나는 행복하다."

밧디야 "나에게는 유순한 아내가 있습니다. 그래서 나는 행복합니다."

붓다 "나에게는 아내도 가족도 없다. 그래서 나는 행복하다."

∞

그러나 불교가 단지 아무것도 갖지 않는 것만으로 행복해진다고 말하고 있는 것은 아니다. 무소유는 완전한 행복의 필요조건을 제공할 뿐 충분조건까지 제공하는 것은 아니다. 무소유자가 되었으면 그 다음에는 계율을 지키면서 명상 수행을 하여 깨달음을 얻어야 한다.

다음은 깨달음을 얻은 초기 불교의 승려들이 읊은 시(偈頌: 게송)이다.

> 비구름을 일으키는 천둥이 울면
> 수행자는 동굴로 돌아가 선정(禪定: 깊은 명상 상태)에 잠기나니
> 그는 이보다 더 나은 즐거움을 알지 못하네.

각양각색의 관목 더미에 묻힌 강가에서
꽃에 휩싸여 고요한 마음으로 선정에 잠기나니
그는 이보다 더 나은 즐거움을 알지 못하네.

들판에서 들려오는 짐승의 포효를 들으며
수행자는 동굴로 돌아가 선정에 잠기나니
그는 이보다 더 나은 즐거움을 알지 못하네.

온갖 생각을 다스려 번뇌를 잊고
산속 바위틈에 앉아 선정에 잠기나니
그는 이보다 더 나은 즐거움을 알지 못하네.

평안을 얻어 오염과 난폭과 근심을 여의었으며
빗장을 열고 화살을 뽑아 아무 욕망도 없이
일체의 오염에서 벗어나 선정에 잠기나니
그는 이보다 더 나은 즐거움을 알지 못하네.

죽은 바다, 산 바다

　이스라엘에는 요단강 근처에 두 개의 큰 호수가 있다. 하나는 죽은 바다, 즉 사해(死海)라고 불리고, 다른 하나는 산 바다, 즉 생해(生海)라고 불린다.

　사해에는 다른 곳에서 물이 흘러들어오기만 하고 빠져나가지는 않는다. 생해에는 다른 곳에서 물이 흘러들어오기도 하고 빠져나가기도 한다.

　옹졸한 사람은 사해와 같다.

　너그러운 사람은 생해와 같다.

　불행한 사람은 사해와 같다.

　행복한 사람은 생해와 같다.

　'인색한 사람이 돼지와 같고, 베푸는 사람이 암소와 같다.'는 비유도 있다.

　어느 때 한 부자가 친구에게 말하였다.

　"나는 내 재산을 죽은 다음에 사회에 환원하기로 한 유언서에 서명한 지 십 년이 넘었네. 그런데도 왜 사람들이 나를 인색하다고 비난하는지 모르겠어."

　친구가 말하였다.

"어느 날 돼지가 암소에게 말했다네. '나나 너나 죽어서 고기를 주는 것은 똑같은데 왜 사람들은 너는 칭찬하고 나는 욕하는 거냐?' 그러자 암소가 대답했더군. '너는 죽은 다음에만 고기를 주지만 나는 살아 있을 때 우유도 주거든.'"

어떤 돈 많은 구두쇠에게 스승이 주먹을 쥐어 내밀고 물었다.
"가령 내 주먹이 이대로 영영 펴지지 않는다면?"
"그거야 병신입죠."
스승이 이번에는 주먹을 펴 보이고 물었다.
"그럼, 이 손을 영영 접을 수가 없다면?"
"그것도 병신입죠."
스승이 말하였다.
"그 두 가지를 잘 이해하기만 한다면 당신은 즐거운 부자가 될 텐데!"
그 뒤로 부자는 쥐고 펼 줄을 알게 되어 좋은 평판을 얻었다.

삶은 행복하자고 사는 것이다. 그러므로 행복은 인생 최고의 가치라고 할 수 있다. 그리고 행복은 베푸는 일과 관계가 있다.
인색한 자는 나중에 행복하기 위해 지금 움켜쥔다.
너그러운 자는 손을 펴서 베풀고 지금 행복하다.

베풀면 돌아온다

어느 어촌에 가난한 과부가 살고 있었다. 어느 날 먹을 것이 떨어지자 그녀는 마을의 부자에게 가서 말했다.

"저에게 빵을 적선해 주십시오."

그러자 부자가 대답했다.

"나는 금방 현명한 솔로몬왕을 만나고 왔는데, 그분은 나에게 말했소. '공짜를 좋아하는 것은 죄이다.' 나는 당신이 죄를 짓는 일을 돕고 싶지 않소."

"거저 주실 수 없다면 빌려 주십시오. 훗날 갚겠습니다."

"그것도 안 되오. 솔로몬왕이 '남에게 빌린다는 것은 그의 노예가 되는 것이다.' 라고 말했기 때문이오. 나는 외국인만을 노예로 쓰고 있소. 아브라함의 자손인 당신을 나의 노예로 삼고 싶지 않단 말이오."

여자가 다시 사정했다.

"그럼 당신은 내가 굶주려 죽는 것을 바라는 겁니까? 하느님께서 그것을 옳다고 하실까요?"

부자가 웃으며 말하였다.

"솔로몬왕은 또한 말했소. '소유자가 없이 버려진 물건을 갖는 것은 죄가 되지 않는다.'고. 내 창고가 지금 열려 있으니 그곳으로 가 보시오. 나는 왕에게 밀가루를 갖다 드리려고 그것을 창고에서 꺼내는 동안 꽤 많은 양의 밀가루를 흘렸소. 그것은 내 소유도 아니고 왕의 소유도 아니오. 당신이 그것을 가져가는 것은 죄가 되지 않소."

여자가 창고에 들어가 보니 과연 부자가 말한 그대로였다. 여자는 그것을 쓸어 모아 집으로 가져가 빵 세 개를 구울 수 있었다.

그녀가 막 빵을 먹으려 할 때였다. 누가 문을 두드리기에 열어보니 어떤 남자가 애원하는 것이었다.

"제발 저에게 빵 하나만 적선해 주십시오."

그녀는 남자를 불쌍하게 여겨 빵 하나를 건네주었다.

그렇지만 두 번째 빵을 막 먹으려는데 또다시 누가 문을 두드리는 것이었다. 여자가 문을 열어보니 어떤 여자가 알몸으로 서서 애원하였다.

"도적떼의 습격을 받아 가진 것을 모두 잃었어요. 빵 한 덩어리를 주시는 것으로 저를 살리실 수 있습니다."

여자는 그녀에게 두 번째 빵을 주었다.

그녀는 마지막 남은 빵 하나를 먹으려고 의자에 앉았다. 그때였다. 순식간에 광풍이 몰아치더니 그녀의 집 지붕을 휭 날려 버리는 것이었다. 그녀가 손에 쥐고 있던 빵도 광풍에 허공으로 날아가 버리고 말았다.

이튿날 아침 어제 하루 온종일 아무것도 먹지 못한 데다가 집까지 파손당한 여자는 멍한 표정으로 하염없이 앉아 있었다. 아무리 생각해도 그녀는 하느님의 처사를 이해할 수 없었다. 낯모르는 두 사람에게 자기의 빵을 나눠 준 선행을 했음에도 불구하고 하느님은 폭풍우를 몰아쳐 나머지 빵 흰 조각까지 뺏어가 버리시지 않았던가.

마침내 그녀는 이 문제를 세상에서 가장 현명한 판관이라는 평판을 듣고 있는 솔로몬왕에게 탄원해야겠다고 생각했다. 그녀는 굶주려 있었지만 있는 힘을 내어 왕궁을 찾아갔다.

솔로몬왕은 그녀의 탄원을 듣고 나서 그녀에게 먹을 것을 주도록 신하들에게 명령하였다. 그런데 그때 마침 세 명의 외국인들이 찾아와 왕을 만나 뵙기를 청했기 때문에 왕은 그들을 불러들였다.

외국인들은 왕을 만나자 이렇게 말했다.

"저희는 아랍 상인들입니다. 금은보화를 배에 가득 싣고 다른 나라로 가던 중에 폭풍을 만나게 되어 여러 신에게 바람을 잠재워 달라고 기도를 올렸지만 소용이 없었습니다. 그러다가 생각다 못해 이스라엘의 민족신에게 기도를 올렸습니다. '폭풍우를 잠재워 주시면 저희가 갖고 있는 모든 금은보화를 당신께 바치겠습니다.' 그러자 폭풍우가 갑자기 멎었습니다. 그래서 저희는 이스라엘의 신께 금은보화를 바치려면 어떻게 해야 하는지를 알기 위해 대왕을 찾아온 것입니다."

그들의 이야기를 옆에서 듣고 있던 여자가 솔로몬왕에게 아뢰었다.

"하느님께서는 저의 빵은 빼앗으시고 이들의 목숨은 구해 주셨습니다."

이상하게 여긴 상인들이 여자의 사정을 묻자 여자는 어제 그녀에게 일어난 일을 자세히 이야기해 주었다. 그러자 상인들의 우두머리가 품안에서 빵 한 덩어리를 꺼내 보이며 묻는 것이었다.

"어제 바람에게 빼앗긴 부인의 빵이 이것입니까?"

여인이 보니 과연 그 빵이었다. 여인이 맞다, 고 대답하자 상인의 우두머리가 고개를 끄덕이며 말하는 것이었다.

"금은보화의 새 주인이 누구인지 알겠습니다."

독특한 치료법

버나드 쇼는 노벨 문학상을 수상한 영국의 유명한 극작가이다. 그에 대해 처칠은 다음과 같이 말하였다.

"말하는 그대로 실행에 옮기는 사람은 드물고, 조지 버나드 쇼처럼 실행에 옮기는 사람은 아무도 없다. 그는 성인이요 현자이며, 광대요 존경 받을 사람이며, 심오하고 매력적인 사람이다.

버나드 쇼는 유명한 독설가로서 남에게 상처를 주는 말을 잘하는 사람이었지만 다른 한편 봉사 정신이 투철하였다.

어느 때 그가 몸이 불편하여 의사를 불렀다. 의사는 하도 황급하게 달려오는 바람에 도착하자마자 의자에 쓰러지더니 숨을 헐떡이는 것이었다. 깜짝 놀란 쇼가 침대에서 벌떡 일어섰다.

"왜 그러십니까?"

"나는 곧 죽을 것만 같소."

쇼는 모기 소리로 대답하는 의사를 돕기 시작했다. 더운물을 데워 수건에 적셔 이마에 얹고 사지를 주물러 주는 등 반 시간 동안 보살펴주자 의사의 병세는 치도를 보였다.

"이제 좀 살 것 같소."

의사의 말에 버나드 쇼는 의자에 앉으며 이마에 돋은 땀을 닦았다.

"그만해도 참 다행이오."

그런데 의사는 손을 내밀며 말하는 것이었다.

"자, 이제 치료비를 주시오."

어이가 없어진 쇼가 말하였다.

"치료비는 내가 받아야 할 판이오. 그리고 치료비를 달라고 하는 당신은 내 병세에 대해서는 한마디 물어본 일도 없잖소?"

의사가 웃었다.

"그런 건 물어서 뭣합니까? 처음 내가 도착했을 때 당신은 침대에 누워 앓고 있었소. 그러나 지금은 멀쩡하지 않습니까? 누가 당신을 낫게 만들었지요?"

의사는 그의 봉사 정신을 이용하여 그를 낫게 하였던 것이다. 버나드 쇼는 의사의 교묘한 치료술을 인정하였다.

"그렇소. 나를 낫게 한 건 틀림없이 당신이오."

쇼는 의사에게 진료비를 주었지만 의사가 말하였다.

"남을 돕겠다는 마음은 이렇게 자기를 낫게 하지요. 당신에게 봉사하는 마음이 없었더라면 내 방법으로 병을 낫게 할 수 없었을 겁니다. 그러니 오늘은 치료비를 받지 않고 그냥 가겠습니다. 그렇긴 합니다만, 아픈 체하는 연기를 하느라고 제가 좀 지친 것 같으니 와인이나 한잔 주십시오."

황제에게 줄 수 있는 사람

착하고 의롭다고 알려진 포키온에게 알렉산더 대왕이 백 탈렌트의 돈을 하사하였다. 그러자 포키온이 돈을 거절하면서 말하였다.

"만일 내가 돈을 받는다면 지금까지 착하고 의롭던 내가 착하고 의롭지 않게 되어 황제의 명예와 현명함까지 훼손됩니다. 나는 돈을 받지 않겠습니다. 그럼으로써 나 자신도 지금까지와 변함없이 착하고 의롭도록 하고, 황제 또한 전과 다름없이 나를 아름다운 사람으로 여기실 수 있도록 돕고 싶습니다."

결국 그 돈은 황제에게로 돌아갔다. 그 결과 포키온은 황제로부터 무엇을 받는 자가 아니라 황제에게 무엇을 줄 수 있는, 왕국 안에서 가장 부유한 자가 되었다.

행복은
따뜻한
마음에
온다

파
랑
새
는
어
디
에

들어주기, 웃어 주기, 어루만져 주기

　스물일곱 살에 이미 백만장자가 되었고, 평생에 걸쳐 남에게 베푸는 것을 목표로 돈을 번 것으로 유명한 폴마이어는 SMI의 창설자인데,《베풂의 기술》이라는 책은 그의 사상과 행적을 바탕으로 쓰여진 것이다. 그가 겪은 다음 이야기는 베푸는 것이 비단 물질만은 아니라는 것과 '주는 손이 받는 다' 는 진실을 잘 보여준다.

　어느 날 폴은 날 길을 가다가 경치 좋은 별장 앞에 서 있는 멋진 스포츠카 한 대를 발견했다. 그는 차 번호를 적어 차 주인의 주소와 전화번호를 알아낸 다음 이름 모를 백만장자에게 다음과 같은 편지를 띄웠다.

　"그렇게 아름다운 별장과 스포츠카를 가진 분이라면 틀림없이 성공의 비결을 알고 계실 것이라 생각하여 편지를 보냅니다. 부디 십오 분간만 저에게 그 비결을 가르쳐 주시기 바랍니다."

　그런 다음 폴은 여러 차례 전화를 걸어 백만장자에게 만나줄 것을 부탁했지만 번번이 거절당했다. 폴은 아주 끈질긴 사람이었다. 그는 끊임없이 백만장자를 설득하여 마침내 그를 만날 수 있었다.

　폴은 백만장자가 성공의 비결을 설명하는 동안 그가 세상에 단 한 사람밖에 없는 성공자라고 여기는 자세로 그가 하는 말을 메모하며 경청하였다. 폴이 그에게 보여준 신뢰와 존경심, 그리고 삶을 배우려는 열정적인 자세는 백만장자를 크게 감동시켰다.

　백만장자는 처음에는 정말로 단 십오 분만을 그에게 할당할 생각이었다

그러나 사람은 자기를 알아주는 사람에게는 마음을 여는 법이다. 백만장자는 이십 대 초반의 청년의 순수한 열정과 성심에 반하여 두 시간을 그와 함께 보내게 되었다.

마침내 이야기가 끝났을 때 폴은 백만장자의 한 시간은 자기의 수백 시간이나 마찬가지라고 생각한다고 말하며 정중하게 감사의 뜻을 표했다.

"사람들은 시간을 대수롭지 않게 여기기도 합니다만 저는 그렇게 생각하지 않습니다. 선생님께서는 저에게 두 시간을 내주셨고, 그것은 선생님께서 저에게 엄청난 돈을 주신 것이나 마찬가지입니다. 진심으로 감사드립니다. 오늘 주신 교훈은 저의 일생을 획기적으로 바꿔 줄 것이라고 믿어 의심치 않습니다."

당시 폴 마이어의 직업은 생명보험 회사의 세일즈맨이었다. 그렇지만 그는 백만장자와의 만남을 기회로 생명보험을 팔 생각은 하지 않았다. 그는 백만장자에게 성공의 비결만을 배울 생각이었던 것이다.

폴 마이어가 감사의 인사를 하고 백만장자에게서 떠나려는 순간 상대방이 그에게 다시 앉을 것을 권하며 물었다.

"그런데 당신은 무얼 하는 사람이오?"

폴은 그제서야 자기가 생명보험 회사의 세일즈맨이라는 것을 밝혔다. 그러자 백만장자는 고개를 끄덕이며 엄청난 금액의 보험 계약을 성사시켜 주는 것이었다.

세상은 '주고-받는' 관계로 이루어진다. 그런데 주고받는 것이 물질에 한정되기만 하는 것은 아니다. 주고받는 것이 마음일 때도 있고, 주는 것이 마음이고 받는 것이 물질일 때와, 그 반대일 때도 있는 것이다.

이 이야기의 경우를 보면 폴 마이어는 백만장자에게 '정성스러운 경청'을 주었고, 그것이 보험 계약, 즉 '물질(돈)'로 돌아왔다. 물론 그가 그런 결과를 기대하고 '마음을 준' 것은 아니었다. 그렇게 되면 마음가짐의 '순서'가 바뀌게 되어 그의 '성심성의'는 '작전', 또는 '계교'가 되어버린다.

물론 작전이나 계교로써 같은 결과를 이끌어낼 수도 있긴 하다. 그러나 그런 결과는 나중에 탈을 일으킨다. 그에 비해 진심이 깃든 '마음 줌'은 서로간의 우의와 행복을 증진시킨다.

가난한 자가 부유한 자에게 줄 수 있는 것이 성심성의만 있는 것도 아니다. 한번의 미소, 한번의 어루만짐도 '주는' 행위가 될 수 있다. 남의 말을 들어 '주는' 것이 주는 것이듯, 웃어 '주는' 것, 어루만져 '주는' 것도 아름다운 기부 행위인 것이다.

마더 테레사 수녀

욕망을 부정하는 점에서는 기독교도 불교, 이슬람교와 다를 바가 없다. 예수는 '마음이 가난한 자는 복이 있다.'고 말하였고, 아씨지의 프란체스코는 아버지가 물려준 모든 재산을 포기하여 청빈한 삶을 선택하였다. 20세기의 가장 위대한 봉사자라고 할 수 있는 마더 테레사 또한 이 전통을 이어받았다.

본명이 아그네스 공스하인 테레사는 옛 유고슬라비아 스코페에서 태어나 열여덟 살에 수녀가 되었으며, 1950년 인도의 콜커타(캘커타)에 '사랑의 선교회'를 세우고 평생을 바쳐 가난한 사람과 버려진 사람을 도왔다.

'하느님의 몽당연필' 이기를 원했던 그녀는 이렇게 말하였다.

"쓰다 남은 것을 주려 하지 말고 고통이 따를 때까지 지금 가진 것을 남에게 베푸십시오."

"가난은 '자원'입니다. 가난한 이들은 '고통'과 '고된 일'이라는 '자원'을 가지고 있습니다."

"가난은 '경이'입니다. 청빈을 체험하는 사람은 '행운아'입니다."

"영적 生活은 가난한 사람을 섬기는 것입니다."

"우리가 원하는 것은 빈자와 부자라는 두 계급이 투쟁하는 것이 아니라 서로 만나는 것입니다."

"이기심에 사로잡힌 어른들이 아이들의 생명을 해치는(태아를 유산시키는) 나라는 가장 가난한 나라입니다."

또한 그녀는 자기를 따르는 수녀들에게 말하였다.

"모금하지 마십시오. 돈 버는 일을 하지 마십시오. 우리는 우리가 한 일의 양에 따라서가 아니라 우리가 쏟은 사랑의 무게로써 하느님에게 평가받게 됩니다."

마더 테레사는 1979년에 노벨 평화상과 함께 받은 상금을 나환자 구호소 건립 기금으로 내놓았고, 심장병으로 죽음이 임박해오자 자기를 치료하지 말라면서 이렇게 말하였다.

"내게 드는 치료비 때문에 가난한 사람들이 치료받지 못합니다. 그러니 나를 내가 돌보던 가난한 사람들처럼 죽게 해 주십시오."

테레사 수녀는 자신이 가난한 사람을 '돕는다' 거나 자신이 남에게 '봉사하고 있다' 고 생각하지 않았다. 그녀에게 가난한 사람을 돕는 일이 '하느님으로부터 받은 아름다운 소명' 이었다. 그녀는 자신이 가난한 사람을 돕는 것이 아니라 그들로부터 도리어 도움을 받고 있다고 생각하였다.

마더 테레사 수녀는 인종, 국가, 성별, 종교, 이념의 벽을 넘어 동시대의 모든 사람으로부터 존경 받은 거의 유일한 사람일 것이다. 예수는 동시대인의 미움을 받았고, 소크라테스도 아테네 시민 절반 이상의 찬성으로 사형 선고를 받았으며, 공자도 미워하는 자가 있었다. 붓다는 동시대인으로부터 크나큰 존경을 받았지만 그것은 인도 지역에 국한된 것이었는데, 테레사 수녀는 그 모든 벽을 넘어서 전 인류적인 존경심을 받은 헌신자였던 것이다.

로마교황청은 2003년 10월 19일 마더 테레사를 복자(福者)의 반열에 올려 그녀의 아름다운 삶을 기렸다.

욕심은 이렇게 커진다

수행자 한 사람이 숲 속에서 혼자 살며 도를 닦고 있었다. 그에게는 그가 아주 소중하게 여기는 한 권의 경전이 있었고, 그는 매일같이 그것을 읽으며 시간을 보냈다.

얼마의 시간이 흐른 뒤 쥐 한 마리가 나타나 밤마다 경전을 갉아먹기 시작했으므로 그는 고양이를 한 마리 샀다. 그때까지 그에게는 경전을 제외하고는 아무 것도 없는 무소유자였다. 그러나 고양이 한 마리가 그의 인생을 근본으로부터 바꿔 놓게 되었다.

고양이를 사게 되자 그는 고양이에게 먹일 우유가 필요해졌다. 그래서 그는 암소를 사야만 했다. 암소를 사자 암소를 돌봐 줄 여자를 고용할 수밖에 없었고, 여자가 오자 집이 필요해졌다. 그는 여자와 결혼하여 아이를 낳았다.

십 년이 흐른 뒤 그는 여느 평범한 사람과 마찬가지의 삶을 살게 되었다. 숲 속에 은둔하면서 무소유자로서의 청빈을 지키며 도를 닦아 해탈하겠다는 그의 소망은 온데간데없이 사라져버렸다.

어느 날 그는 시간을 내어 이쩌다가 일이 이렇게 꼬였는지를 곰곰 생각해 보았다. 그런 끝에 그는 한 권의 책에서 모든 일이 시작되었음을 알게 되었다. 자기를 해탈로 이끌어 주리라던 그 책이 그를 해탈과는 반대되는 방향으로 그를 이끌었던 것이다.

스무 명 정도의 여성 근로자를 고용하는 파나마의 한 공장주가 근로자들이 몇 달 만에 직장을 그만두곤 하는 문제로 골머리를 썩고 있었다. 그는 처음에는 임금을 올려 주었지만 소용이 없었고, 다음에는 근로시간을 줄여 주었지만 그래도 소용이 없었다.

근로자들의 말을 들어본 즉 '필요한 만큼 벌어 놓았는데 굳이 일할 것이 무엇이냐?' 는 것이었다. 당시 파나마 사람들은 아주 소박한 삶을 살아가고 있었기 때문에 공장에서 몇 달만 일하면 수년 동안 일을 안 해도 살아갈 수 있었던 것이다.

이모저모 생각하던 공장주는 마침내 해결책을 찾아냈다. 그는 시카고로 사람을 보내어 상품 목록이 가득 실린 카탈로그 수천 매를 구입하였다. 그가 그것을 여성 근로자들에게 발송한지 일주일 내에 모든 여성 근로자가 공장에 복귀하였다.

공자가 주나라 사당에 갔다가 기기(敧器: 불안정한 그릇)를 보았다. 공자가 사당지기에게 묻자 그가 대답하였다.

"이는 우좌(右坐)라는 그릇입니다."

공자가 말하였다.

"내가 알기로 우좌는 가득 차면 엎어지고, 다 비우면 기대어 서며, 알맞게 채우면 똑바로 선다고 하는데, 이것이 그것입니까?"

"그렇습니다."

공자는 곧 자로를 시켜 물을 떠오게 하여 시험해 보니 틀림없었다. 이에 공자가 탄식하여 말하였다.

"아아, 가득 채우고도 기울지 않는 것이 어디 있으랴?"

∽

견물생심(見物生心).

욕심은 보는 데서 생긴다. 보는 것은 시간이 지날수록 늘어나고, 그에 따라 욕심도 자라난다.

지금의 한국 중산층이 누리는 생활은 조선시대의 양반에게 비하면 하인 열여섯 명을 거느리고 사는 것과 같다고 한다. 어쩌면 그 이상일지도 모른다. 조선시대의 왕조차도 하와이는 물론 제주도나 금강산에도 가 본 일이 없으니까.

그런데도 왜 우리는 조선시대 사람들과 마찬가지로 행복하지 못할까. 그것은 기준이 다르기 때문이다. 조선시대 사람은 조선시대 사람에게 자기를 비교한다. 현대인은 현대인에게 자기를 비교한다. 이 점을 지적하여 어떤 사람은 말했다. '내 연봉이 매부의 연봉보다 백 달러가 더 많으면 나는 행복하다.' 라고.

그런 이치를 이용하여 내가 적용하는 기준을 낮추는 것은 만족의 비결이다. 그러나 다른 한편, 무턱대고 기준을 낮추기만 하면 되는 것도 아니라는 데 어려움이 있다. 목표치를 낮추면 그만큼 삶에 대한 의욕과 활력도 줄

어든다. 의욕과 활력이 없는 삶은 자아 충실감이 부족할 것이고, 그래서는 행복해질 수 없다.

그렇다면 어찌해야 할까. 그 답은 이미 말했다. 한편으로는 물을 부지런히 퍼올 것. 다른 한편으로는 컵을 줄이거나 없앨 것.

《내가 알아야 할 모든 것은 유치원에서 알았다》는 책이 있었다. 그 말투를 빌려 필자는 말한다. '우리가 알아야 할 모든 것은 이것뿐이다 - 컵과 물.'

욕심 없는 것을 갖고자 하는 욕심

법정 스님의 저서 《무소유》는 수십 년 동안 읽히는 스테디셀러이다. 이 책은 소유를 적게 갖고 욕심 없이 사는 것이 얼마나 개운하고 행복한지에 대해 말하고 있는데 이 책에 대해 어떤 저명인사는 말하였다. "다른 것은 몰라도 이 책만은 '소유'하고 싶다."

어느 큰 책방에서 있었던 일이다.

어느 날 한 주부가 책을 훔치다가 책방 직원에서 발견되었다. 직원이 보니 그가 들고 있는 책은 다름 아닌 《무소유》였다.

❧

불교는 탐욕을 인간을 불행으로 몰고 가는 가장 큰 독(毒)의 하나로 보고 있다. 그런데 탐욕을 완전하게 없애려면 무소유자로 살면서 깨달음을 이루어야 하고, 깨달음을 이루려면 노력하여 수행해야 한다. 그리고 수행은 아주 강력한, 큰 부자가 되거나 높은 직위를 차지하는 것 이상의 노력을 요구한다. 깨달음을 얻으면 일체의 불행으로부터 벗어나 완전하고 항구적인 행복과 평화를 누리게 된다.

이를 지적하여 철학자 야스퍼스는 말하였다.

"불교, 작은 여러 가지 욕심을 버리기 위해 가장 큰 욕심을 내는 종교."

그러나 이에 대해 불교는 대답한다.

"나무 한 개를 태우려면 그것을 두 개로 분질러 서로 비벼야 한다. 불이 일어나면 두 개가 다 타서 두 개 모두 없어진다. 깨달음을 얻기 위한 욕심도 욕심은 욕심이다. 그러나 그것은 다른 나쁜 욕심을 없애기 위한 좋은 욕심이다."

우리는 《무소유》를 훔친 여인이 그런 마음으로 책을 훔쳤기를 바라야 할 것이다.

지금은 엄청난 부자이지만

1929년의 미국은 혹독한 경제 시련기였다. 먹을 것이 없는 국민들이 수백 미터씩 줄을 서서 배급을 타는 상황이 계속되고 있었다.

그해 겨울 시카고의 에지워터비치 호텔에서 미국 경제계의 거두들이 참석하는 중요한 대책 회의가 열렸다. 그 회의에 참석한 사람들은 중요한 기관의 수장이거나 엄청난 재력가들이었다.

그들은 모두 행복했을까? 그때는 그랬을지 모른다. 그렇지만 사람의 앞날을 어찌 알겠는가. 그들의 명단과 뒷이야기는 다음과 같다.

••• 미국 최대의 철강회사 사장 찰스 스와브는 파산하여 죽었다.

••• 미국 최대의 공익회사 사장이었던 사무엘 심슨은 무일푼의 범죄자가 되었다.

••• 세계 최대의 가스회사 사장이던 하워드 홉슨은 정신이상자가 되었다.

••• 뉴욕 증권거래소의 사장이었던 리차드 휘트니는 형무소에서 복역하였다.

••• 미국 연방정부 장관이던 앨버트 폴도 수감되었다가 겨우 사면되어 집

에서 죽었다.

••• 뉴욕 월스트리트를 좌지우지하던 실력자였던 이새 리버모어는 자살로 생을 마감했다.

••• 세계 최대의 독점기업 회장이던 이반 크뤼거도 자살하였다.

••• 국제 청산은행 은행장이던 레온 프레이저도 자살로 생을 마감하였다.

이런 짠돌이, 저런 구두쇠

　욕심은 이상한 것이어서 욕심 때문에 돈을 모으게 되면서도 욕심 때문에 돈을 쓰지 않게 되기도 한다.

　구두쇠로 가장 유명한 인물은 디킨즈의 작품 《크리스마스 캐롤》의 주인공인 스쿠루지 일 것이다. 셰익스피어의 작품 《베니스의 상인》에 나오는 샤일록 또한 법정에서 꾸어 준 돈을 갚지 못하는 밧사니오의 심장을 베어 낼 것을 요구하고 있다.

　이솝우화에도 구두쇠 이야기가 있다.

　어느 부자가 황금을 모아 마당 한구석에 몰래 파묻어 두었는데 어느 날 도둑이 들어 황금단지를 가져가 버렸다. 그가 엉엉 울자 그의 친구가 말하였다.

　"어차피 쓰지 않을 돈이니 지금도 거기에 있거니 하고 여기면 마찬가지가 아니겠나?"

───── ∞ ─────

　이들은 작품 속의 주인공들이지만 이런 사람은 실제로도 있다.

　1976년 석유왕 폴 게티는 60억 달러의 재산을 남기고 죽었다. 당시 그는 세계 최고의 거부였다. 그는 사망하기 이십 년 전에 이미 미국 최고의 부자였으며, 그의 재산은 하워드 휴즈, 조지프 케네디, 록펠러, 멜런트, 듀판

트, 애스터 등보다 많았다.

그러나 그는 굉장한 구두쇠였다. 게티는 런던의 리츠 호텔에 머물 때마다 가장 싼 방을 예약하였고, 다른 사람과 만날 때 밥값을 상대방에게 치르도록 하거나 자기 몫만 치르는 때가 많았다.

외국에 사는 어떤 사람이 소포로 게티에서 회중시계를 선물한 일이 있었다. 그는 소포 수령을 거부하고 그 나라를 여행 중인 사람에게 다시 부쳐 관세를 물지 않는 방법을 물었다.

1959년에 그는 자기 집에 공중전화를 가설하고 다른 전화에는 잠금장치를 하였다. 당시 런던의 통화당 비용은 18센트였는데, 그는 공중전화 가설에 대해 묻는 사람들에게 이렇게 말하였다.

"손님이 내 전화로 십 분 이상 통화를 하면 요금이 너무 많이 나올 거 아니오? 나도 다른 사람 집에 가서 전화를 써야 할 경우에는 인근에 있는 공중전화를 쓴다오. 이렇게 공중전화를 설치하면 뒷날 손님과 나 사이에 돈 문제를 정산하지 않아도 되니까 좋기도 하고."

———————————— ∞ ————————————

사뮈엘 타퐁이라는 사람은 돈 많은 양조업자로서 큰 포도원도 갖고 있었다. 1934년 그는 투자에 실패하여 7만 5천 달러를 잃자 절망하여 자살하기로 마음먹었다. 마을 상점으로 밧줄을 사러 간 그는 주인과 승강이를 벌여 기어코 값을 깎아 밧줄을 샀다.

그는 그 밧줄로 목을 매어 죽었다. 죽을 때 그가 남긴 재산은 이백 만 달러였다.

———————— ∞ ————————

구두쇠를 소재로 사람을 웃긴 희극배우가 있었다. 그의 이름은 잭 베니
인데, 그는 다음과 같은 이야기로 사람들을 웃기곤 하였다.

어느 때 베니가 병원에 입원하였는데 간호사가 빈 병을 주면서 소변검사
를 해야 되니 소변을 받아두라고 말했다. 방금 화장실에 다녀온 그는 아무
리 노력을 해도 소변을 볼 수 없었다. 소변의 양이 매우 적을 것을 본 간호
사가 얼굴을 찡그리며 말하는 것이었다.

"진짜 구두쇠군요!"

———————— ∞ ————————

베니가 어느 날 밤에 길을 걷고 있다가 강도를 만났다. 강도가 총을 구
두쇠의 옆구리에 대고 으르렁거렸다.

"돈을 내놓을래, 목숨을 내놓을래?"

무거운 침묵이 흘렀다. 베니가 아무 대답도 하지 않자 강도가 총으로 베
니의 옆구리를 쿡 찌르며 재촉했다. "빨리 말해!"

그의 말이 걸작이다.

"지금 생각하고 있잖아?"

그라우초 막스라는 코메디언도 돈을 주제로 많은 이야기를 남겼다. 어느 때 은행원이 그에게 "도와드릴 일이 있으면 언제든 말씀해 주십시오."라는 편지를 보내자 그는 이런 답신으로 응수하였다.

"저를 도와줄 수 있는 최고의 방법은 돈 많은 고객의 계좌에서 돈을 빼내어 제 계좌에 입금시켜 주는 것뿐입니다."

어느 때 연예와 오락 전문지인 《버라이어티》가 그가 포함된 막스가(家) 형제들이 팀을 이루어 활동할 경우 일주일에 2만 달러의 수입을 올릴 수 있다는 기사를 실었다. 그는 곧 편집장에게 이런 편지를 보냈다.

"세상에서 중요한 것은 오로지 돈뿐이라는 생각을 갖고 계신 것 같군요. 아무렴, 그렇고말고요."

쓰고 또 쓰고

구두쇠의 반대편에는 낭비가 있다. 물건을 사는 데 집착하는 것을 쇼핑광이라고 한다. 쇼핑광은 일종의 질병이다.

루이 16세가 프랑스 왕이었을 때 왕비는 마리앙투아네트였다. 당시 프랑스는 유럽의 부국 가운데 하나였다. 그러나 귀족들이 부를 누리는 동안 백성들은 찢어질 정도로 가난했다.

그러나 프랑스의 왕실의 재력은 점점 기울었다. 그런 상태에서 미국의 독립전쟁을 지원하는 데 돈을 쓰다 보니 세금을 인상할 수밖에 없었다. 주된 납세자인 중산층과 하층 인민들이 빵을 달라며 폭동을 벌이기 시작하였다. 루이 16세는 귀족들에게 세금을 부과하려 하였지만 귀족들이 반발하였다.

이런 상황에서도 베르사이유궁의 사치는 눈이 휘둥그래질 정도로 대단하였다. 루이 14세 때부터 시작된 사치는 당시에 이르러 더욱 심해졌다. 거기에 더하여 왕비 앙투아네트가 사치에 열을 올리고 있었다.

앙투아네트는 각각 열두 벌씩의 야외복, 무도복, 간편복을 갖고 있었다. 야외복에는 한 벌당 일천 프랑 상당의 금과 진주를 수놓았다. 그녀는 일 년 사이에 전담 디자이너에게 8만 프랑, 승마복 재봉사에게 3만 프랑을 지불하였다. 궁중 재봉사에게 준 돈은 별도로 계산하고도 그랬다.

그녀는 보석 수집에도 열을 올렸다. 그녀는 왕에게 돈을 빌리면서까지 보석을 수집하였다. 갖고 있던 다이아몬드를 팔아 40만 프랑짜리 더 비싼 다이아몬드를 사들이기도 하였다. 그녀는 헤어스타일에도 돈을 마구 써댔는데, 이를 본받아 프랑스 귀족 부인들도 사치에 열을 올리게 되었다.

프랑스 사람들은 그녀에게 '적자(赤字) 부인'이라는 별명을 붙였다. 불만을 참다못한 프랑스 국민들은 마침내 폭동을 일으켜 베르사이유궁으로 몰려들었다. 그들이 빵을 달라고 외친다는 말을 들은 앙투아네트가 알 수 없다는 표정으로 시종에게 반문하였다.

"빵이 없으면 과자를 먹으면 될 게 아닌가?"

마침내 혁명이 성공하여 그녀는 서른여덟의 나이로 단두대 위에서 처형되었다. 프랑스혁명이 몰락시킨 것은 그녀와 루이왕조만이 아니었다. 그를 기점으로 국가 권력의 최종 소유자는 특정 계급이 아닌 시민, 즉 모든 사람들로 바뀌었다.

───────── ✺ ─────────

그러나 현대에 이르러서도 권력의 중심부에는 앙투아네트 같은 쇼핑광이 간간이 등장하였다. 구두를 삼천 켤레나 사들였던 마르코스 필리핀 대통령의 아내 이멜다와 케네디 미국 대통령의 부인이었던 재클린이 그 한 예가 될 것이다.

남편이 대통령이 된 첫해에 재클린은 옷을 사들이는 데만 3만 달러를 썼다. 그녀는 옷을 한 번 입고는 되돌려 주거나 팔아치우곤 하였다. 옷값이 부족하여 외상으로 하거나 지불하지 못한 경우도 있었다. 결국 케네디는 회계 전문가를 동원하여 아내의 낭비를 감시하였다.

그녀는 1961년에 10만 달러, 다음 해에는 12만 달러를 지출하였다. 케네디는 "어디 쇼핑 중독을 치료해 주는 데는 없나?" 하고 중얼거렸다고 한다.

케네디가 죽은 뒤 재클린은 새로운 돈줄을 찾아 그리스의 선박왕 오나시스와 재혼하였다. 그는 돈은 많았지만 노인인 데다가 키가 작고 천박하게 생긴 남자였다. 이 때문에 사람들은 "재클린은 심장 대신 은행을 달고 다닌다."고 수근거렸다.

오나시스는 그녀의 마음을 사로잡기 위해 선물 공세를 펼쳤다. 그는 재클린의 마흔 살 생일에 백만 달러 상당의 40.2캐럿짜리 다이아몬드 반지를 선물하였고, 매달 2만 달러를 용돈으로 주었다. 그러나 얼마 안 있어 그녀의 지출은 매달 3만 달러를 넘기기에 이르렀고, 오나시스는 케네디처럼 그녀를 감시하게 되었다.

그녀는 닥치는 대로 사들였다. 시계, 모피 코트, 가구, 구두, 뮤직 박스, 애완동물, 핸드백, 드레스, 가운, 잡화 등등. 재클린은 국제 규모의 패션쇼를 관람한 뒤 출품된 의상을 몽땅 사들인 적이 있다. 그녀가 사들인 것으로 상점을 하나 차려도 전혀 모자랄 것이 없을 정도였다.

그녀가 남편과 테헤란을 방문하였을 때 그녀는 페르시아 양탄자, 옷, 장신구, 예술품을 닥치는 대로 사들이고, 막대한 양의 철갑상어 알도 구입하였다. 여행에 들어간 돈은 총 65만 달러였다. 그녀는 호텔 직원들에게 7백 달러의 팁을 주겠다고 약속하였지만 돈을 너무 써버린 탓에 팁을 주지 못한 채 도망치듯 호텔을 떠났다.

이 같은 행태를 벌이면서도 재클린 오나시스는 공식 석상에서 이렇게 말했다.

"옷을 많이 사서 옷장을 가득 채우는 것을 좋아하지 않아요. 정장 한 벌, 소매가 달린 검고 예쁜 드레스 한 벌, 짧은 이브닝 드레스 한 벌이면 충분해요."

사우디아라비아의 무기 중개상인 아드난 카쇼기는 40억 달러의 돈을 모은 대부호였다. 그러나 그는 대단한 낭비가였다. 그는 한 달에 백만 달러를 쓴 적이 있었다.

카쇼기는 카나리아 제도, 몬테카를로, 칸, 제다, 리야드 등지에 호화 저택 열두 채를 갖고 있었다. 가장 화려한 저택은 스페인의 지브롤터에 있었는데, 바위산을 굽어보는 그 집의 대지는 무려 612만 평에 이르렀다. 그 안에는 헬기 이착륙장, 사격장, 디스코장, 열 개의 대리석 욕실, 20마리의 아라비아 산 종마, 아프리카 산 야생 동물 2백 마리, 사냥을 위한 꿩 7천 마리가 있었다.

카쇼기는 전용 헬기 이외에 보잉 747기, 3천만 달러가 넘는 DS8기가 있었다(그는 259인승인 그것에 천만 달러를 들여 개조하였다). 제트기의 연료비만 해도 연간 백만 달러 이상이 들었다고 한다. 또한 그에게는 선원 40명이 필요한 전장 86미터짜리 호화 요트가 있었다. 이 요트는 숀 코너리가 주연한 영화 ,〈007 네버 세이 네버 어게인〉의 촬영에 사용되었는데, 그는 그것을 도널드 트럼프에게 2천 5백만 달러에 팔고 새로이 일억 달러짜리 요트를 샀다.

그러나 유가가 하락하고 사우디아라비아가 직접 무기 구입에 나섬으로써 카쇼기의 시대도 막을 내리게 되었다. 그는 많은 돈을 잃었을 뿐 아니라 갈취 및 사기 혐의로 체포, 기소되어 감옥에 들어갔다. 감옥에 있는 동안 그는 화장실 청소를 담당하였다.

롤스로이스 이야기

롤스로이스는 부자들이 타는 고급차로 이름이 높다. 이 차의 이름은 찰스 스튜어트 롤스와 프레데릭 헨리 로이스의 이름을 따서 지은 것인데, 로이스는 공학도여서 완벽을 추구하는 경향이 있었다.

한편 롤스는 귀족 출신이었다. 그는 자동차 경주광(狂)이었는데, 두 사람은 1904년에 어떤 사람의 소개로 만났다. 1906년에 합자 회사를 세운 그들은 22,400 킬로미터를 논스톱 주행하는데 성공하여 롤스로이스를 타의 추종을 불허하는 자동차로 자리잡게 만들었다.

롤스로이스는 특별함을 추구한다. 내부 장식을 모두 수공으로 처리하고 구석구석까지 신경을 쓰며 몇 년이고 구조를 바꾸지 않는다. 생산량도 엄격히 제한한다. 롤스로이스의 생산량은 연간 2천 대 정도로 제너럴 모터스사의 주간 생산량보다 적다.

이 때문에 왕족, 국가 원수, 재산가, 인기인 등이 롤스로이스에 매혹되었다. 이 차를 갖는다는 것은 곧 신화적인 인물이 된다는 것을 의미하게 되었고, 롤스로이스는 상류사회의 속물 근성을 충족시키는 도구가 되었다.

롤스로이스사는 다음과 같이 자기 차를 광고하였다. "시속 96킬로미터로 달리는 롤스로이스에서 나는 굉음은 전자시계 소리뿐입니다."

롤스로이스를 소유했던 사람 중에는 특이한 예상 밖의 인물들도 있었다.

••• 러시아 혁명을 일으킨 레닌은 롤스로이스를 아홉 대 주문하였다. 그

러나 소련에는 눈이 많이 오기 때문에 그는 뒷바퀴를 탱크처럼 무한궤도로 만들어 줄 것을 요구하였다.

••• 스탈린도 롤스로이스를 한 대 갖고 있었다.

••• 브레즈네프 서기장도 롤스로이스를 애용하였다. 그는 1979년 지미 카터 미국 대통령과 오스트리아 빈에서 정상회담을 가졌을 때 자기의 롤스로이스를 빈까지 가져왔다.

••• 자동차 왕 헨리 포드도 롤스로이스를 한 대 갖고 있었다. 그는 친구들에게 이렇게 변명하곤 하였다. "내가 타는 포드 차는 다른 사람이 이용하는 중이라 포드 다음으로 좋은 롤스로이스를 타고 왔네."

••• 가수 엘비스 프레슬리도 롤스로이스를 한 대 갖고 있었다.

••• 라즈니쉬는 인도 출신 명상가인데 미국의 오리건주에서 활동한 적이 있다. 명상가라면 무소유자로서의 삶을 살 것 같지만 그는 롤스로이스를 47대나 갖고 있었다. 그는 그 차로 매일 20분씩 드라이브를 하며 신도들이 모여 사는 시내를 돌았다. 라즈니쉬의 목표는 365대의 롤스로이스를 사서 날마다 차를 바꿔 타는 것이었지만 미국 정부로부터 추방을 당하는 바람에 그 소원은 이루어지지 않았다. 그는 말하곤 하였다. "나는 롤스로이스를 타지만 그대들의 경우는 차가 그대들을 탄다."

••• 인구는 적고 돈은 많은 모나코 왕국에는 상대적으로 롤스로이스가 많다. 모나코에는 인구 6.5명당 롤스로이스가 한 대 꼴로 있다.

••• 소설가 어니스트 헤밍웨이도 롤스로이스를 한 대 갖고 있었다.

••• 미국 기독교 복음 연합회 회장이었던 아이크 목사는 늘 사랑과 자비를 강론하는 사람이었다. 그러나 그는 공공연하게 자기가 가진 롤스로이스를 자랑하곤 하였다. 어느 때 그는 이렇게 말하였다.

"나는 가난을 덕이라고 가르치지 않는다. 기독교인은 부를 추구하는 것이 옳다. 롤스로이스 같은 호화 승용차는 주님의 멋진 마차와 가장 가까운 물건이다."

돈에 관한 잠언들

••• 호주머니에 돈이 있으면 멋있고 똑똑해 보일 뿐 아니라 휘파람까지 불 수 있다. (이스라엘 격언)

••• 억만장자요? 그렇게 골치 아픈 것 싫소. 백만 달러만 있으면 돼요.

(베이비드 핼런)

••• 어떤 사람에게 유산을 남겼노라고 말한 뒤에 그에게 해줄 수 있는 가장 관대한 행동은 죽어 주는 것이다. (새뮤얼 버틀러)

••• 공동묘지에서 가장 돈이 많아 봐야 무엇 하겠는가? 거기에서는 장사도 할 수 없는데. (할렌 샌더스)

••• 연간 수입이 20파운드인데 지출이 19달러라면 행복할 수 있다. 그러나 연간 수입이 20파운드인데 지출이 21달러라면 불행한 건 당연하다.

(찰스 디킨즈)

••• 돈으로 행복을 살 수 없다고 말하는 사람은 그것을 어디서 사야 하는지를 모르는 사람이다. (출처 불명)

••• 돈을 번다는 것은 좋은 일이다. 더욱 좋은 것은 버는 족족 모으는 것이다. (디즈레일리)

••• 수입 한도 내에서 생활하라. 그것을 위해 돈을 빌리는 한이 있더라도. (조슈 빌링스)

••• 다른 사람과 의사소통을 할 수 없다면 돈이 얼마 있든 상관없다. 다른 사람을 위해 해줄 게 없으니까. (에다는 카쇼기)

••• 돈 쓰는 데 재미를 붙인 여성과 결혼한 남성이 할 일은 오직 하나, 돈 버는 데 재미를 붙이는 것이다. (출처 불명)

••• 부자가 가난뱅이를 고용하여 자신을 대신해 죽게 할 수 있다면 가난뱅이의 삶이 크게 향상될 것이다. (이스라엘 속담)

••• 투기를 피해야 할 때는 두 경우뿐. 투기할 돈이 있을 때와 투기할 돈이 없을 때. (마크 트웨인)

••• 나의 투자 법칙은 총 2조로 구성되어 있다. 제1조, 돈을 결코 잃지 마라. 제2조, 제1조를 결코 잊지 마라. (워렌 버핏)

••• 나는 라스베가스(도박장이 많은 도시)에 가는 것을 좋아한다. 잃어버린

내 돈과 가까이 있을 수 있으니까. (허니 영맨)

••• 세상에서 가장 중요한 것은 사랑이다. 그래서 나는 돈을 사랑한다.

(어느 코미디언)

••• 성경에 '온유한 자는 복이 있나니 저희가 땅을 기업으로 받을 것'이라고 했지만 채굴권까지는 못 받을 걸. (폴 게티)

••• 죽어서 여러 사람의 기억에 남아 있고 싶거든 빚을 갚지 말라.

(출처 불명)

••• 규칙은 금을 가진 자가 만든다. (아먼드 해머)

••• 상속녀는 한결같이 아름답다. (존 드라이던)

••• 돈은 말은 하지 않지만 증언한다. (밥 딜런)

••• 오, 주여, 죄의 원인은 돈. (존 메이스필드)

••• 돈은 주조(鑄造)된 자유. (도스토옙스키)

••• 돈에게는 더 많은 돈만이 친구. (존 스타인백)

••• 돈이 말하면 진실은 침묵한다. (이탈리아 격언)

••• 지갑이 가벼워지면 마음이 무거워진다. (벤자민 프랭클린)

••• 금을 사랑하는 자는 바보다. 두려워하는 자는 노예다. 경배하는 자는 우상 숭배자다. 쌓아 놓는 자는 멍청이이다. 이용하는 자가 똑똑한 자이다. (《늙은 농부의 연감》)

••• 군자는 세 가지를 경계해야 한다. 젊어서는 여자, 장년에는 싸움, 늙어서는 돈. (공자)

••• 황금은 독이 오른 뱀. (석가모니)

••• 돈은 좋은 하인이지만 나쁜 주인이기도 하다. (프랜시스 베이컨)

••• 주는 손이 모은다. (출처 불명)

••• 수의(壽衣)에는 주머니가 없다. (출처 불명)

••• 자물쇠는 열쇠로 연다. 열쇠는 돈으로 산다. (출처 불명)

••• 신에게는 주소가 없다. 돈도 그렇다. (출처 불명)